*Né en 1938,* **René Barral** *a été élevé par ses deux grand-mères qui lui ont inculqué le sens des valeurs et de l'effort. Autodidacte et retraité, il s'est mis à l'écriture après avoir étudié deux ans les Lettres à l'université. Son roman,* Un été cévenol, *paru aux éditions De Borée, a reçu le prix Charles-Gides, 2001, ainsi que le prix d'honneur de l'Académie poétique et littéraire de Provence.*

# LE MIRACLE DE COMBESÈQUE

**Du même auteur**

**Aux Éditions De Borée**

*L'Enfant secret de la Borie*, Grand Prix du monde francophone de l'Académie Poétique et Littéraire de Provence 2012
*La Colère des drailles*
*Les Soleils de l'hiver*, Terre de poche
*Ombres et lumières de Costebelle*, prix d'honneur de l'Académie poétique et littéraire de Provence, 2004 ; premier prix du roman du Scribe d'Opale, 2004
*Un été cévenol*, Terre de poche, prix Charles-Gides, 2001, prix d'honneur de l'Académie poétique et littéraire de Provence.

René Barral

# Le Miracle de Combesèque

De Borée
Terre de poche

*À Léa, Kévin et Sarah, avec toute mon affection…*

# I

## Un retour de fête mouvementé

LE MOTEUR EMBALLÉ DE LA PUISSANTE MOTO 500 Terrot déchirait le silence de la nuit. Allongé sur sa machine, Maxime Blaquières scrutait l'obscurité, cherchant à se tenir le plus près possible du côté de la montagne sans tomber dans le fossé. Henri Calvas, assis à l'arrière, essayait bien de le guider à l'aide d'une lampe de poche, mais la lumière que dispensait cet éclairage de fortune était dérisoire.

En revenant de la fête de Ganges, le phare s'était brusquement éteint, plongeant les deux passagers dans l'obscurité absolue, et cela obligeait Maxime à rouler en seconde sur cette route sinueuse qui longeait la rivière. De plus, la fatigue d'un dimanche copieusement arrosé de pastis et de bières n'arrangeait rien; ils étaient passablement éméchés. Ce n'était donc pas étonnant si, par moments, l'engin tanguait, roulant sur le bas-côté de la route, s'approchant dangereusement du fossé. Alors Maxime traînait un peu les pieds pour assurer son équilibre et revenait vers le milieu de la route tandis qu'Henri s'affolait, hurlant à tue-tête :

« Arrête-toi, on va se tuer !...

– Tais-toi, nom de Dieu ! criait Maxime, énervé. Éclaire bien le bord de la route au lieu de gueuler. Il ne reste que cinq kilomètres, on y arrivera... »

Ils attaquèrent une petite côte, et à cet endroit, la route, dégagée des arbres qui la bordaient, fut éclairée par la lune. Maxime en profita pour passer la troisième et accélérer malgré les cris de protestation d'Henri qui paniqua :

« Laisse-moi descendre, je rentrerai à pied... »

Il faut dire qu'une heure auparavant ils s'étaient querellés avec une bande et il en gardait un souvenir cuisant à l'œil droit. Le magnifique coquart ne cessait d'enfler et cela n'arrangeait pas sa vue, aggravant son inquiétude. Malheureusement pour lui, Maxime était un casse-cou qui n'avait peur de rien. Au lieu de ralentir, il accéléra encore. Henri se dressa brusquement sur les marchepieds :

« Ralentis ou je saute !... » menaça-t-il.

Le mouvement déséquilibra l'engin, obligeant le pilote à freiner brusquement. La moto fit un tête-à-queue, dérapa sur le bas-côté, traversa la route pour aller frôler le parapet et s'arrêta miraculeusement au beau milieu de la chaussée, moteur calé. Maxime se retourna, furieux :

« Imbécile, on aurait pu se casser la gueule ! » fulmina-t-il. Mais, déjà, Henri en avait profité pour descendre de la machine et se diriger vers le parapet où il se soulagea longuement.

« J'ai eu peur, avoua-t-il sans se retourner. Tu vas trop vite…

– Viens, je piloterai plus doucement », le rassura Maxime. Il avait déjà remis la moto sur la béquille et, debout sur la pédale de démarrage, il relança le moteur d'un violent mouvement de tout le corps.

« Je rentre à pied, décréta Henri qui s'était approché.

– Nom de Dieu ! Tu crois que je suis saoul ? Monte, je te dis…

– On n'y voit rien et tu roules à toute vitesse ! C'est dangereux… »

Maxime n'était pas d'une nature patiente, surtout lorsqu'il était excité par l'abus de l'alcool. D'un geste brusque, il montra le tan-sad et prévint :

– Assieds-toi là, si tu veux être couché dans dix minutes. Ou alors commence à marcher, moi je pars…

La perspective de faire cinq à six kilomètres à pied en pleine nuit n'enchantait guère Henri. Malgré tout, il hésita encore :

« Tu feras gaffe ? Promis ?

– Allez ! On va pas passer la nuit ici… »

Henri s'installa à nouveau à l'arrière et n'eut pas le temps de réaliser ce qui se passait. Énervé,

Maxime ouvrit les gaz à fond tandis que d'un violent coup de pied il passait directement la seconde vitesse tout en lâchant l'embrayage d'un coup. La moto se cabra sur la roue arrière, faisant un bond d'une dizaine de mètres. Il y eut comme une explosion et Henri sentit une longue flamme lui brûler les jambes. L'instant d'après, il se retrouva sur le cul au beau milieu de la route tandis que Maxime jurait :

« Merde ! La chaîne a cassé…

– Putain ! Tu as brûlé mon pantalon ! s'exclama Henri en passant une main incrédule sur le tissu calciné. Je l'avais payé cher…

– C'est de ta faute, lança Maxime avec la mauvaise foi qui lui était coutumière. Si tu n'avais pas voulu sauter, on serait déjà arrivés. »

Il fit rouler la moto sur le bas-côté et la mit sur la béquille, alla ramasser la chaîne qui traînait et dit lugubrement :

« Puisque tu voulais tant rentrer à pied, il va falloir y aller… Tu ne t'es pas fait mal ? »

Henri s'époussetait. Il tâta ses fesses douloureuses et grimaça.

« Au moins, on sera sûrs d'arriver, dit-il en s'élançant. Qu'est-ce qu'il t'a pris de faire un démarrage pareil ? Tu es fou ou quoi ? »

Par une chance extraordinaire, ils avaient à peine parcouru une centaine de mètres qu'Henri s'arrêta brusquement au milieu de la route.

« Écoute, dit-il en tendant l'oreille. Une moto arrive, ça doit être l'Albert, il nous ramènera… »

Maxime fit la grimace. Il se moquait souvent de la petite cylindrée d'Albert, un jeune du village, et ne manquait pas de le narguer lorsqu'il le doublait sur la route. Il n'eut pas le temps de réfléchir. Déjà, le jeune homme stoppait à côté d'eux.

« Pas possible ! s'exclama-t-il. Je roulais tranquillement quand j'ai vu une grosse moto sur le bord de la route. Je ne pensais pas que c'était la tienne, Maxime. Ça tombe en panne, ces engins ? Moi je suis content de ma trottinette, comme tu me dis souvent… »

Tout en parlant, il donnait de petits coups d'accélérateur pour faire ronfler son moteur, l'air goguenard. Henri expliqua brièvement :

« On a cassé la chaîne, c'est un accident. Tu peux nous ramener ? »

Albert se moqua :

« Je ne sais pas, vous êtes lourds, surtout Maxime ! Avec un si petit moteur…

– Bon, tu nous ramènes ou on rentre à pied ? s'énerva celui-ci.

– Allez, montez, on va essayer mais je ne garantis rien… »

Ils s'installèrent comme ils purent. Henri, qui était mince, se plaça au milieu, protestant contre l'inconfort de sa position tandis que Maxime se cramponnait tant bien que mal, en équilibre à l'extrême bout de la selle. La moto démarra péniblement, moteur emballé à fond tandis qu'Albert s'efforçait de tenir fermement le guidon, laissant traîner les pieds au sol afin de dominer le mieux possible les zigzags que le poids lui imposait.

Au détour d'un virage, alors qu'ils arrivaient en vue de Combesèque, Fernand Mallet, braconnier notoire que tout le monde appelait Fouillette[1] parce qu'il ne sortait jamais sans sa bouteille de vin bien calée dans sa musette, s'apprêtait à traverser la route pour récupérer son vélo caché un peu plus loin lorsqu'il entendit le bruit d'un moteur. Il se rejeta vivement dans l'ombre, se dissimulant derrière le tronc d'un gros chêne, l'esprit en alerte. Il remontait de la rivière où il venait de poser une nasse juste à côté de la réserve de pêche afin d'essayer d'attraper une de ces grosses truites qu'il avait discrètement repérées la veille. Ce n'était pas le moment de se faire montrer… Quand il vit arriver le curieux équipage que formaient les trois motocyclistes, un sourire carnassier éclaira sa face de pirate. D'un vigoureux coup de reins, il fit pivoter sa musette, sortit sa bouteille et but longuement à la régalade, la tête renversée en arrière. Enfin

*1. Du nom d'une bouteille d'un demi-litre, fermée en pression par un bouchon de porcelaine entouré de caoutchouc. Les paysans l'emportaient avec eux au travail afin de boire à la régalade.*

il s'essuya la bouche avec un soupir d'aise, songeant qu'il aurait de quoi raconter, le soir, à l'heure de l'apéritif...

Il était plus de trois heures du matin lorsque Maxime rentra chez lui. Malgré l'heure tardive, sa mère l'attendait, assise sur une chaise basse au coin de la cheminée éteinte, seulement éclairée d'une faible lampe à pétrole. Il en était ainsi chaque fois qu'il partait faire la fête et rentrait tard. Elle s'était levée à son entrée et il observa un instant cette vieille femme, veuve depuis longtemps déjà, usée par les travaux des champs et les malheurs de la vie. Deux yeux couleur d'aigue-marine, mais encore vifs, contrastaient avec le teint basané qu'accentuaient les cheveux blancs soigneusement tirés en arrière et retenus par un chignon. Une longue blouse noire lui battait les chevilles, protégeant un corps mince qui se voûtait un peu.

« Enfin te voilà !... » dit Lucie Blaquières.

Des reproches perçaient dans sa voix et Maxime en fut contrarié. Le fait de voir sa mère veiller à cause de lui à une heure aussi tardive le désolait. De plus, il avait la certitude que, comme à l'accoutumée, il aurait droit à une leçon de morale. Il se défendit :

« Il n'est que trois heures, maman. Je ne comprends pas que tu t'entêtes à m'attendre, quand je vais faire un tour dans une fête.

– Oh ! Je sais bien comment ça se passe avec Henri. Vous buvez trop et tout le monde me dit que tu roules comme un fou, avec ta grosse moto… À ton âge, il serait temps de t'acheter une conduite, comme l'ont fait ton frère et ta sœur. »

Il soupira, ça y était ! Sa mère citait souvent en exemple sa sœur aînée, Yvonne, mariée à un riche viticulteur du côté d'Alès. Quant à son frère Louis, il avait attendu son retour pour abandonner la propriété familiale et aller habiter à Ganges où il travaillait comme ouvrier chez son beau-père, artisan maçon. Cela lui permettait d'avoir un salaire fixe.

« Oui, mais eux, ils ne sont pas restés enfermés pendant cinq ans comme moi ! protesta-t-il. J'ai bien le droit de m'amuser un peu pour rattraper le temps perdu… »

Blessé et fait prisonnier en juin 1940 sur la Somme, Maxime n'avait été libéré qu'en 1945, et depuis trois ans « il rattrapait le temps perdu », comme il se plaisait à le répéter à sa mère lorsqu'elle lui faisait des reproches. « Après tout, se disait-il avec insouciance, je n'ai que trente ans et la vie devant moi… » Une petite pension pour blessure de guerre et le rapport de la propriété lui suffisaient largement pour vivre à l'abri du besoin. Sa mère l'aidait un peu aux travaux des champs et s'occupait de lui. C'est dire si, pour l'instant, il aimait cette vie sans souci qui lui permettait de bambocher à son aise.

Lucie haussa les épaules, l'air las, songeant aux deux ravissantes petites-filles que lui avait données son fils Louis et qui venaient souvent lui rendre visite en compagnie de leurs parents, le dimanche. Elle dit :

« Peut-être. Mais ça fait trois ans que tu es revenu, tu devrais songer à te marier. Si tu veux fonder une famille, n'attends pas d'être trop vieux. »

Elle hésita puis ajouta :

« Ce n'est pas avec cette Gustine…

– Ah ! Maman, laisse-moi tranquille avec cette femme, la coupa-t-il avec véhémence. Quand même ! Je suis un grand garçon… »

Augustine Suquet était une veuve plantureuse d'une quarantaine d'années que l'on disait peu farouche. Les mauvaises langues prétendaient même que des hommes se faufilaient souvent, la nuit venue, chez la belle Gustine et qu'elle tirait quelques bénéfices de ce petit commerce, ce qui lui permettait de compenser la maigre pension de réversion qu'elle touchait, son mari ayant été tué accidentellement au travail. Aussi les femmes mariées la tenaient à distance et surveillaient discrètement leurs maris.

Pour couper court, Maxime alla à l'évier, s'empara de la cruche et se servit un grand verre d'eau qu'il but d'un trait. Après tous les excès de la journée écoulée, il avait la bouche pâteuse. Il pensa qu'après cette pénible conversation ce n'était pas le moment de parler à sa mère de la moto en panne. Cela ne ferait que l'inquiéter un peu plus.

« Bon, va te coucher, maman, l'invita-t-il. Il est tard... »

Lucie se dirigea vers l'escalier qui menait à l'étage où se trouvait sa chambre. La main sur la rampe, elle dit :

« Au fait, Germain est passé dans l'après-midi...

– Germain, le mari de l'institutrice ? demanda Maxime interloqué. Qu'est-ce qu'il me voulait ?

– Madame Cabanis voudrait que tu ailles boire l'apéritif chez elle, ce soir...

– L'apéritif !... Il ne t'a pas expliqué pourquoi ?

– Non. Il m'a seulement dit que sa femme voulait discuter avec toi. Ça doit être pour la mairie ?

– La mairie ? Non, je ne vois pas... »

Maxime sortit dans le jardinet, à l'arrière de la maison, et resta un long moment immobile, humant l'air doux de la nuit. Les collines environnantes respiraient doucement dans le silence et il montait des jardins de lourds parfums capiteux que la canicule de ce début juillet avait accumulés dans la journée et qui, maintenant, s'échappaient dans l'air tiède. Enfin il s'avança et arrosa le tilleul planté au beau milieu de l'enclos. Il urinait les yeux au ciel, pensif, comme s'il profitait de cet instant pour s'abîmer dans de profondes pensées métaphysiques.

En fait, il se demandait ce que pouvait bien lui vouloir Alice Cabanis que tout le monde, au village, appelait respectueusement Madame. Il faut dire que son prestige était grand à Combesèque. Outre qu'elle y exerçait depuis très longtemps les fonctions d'institutrice avec une grande compétence, elle était également secrétaire de mairie, ce qui faisait d'elle un personnage considérable. Ses conseils, qu'elle dispensait avec une autorité naturelle et courtoise, étaient recherchés de tous. Particulièrement de monsieur le maire, Clément Granier, qui ne faisait rien sans la consulter au préalable. Deux ans plus tôt, elle avait manœuvré pour faire élire Maxime comme conseiller municipal à l'occasion d'une élection partielle, à la grande surprise de celui-ci qui ne se sentait pas du tout attiré par ce genre de fonction. Il avait donc essayé de refuser cet honneur. Mais à l'époque, elle avait tellement insisté auprès de lui qu'il n'avait eu d'autre choix que de s'incliner, d'autant plus qu'au début de sa carrière elle l'avait eu comme élève. Maxime gardait ainsi pour elle ce respect et cette obéissance indéfectibles que l'on doit naturellement à son ancienne institutrice. D'ailleurs, à part les plus anciens, personne, au village, ne se serait permis de l'appeler Alice.

Toutefois, peu de gens pouvaient se vanter d'avoir été invités à boire l'apéritif chez elle. Il était plus surprenant encore qu'elle ait demandé à son mari de se déplacer en personne au domicile d'un modeste villageois. Bien que très sociable, elle préservait jalousement sa vie privée et sa tranquillité en dehors de son travail. « Alors pourquoi moi ? » se demandait-il. Cela n'avait pas de sens d'autant que s'il s'agissait d'une affaire concernant sa fonction elle l'aurait convoqué à la mairie. Maxime était délégué à l'eau, charge ingrate dans une commune qui n'était pas encore équipée pour la recevoir dans les maisons. Les habitants de Combesèque devaient donc aller remplir leurs cruches aux quatre fontaines publiques qui alimentaient le village, sauf les plus chanceux qui possédaient un puits dans leur jardin. Ce qui était le cas de Maxime et de sa mère. Ne trouvant aucune explication logique, il finit par hausser les épaules, se disant qu'il saurait le soir même à quoi s'en tenir.

## II

## Une sacrée institutrice !...

TORSE NU DEVANT LE PUITS, une main tirant la peau de son visage tandis que l'autre maniait précautionneusement son coupe-chou, Maxime se rasait, les yeux fixés dans ce qui restait de la glace ébréchée devant laquelle il était planté. De temps en temps, il bougeait un peu la tête pour mieux suivre le trajet du rasoir, tant son miroir était éclaté en de nombreux morceaux. Dame, ce n'était pas le jour de se balafrer alors qu'il devait se rendre à l'invitation de madame Cabanis !

À l'origine, il accrochait cette glace à un clou, mais elle se décrochait sans cesse et lorsqu'il la ramassait au sol elle était à chaque fois un peu plus fendillée. Un jour, excédé parce qu'elle était tombée à deux reprises, il l'avait définitivement scellée dans le ciment au-dessus de la margelle. Ainsi la glace ne tombait plus et Maxime pouvait enfin se faire la barbe et se coiffer en toute tranquillité, malgré la difficulté de se regarder dans ce miroir brisé.

D'un dernier geste il se racla le dessous du menton, s'admira longuement, passa le revers de sa main sur ses joues luisantes et claqua la langue, satisfait. Ses joues étaient douces comme du velours.

Après avoir posé son matériel, il plongea les mains dans le seau d'eau posé au sol et s'ébroua vivement, après quoi il coiffa soigneusement ses cheveux mouillés. Un dernier regard à la glace le combla d'aise. Une fois qu'il aurait mis la chemise propre que sa mère était en train de repasser et enfilé un bleu de travail tout neuf, il serait fin prêt pour se rendre à son rendez-vous.

Il alla vider son seau dans la rangée de rosiers que sa mère entretenait avec un soin jaloux, songeant que la journée s'était finalement bien passée. De bonne heure il s'était fait accompagner par son ami Henri à Ganges où il avait pu acheter une chaîne neuve afin de réparer la moto. Évidemment, dans la matinée, sa mère s'était aperçue de l'absence de la Terrot. Elle lui avait demandé des explications, mais il s'en était tiré par une pirouette, n'hésitant pas à mentir outrageusement. Par chance, Lucie n'avait pas insisté. Une bonne sieste lui avait permis de récupérer son manque de sommeil et il ne s'était guère fatigué dans l'après-midi, se contentant de quelques menus travaux dans ses jardins.

« Maman, tu as préparé mes affaires ? cria-t-il.

– Tout est dans ta chambre. »

L'impatience gagnait Maxime qui entra rapidement dans la maison. Il lui tardait de connaître la raison de la surprenante invitation de madame Cabanis.

Comme beaucoup de vieux villages cévenols enserrés au fond de vallées profondes, Combesèque se réduisait pratiquement à une rue principale très étroite, débouchant sur une grande place que quelques platanes séculaires protégeaient du soleil, à la saison chaude.

Au fond de cette esplanade se dressait l'église, qui prenait tout l'espace. En face, du côté des maisons, se trouvait le seul commerce du village, que tenaient Firmin et Marcelle Cazalet.

Leur boutique se composait de deux salles séparées par une simple porte vitrée. Dans la première, donnant sur la rue, on trouvait un peu de tout dans un désordre indescriptible que Marcelle Cazalet entretenait volontairement afin d'être la seule à s'y retrouver. Cela lui permettait de marquer ainsi clairement son territoire. Dans cette pièce, à la fois épicerie, mercerie, droguerie, dépôt de pain, on pouvait tout aussi bien acheter une savonnette que de la laine à tricoter. Marcelle régnait dans ce lieu incontournable pour toutes les femmes du village. La plupart, d'ailleurs, passaient ici presque quotidiennement, parfois sans autre raison que le simple plaisir de venir papoter un peu. Quelques-unes, aussi, entraient un instant sous un prétexte futile, à l'heure de l'apéritif, et en profitaient pour jeter un coup d'œil discret à leur mari à travers la porte vitrée.

Car l'autre pièce était source de tracas pour certaines épouses et contrariait aussi Joseph Nougarède, le curé du village. Cette salle donnait directement sur la place. Elle était le domaine réservé de Firmin Cazalet qui trônait à toute heure du jour derrière une espèce de bahut tout en longueur faisant office de comptoir. Quelques tables et chaises plus ou moins bancales meublaient les lieux que seuls les hommes fréquentaient puisqu'il s'agissait du bistrot du village. L'endroit était exigu mais souvent animé à l'heure de l'apéritif, surtout le dimanche, jour où l'on se permettait quelques excès. À cause de sa petitesse comme de son modeste mobilier, on l'avait d'abord appelé le bistroquet et puis, nul ne savait quand, il était naturellement devenu le Trouquet.

Une fois, le curé Nougarède avait demandé à Firmin de fermer boutique à l'heure de la messe, expliquant qu'il avait remarqué que des maris, obligés de suivre leurs femmes à l'office, osaient partir discrètement avant la fin de la cérémonie pour aller boire tranquillement un coup afin d'éviter la cohue. Sans parler de ceux qui ne se comportaient pas comme de bons chrétiens, se contentant d'attendre leurs épouses au bistrot ! Mais Firmin avait froidement refusé, arguant qu'il perdrait la clientèle des protestants et des athées, comme il l'était lui-même. Depuis ce jour-là, le curé vouait au cafetier une rancune tenace et lançait souvent de sournois anathèmes au cours de ses sermons contre les incroyants, « ces mauvais semeurs qui compromettent la moisson de Dieu en mélangeant le bon grain et l'ivraie dans certains lieux de perdition... »

De la place partait un petit pont enjambant un ruisseau, toujours à sec en été, et qui longeait Combesèque jusqu'à la rivière, un kilomètre en aval. De l'autre côté, quelques maisons éparses semblaient se tenir à l'écart du village. Sur la gauche, après un porche sombre et humide, il n'y avait que la demeure d'Augustine Suquet. Cet isolement relatif arrangeait la belle Gustine, le soir venu, car il favorisait les visites discrètes. Sur la droite, une dizaine d'habitations se serraient les unes contre les autres et, juste au-dessus, accrochée à une pente abrupte, se trouvait la maison de madame Cabanis au milieu de quelques traversiers plantés de vignes, fierté de son mari, Germain. Ainsi l'institutrice, qui avait hérité de ses ancêtres cette grande bâtisse, semblait dominer les villageois.

Maxime tira deux ou trois fois la chaîne qui pendait au portail et attendit, vaguement intimidé. Par précaution, il était venu par le sentier qui bordait le ruisseau pour éviter de se montrer aux clients de Firmin. Si les consommateurs l'avaient vu passer, rasé de frais et presque endimanché, nul doute qu'ils auraient tous ricané, persuadés qu'il se rendait tout droit chez la Gustine. Et les langues seraient allées bon train… Toutefois, en passant devant le porche, il n'avait pu s'empêcher de jeter un coup d'œil vers la façade qu'il connaissait si bien, se promettant de profiter de l'occasion pour revenir au même endroit, la nuit venue. Il connaissait le signal : après une certaine heure, les volets entrebâillés signifiaient la voie est libre. S'ils étaient clos, la place est prise ou, plus simplement, je n'ai pas envie de recevoir ce soir…

« Tiens, voilà ce bon Maxime ! »

Perdu dans ses pensées, celui-ci n'avait pas entendu arriver Germain.

« Je regardais tes vignes, bredouilla-t-il. Ce sont les plus belles du pays ! D'ailleurs, ton vin fait des jaloux…

– Merci, Maxime, il faut bien que j'occupe ma retraite ! Et puis elles sont bien exposées, j'ai la chance d'être à flanc de colline. Viens… »

Madame Cabanis se trouvait sous la tonnelle, devant une table où étaient déjà disposés des bouteilles et des verres. C'était une femme plutôt petite et menue qui devait friser la soixantaine, avec un visage aux traits nets et fins qu'éclairaient des yeux pétillants d'intelligence. Sa tenue, soignée en toute circonstance, la distinguait des autres femmes du village. Mais c'était le symbole de sa fonction.

« Eh bien Maxime, je vois que tu as fait des efforts de toilette, dit-elle avec malice. Assieds-toi, nous t'attendions… »

Maxime mesurait un mètre quatre-vingts et dominait l'institutrice de toute sa haute taille, mais, devant elle, il se sentait aussi intimidé que lorsqu'il était son élève. Il avoua :

« C'est que, Madame Cabanis, venir prendre l'apéritif chez vous… Ce n'est pas comme quand je vais boire un coup au Trouquet ! »

L'embarras de Maxime amusait visiblement l'institutrice qui éclata de rire :

« Allons, allons, nous ne sommes pas des bourgeois ni des sauvages, tout de même…

– Pas tant de manières et assieds-toi donc, dit Germain, jovial. Tu veux un pastis ? Je viens de tirer un seau d'eau fraîche du puits… »

Tandis qu'ils s'installaient et que son mari faisait le service, Madame Cabanis observait Maxime, se demandant comment il allait réagir à ce qu'elle allait lui dire. Outre sa grande taille, c'était un garçon au torse puissant et aux épaules larges. Sous la fine chemise de coton, on devinait les muscles solides de ceux qui sont habitués aux durs efforts que nécessite le travail de la terre, surtout quand il s'agit de traversiers escarpés et malcommodes d'accès où l'on doit tout transporter à dos d'homme. C'était un brun aux cheveux assez longs, avec un visage au menton carré qui trahissait son énergie débordante. Bizarrement, le nez était trop petit par rapport au faciès assez rude. Malgré les yeux bleus hérités de sa mère, Maxime n'était pas vraiment beau, mais il plaisait aux femmes parce qu'il avait un physique laissant présager des étreintes viriles et généreuses.

Les hommes parlaient de la vigne, du temps sec et chaud, spéculant sur le degré que ferait la prochaine récolte qui s'avérait bonne. Alice les laissait parler, le temps que Maxime se détende. D'ailleurs, son mari servait déjà un deuxième pastis et le garçon semblait mieux à son aise.

« Alors, es-tu content d'être conseiller municipal ? finit-elle par demander. Il me semble que tu ne te débrouilles pas mal ?

– Oh ! J'ai été élu grâce à vous, Madame Cabanis, alors j'essaie de faire de mon mieux pour ne pas vous décevoir…

– C'est bien mon petit, et je constate que tu t'intéresses bien aux affaires du village… Ça ne m'étonne pas, tu étais un très bon élève à l'école.

– Euh… Il ne faut pas exagérer, se défendit Maxime, un peu gêné du compliment ! Mais puisque je suis au conseil, autant essayer de servir à quelque chose...

– Je savais bien que je ne me trompais pas quand j'ai demandé au maire de te prendre avec lui... Et la source ? »

Maxime fit la grimace :

« Ah ! J'y suis allé encore samedi, elle a beaucoup baissé ! J'ai dit au maire que nous n'arriverions pas au mois d'août ! Que voulez-vous, il faudrait voir s'il est possible de faire un forage un peu plus haut et construire un vrai château d'eau... » L'été, lorsque le ruisseau se tarissait, la source des Sauzes continuait à couler en amont du village. C'est elle qui alimentait les cinq fontaines de Combesèque. Afin de constituer une réserve, la mairie avait fait creuser un grand bassin à flanc de colline. Mais, lorsque la sécheresse persistait, il fallait rationner l'eau à partir du mois d'août, au grand mécontentement de la population qui se désolait. C'était la période désagréable pour Maxime chargé, en tant que responsable, de surveiller le niveau du réservoir et de fermer les vannes à heures régulières afin d'éviter une pénurie totale. Alors, les Combeséquois ne pouvaient qu'attendre, en espérant que les gros orages du 15 août viendraient rétablir la situation.

« Tu parles d'or, mon bon Maxime ! s'exclama madame Cabanis. Je ne cesse de le rabâcher au maire, mais cette tête de mule ne veut rien entendre... »

Chaque été à la même époque, la question revenait invariablement dans les discussions du conseil municipal. Mais Clément Granier, le maire, avait décrété une fois pour toutes que les travaux seraient trop onéreux pour la commune. Cela faisait enrager madame Cabanis qui réclamait de faire au moins exécuter des devis par une entreprise qualifiée. S'occupant du budget, elle se tuait à expliquer au maire que les subventions s'accumulaient faute d'entreprendre de grands travaux. « La municipalité est riche et cela ne nous sert à rien ! » se désolait-elle lorsqu'ils se trouvaient en tête à tête. Mais sur ce point précis Clément, d'ordinaire attentif aux conseils de l'institutrice, ne voulait rien entendre et gardait le silence. Devant ce mutisme, elle insistait, lui faisant remarquer que les anciens s'étaient débrouillés pour avoir l'électricité, vingt ans plus tôt, et finissait par s'exclamer : « Aujourd'hui, non seulement les maisons ne sont toujours pas équipées pour recevoir l'eau mais, en plus, nous sommes rationnés en été ! À quoi ça sert d'avoir tant d'argent dans la caisse ? » Malgré tous ces arguments, il n'y avait rien à faire. Clément restait inébranlable. Il venait d'avoir soixante-dix ans et désirait se retirer aux prochaines élections qui auraient lieu au mois d'octobre. Aussi ne voulait-il pas s'encombrer d'études, de dossiers et de demandes de subventions. « Laissez-moi finir mon mandat tranquillement, finissait-il par répondre. Vous n'ignorez pas que cela poserait de nombreux problèmes, mon successeur fera ce qu'il voudra... »

De plus, assez avare de nature, il avait tendance à considérer l'argent des contribuables comme un trésor qu'il gérait pour le bien de tous et était assez fier de léguer en héritage une importante somme à la prochaine équipe. Madame Cabanis finit par soupirer :

« Heureusement qu'il s'en va...

– Cela ne changera pas grand-chose, remarqua Maxime. Il laisse la place à Edmond qui pense qu'il y a d'autres priorités...

– Sûrement ! s'exclama Germain. Ce cureton manqué compte refaire à neuf le toit et la façade de l'église avec les sous du contribuable ! L'eau, ce n'est pas son problème, il n'habite pas le village... »

Edmond Valat était en effet le premier adjoint du maire et il attendait son heure avec impatience. Né à Combesèque, il y possédait une maison dans laquelle il passait tous ses week-ends, mais il habitait Ganges où il dirigeait un cabinet d'assurances florissant. Sa situation avantageuse, son instruction bien supérieure à celle des autres conseillers, son âge – il entrait dans la cinquantaine triomphante – en faisait le candidat idéal. D'ailleurs, Clément Granier et lui-même s'étaient entendus depuis longtemps, Edmond Valat serait le futur maire, cela ne se discutait pas. Personne, parmi les autres conseillers, ne se serait permis de remettre en cause cet accord.

Edmond n'avait qu'un ennemi déclaré, siégeant comme lui au conseil municipal : Gaston Panafieu, communiste pur et dur. Les deux hommes « étaient de la classe » et Gaston ne se gênait pas pour reprocher « à Monsieur le futur maire » les deux ans passés par celui-ci au séminaire de Nîmes, après ses études, et de railler sa fréquentation trop assidue de l'église. Mais Valat n'en avait cure. Gaston, au caractère emporté et souvent excessif dans ses prises de position, ne représentait pas un grand danger.

Madame Cabanis appréciait peu ce successeur désigné. Sa fonction à la mairie lui imposait la discrétion, mais elle songeait que si sa position lui permettait d'influencer à sa guise Clément Granier, en dehors du problème de l'eau, il en irait tout autrement avec Valat... D'ailleurs, elle soupçonnait cet ambitieux de vouloir se faire élire pour briguer, plus tard, le poste de conseiller général. Quoi qu'il en soit, sa propre influence en serait considérablement diminuée et le trésor de la commune risquait de filer sur d'autres projets que celui de l'eau. Elle se pencha en avant, fixant Maxime à qui Germain, généreux, venait de servir un troisième verre.

« On pourrait peut-être changer les choses..., dit-elle sur le ton de la confidence. Nous sommes en juillet, les élections n'auront lieu qu'en octobre. Il reste trois mois pour organiser une surprise...

– Ah! » fit Maxime en ouvrant de grands yeux.

Éberlué, il dévisageait l'institutrice, se demandant où celle-ci voulait en venir. Madame Cabanis rapprocha un peu son siège de celui du garçon et posa la main sur son bras. Elle suggéra, d'une voix douce:

« Imagine qu'un candidat se présente contre Edmond Valat... Une personne courageuse, qui ne soit pas bête, avec de la prestance. Quelqu'un de respecté et qui ferait campagne en promettant d'amener l'eau dans les maisons... »

Comme hypnotisé, Maxime fixait madame Cabanis dont le regard le transperçait. Il se sentait mal à l'aise et vida son verre d'un coup pour se donner une contenance. Il souffla, éperdu:

« Vous?...

– Toi! conclut-elle avec un sourire triomphant. Moi je ne peux pas, je suis secrétaire de mairie. Mais je serai derrière toi pour t'aider...

– Ah, non! Madame Cabanis. Ça, jamais!...»

Sous le coup de l'émotion, Maxime s'était levé brusquement, renversant la table et les verres. Le visage en feu et le souffle court, il bredouilla de vagues excuses, scrutant avec inquiétude l'institutrice qui le tenait toujours sous son regard perçant. Dans sa grande confusion, il se crut revenu au temps de l'enfance, lorsqu'il était puni à tort:

« Vous ne pouvez pas me faire ça, Madame la maîtresse, vous ne pouvez pas... »

Germain s'affairait à tout remettre en place.

« Heureusement que c'est du gravier par terre, remarqua-t-il, il n'y a rien de cassé ! »

Puis il se tourna vers Maxime et lança, joyeux :

« Tiens, je rince les verres et je te ressers, ça te remettra... » Celui-ci s'assit lentement, les jambes soudain flageolantes. Il plaida, la mine désespérée :

« Vous n'êtes pas sérieuse, Madame Cabanis ? Vous savez bien que je passe pour un noceur et un coureur ? On dit même que je cherche la bagarre dans les fêtes ! On ne me prendra pas au sérieux et on va se moquer de moi...

– Allons, allons, tu noircis le tableau. Tu ignores que tout le monde t'estime, au village. Tu as été prisonnier et on t'a décoré, ça compte ! Les gens comprennent que tu aies besoin de t'amuser un peu après cinq années passées en Allemagne... »

Maxime tentait d'y voir clair et de reprendre son calme. Il se défendit :

« Mais je suis trop jeune. Et célibataire en plus !... » L'institutrice chassa l'argument d'un geste insouciant :

« À trente ans, on n'est plus un gamin et tu ne resteras pas toujours célibataire. Surtout si tu es maire. Les filles te courront toutes après...

– Non, ce n'est pas possible, je vous assure... », souffla Maxime qui perdait pied.

Madame Cabanis ne lâchait pas prise. Elle concéda, d'une voix apaisante :

« Écoute, je comprends ton émotion, tu vas réfléchir tranquillement à ce que je viens de te dire et tu me donneras ta réponse plus tard. Nous avons encore le temps...

– Je n'ai pas assez d'expérience! D'ailleurs, personne ne voudra faire une liste avec moi, surtout avec Edmond Valat en face... » Madame Cabanis contemplait Maxime, se demandant si elle avait fait le bon choix en pensant à lui. Mais depuis des mois elle avait sondé discrètement deux ou trois hommes du village susceptibles d'occuper le fauteuil de maire. Aucun ne semblait tenté par la fonction et encore moins disposé à se mesurer avec Valat. Pourtant, elle avait déjà sa petite idée sur ceux qu'elle pourrait désigner à Maxime comme colistiers. Enfin, elle connaissait bien les intentions d'Edmond qui voulait en priorité restaurer la toiture et la façade de l'église. Cela, elle ne pouvait le tolérer car depuis longtemps elle s'était mis en tête de faire équiper le village en eau courante. Alors, elle avait fini par se dire que ce grand bêta, grande gueule et courageux... Elle balaya l'objection d'un geste insouciant.

« L'expérience, je l'aurai pour toi. Et ne te fais pas de souci pour l'équipe, nous la trouverons ensemble... Réfléchis quelques jours. »

À bout d'arguments, Maxime secouait la tête. Il leva les bras et dit, accablé:

« Personne ne votera pour moi, j'en suis bien certain!

– Détrompe-toi, toutes les femmes veulent qu'on installe l'eau dans les maisons, tu seras leur idole. Comment ferions-nous, avec Germain, s'il n'y avait pas le puits ?

– Les femmes, Monsieur le curé les tiendra, objecta Maxime. Quand elles iront en confession, il leur dira ce qu'elles doivent faire…

– … Ne dis pas cela, elles ne sont pas si bêtes, l'interrompit l'institutrice. Et puis le curé, il ne se fatigue pas à aller chercher les cruches d'eau à la fontaine, lui. C'est Rosine, sa bonne, qui se charge de cette corvée, comme toutes les autres femmes… Je te le répète, elles seront toutes pour toi… »

Madame Cabanis avait réponse à tout. « Elle a dû préparer son affaire depuis longtemps ! » songea Maxime, amer. Dans l'instant, il ne pouvait trouver son salut que dans la fuite. Il se leva en bredouillant : « Excusez-moi, il faut que je rentre, vraiment… Je réfléchirai, Madame Cabanis… »

Ils s'étaient tous levés et, comme il saluait précipitamment ses hôtes pour s'éloigner le plus vite possible, l'institutrice assena son dernier argument : « Songe, dit-elle, à ce qui se passerait si tu étais élu. Tu ferais grand honneur à ta famille puisque ton grand-père a été maire pendant vingt ans ! En plus, c'est grâce à lui si nous avons l'électricité dans le village ; on en parle encore avec reconnaissance. Alors si, grâce à toi, Combesèque était équipé en eau, la famille Blaquières…

– On verra, on verra... », bafouilla-t-il.

Comme il allait tourner le dos, elle le retint une dernière fois par le bras et ajouta :

« Tout ça doit rester entre nous pour le moment, n'est-ce pas ? Alors pas un mot, surtout au Trouquet...

– Il n'y a pas de danger, ne vous inquiétez pas... »

Il s'éloigna en hâte, la tête bourdonnante et la démarche mal assurée. Lorsqu'il passa à côté du porche, il jeta machinalement un coup d'œil aux volets de la Gustine et détourna la tête. Contrairement à ce qu'il avait prévu, il ne viendrait pas voir si les volets étaient ouverts, la nuit venue, il se sentait trop préoccupé. Il n'irait même pas boire un dernier verre au bistrot. Son aventure de la nuit avait été éventée, il ne savait comment, et on se moquerait de lui. Il reprit le même chemin discret qu'à l'aller en serrant rageusement les poings, songeant que, décidément, cette journée ne lui aurait pas été favorable.

## III

## Le Trouquet

MAXIME PLOYA SA GRANDE CARCASSE et déboucha la *gourgue*[1], libérant l'eau qui s'écoula lentement dans le caniveau menant à son jardin. Il alla ensuite se poster devant son carré d'oignons et se saisit de son *azagadouïre*[2]. Grâce à un système de rigoles soigneusement tracées et entretenues, l'eau se dirigeait vers l'endroit voulu. Lorsque la cuvette creusée à l'angle où il se trouvait fut pleine, il écarta les jambes de part et d'autre du trou, cala solidement le manche de l'outil sous son bras puis, d'un balancement souple d'avant en arrière, il commença à arroser. L'opération était délicate et

1. *Bassin grossier retenant l'eau provenant d'une source et destinée à l'arrosage des jardins.*
2. *Régionalisme. Sorte de pelle large à bords légèrement recourbés permettant de projeter en pluie l'eau retenue dans une cuvette creusée dans le sol à cet effet.*

demandait de l'expérience. Si l'arroseur ne puisait pas assez d'eau, le geste était inutile. S'il en puisait trop, le poids de la gerbe couchait les tiges en retombant au risque de les casser.

« Oh, le paysan ! Tu étais mort ou quoi ? »

Surpris, Maxime interrompit brusquement son mouvement et se retourna. Attentif à sa tâche, il n'avait pas entendu arriver son ami Henri.

« Ça fait trois jours qu'on ne t'a pas vu au Trouquet ! s'exclama celui-ci. Je m'inquiétais…

– Bof, je suis un peu crevé, en ce moment…

– C'est vrai, tu n'as pas bonne mine ! Des soucis ? »

Maxime posa son outil contre la muraille et essuya machinalement ses mains boueuses à son pantalon. Effectivement, depuis son entrevue avec madame Cabanis il dormait mal. La nuit, les idées contradictoires se bousculaient dans sa tête et il finissait par se lever aux aurores mal reposé, après un sommeil agité, maudissant l'institutrice et son idée saugrenue qui était venue perturber sa vie. C'est pourquoi depuis trois jours il se tenait à l'écart et n'avait pas mis les pieds au bistrot.

« Viens, dit-il, on va boire un coup… »

Maxime entraîna Henri à l'ombre d'un pommier où il laissait sa bouteille au frais dans une touffe d'herbe. Ils burent à la régalade puis roulèrent une cigarette en silence. Maxime réfléchissait. S'il se confiait à son ami, celui-ci allait se moquer de lui, il en était certain. Et garderait-il le silence ? Il n'avait encore rien dit à Lucie, sa mère, sachant à l'avance toutes les récriminations et les mises en garde dont elle allait l'accabler. Mais le secret était d'autant plus lourd à porter que, parfois, le doute s'emparait de lui. Lorsqu'il passait devant le buffet de la cuisine où trônait le portrait de son grand-père, le torse ceint de son écharpe tricolore, son regard s'attardait malgré lui et il restait un instant rêveur. Toutefois, il se reprenait vite, se traitant de fou et d'imbécile et s'empressait de sortir afin de se changer les idées.

« Tu n'es guère bavard... », finit par remarquer Henri. Maxime regarda son ami. C'était un grand gaillard d'environ vingt-cinq ans, maigre, sec comme un échalas, avec un regard franc et rieur. Il considérait Maxime comme son mentor, écoutait ses conseils les yeux fermés et était le compagnon fidèle de toutes ses frasques. Il demanda :

« Si je te confiais un secret important, tu le garderais pour toi ? Sûr ?

– Comment tu peux douter ? se défendit Henri. Je suis ton ami, non ? »

Maxime hésitait encore.

« Oui, mais là...

– Quoi, là ?

– Figure-toi qu'une personne importante du village me demande de me présenter contre l'Edmond, aux prochaines élections... »

Henri fronça les sourcils, n'ayant visiblement rien compris. Il dit :

« Tu feras équipe avec Edmond, le futur maire…

– Oui, à moins que je me présente sur une liste concurrente, expliqua patiemment Maxime. On me dit que j'aurais des chances d'être élu si je promettais d'installer l'eau courante dans le village… »

Profondément troublé, Henri paraissait de plus en plus perplexe. Tout à coup, il réalisa ce que lui racontait Maxime et bafouilla, le doigt tendu en direction de son ami :

« Quoi tu dis ?… Maire, toi ! »

Cette idée lui semblait tellement saugrenue, invraisemblable, énorme, qu'il contempla Maxime, incrédule, la bouche grande ouverte. Il lui venait une puissante envie de rire, de sauter en l'air, de faire mille grimaces et pourtant il se tenait aussi raide qu'un piquet, incapable de bouger.

« Eh bé ! Ça alors, tu m'en apprends une !… »

Il lança un coup d'œil effaré au ciel, regarda son ami pour être certain que celui-ci était sérieux et se débonda enfin. Son rire explosa, puissant, généreux, douloureux jusqu'à le plier en deux, le souffle coupé. Il se leva pour respirer, se frappant les cuisses sous l'œil sévère de Maxime, vexé. Pourtant, celui-ci, au lieu de se fâcher, finissait par se laisser gagner par l'hilarité de son compagnon, et l'idée même d'être maire un jour lui sembla tellement déraisonnable qu'il commença lui-même à se dérider. Henri s'exclama :

« Ah ! Tu auras belle mine avec ton écharpe en travers de la poitrine quand nous irons danser dans les fêtes… »

Maxime gloussa, amusé par les contorsions de son ami qui mimait un tango. Puis il imagina la tête d'Edmond Valat apprenant sa candidature et une joie débordante, irrésistible s'empara de lui. Il se renversa en arrière et se laissa aller, s'esclaffant à grand bruit, sans bien savoir s'il se moquait de lui-même ou du futur maire.

« N'oublie pas de tenir ta langue ! dit-il, redevenant sérieux.

– Et toi, tu viendras boire un coup ce soir, sinon, les autres vont penser que tu es fâché. »

Il y avait une douzaine de personnes au Trouquet quand Maxime pénétra dans l'estaminet. Assis à une table, quatre hommes jouaient à la belote tandis que deux spectateurs commentaient les coups. Les autres étaient au comptoir en compagnie d'Henri, écoutant Fouillette qui pérorait, comme à son habitude. Le patron, Firmin, un grand gaillard souriant qu'une bedaine débordante rendait plus jovial encore, s'exclama :

« Tiens, un revenant ! Je croyais que tu étais fâché ?…

– Oh ! J'avais du boulot en retard... », mentit Maxime en serrant des mains.

Fouillette reprit son récit interrompu par l'arrivée de Maxime.

« Je disais donc que mon fils Patrick – il disait mon *fisseu* –, celui qui est marin à Sète, est un champion de la pêche – il prononçait *pécheu* – sous-marine... »

Le braconnier était un homme petit et sec, au nez fin et courbe, aux traits aigus, avec une petite tête d'oiseau perpétuellement coiffée d'un béret. Son regard pétillant, masqué par des sourcils incroyablement broussailleux, trahissait sa nature : c'était un malin doublé d'un menteur et d'un affabulateur impénitent. À l'entendre, il lui arrivait toujours des histoires extraordinaires qu'il aimait raconter d'une voix graissée au vin rouge à force de téter sa bouteille. Après avoir vécu à Sète, où il travaillait aux chemins de fer, il s'était retiré au pays dès le lendemain de sa retraite tant il lui tardait d'assouvir en toute tranquillité sa passion exclusive du braconnage. Cela désespérait sa femme qui avait bien du mal à lui imposer de s'occuper un peu de son jardin.

« La semaine dernière, on est allés le voir avec ma femme et il me dit : "Té, papa, il fait beau, si on allait faire un tour à la *pécheu avecque* le bateau ?" On prend sa barcasse et nous voilà partis. Arrivé au large, il prend ses repères, s'arrête et il me dit : "On va rester ici, c'est un endroit poissonneux..."

« Alors il met les palmes, son masque, son tuba et le voilà qui plonge tandis que moi, j'allume une cigarette. Il se passe une minute, deux minutes, trois minutes et je ne vois rien ! Mais je me faisais pas de souci, mon *fisseu*, c'est un champion…

« Au bout d'un moment, je regarde ma montre. Quatre minutes et toujours rien. Attention, j'étais pas inquiet, parce que je sais que Patrick est un as. Mais quand même, je commençais à tirer un peu plus fort sur la cigarette…

– Et tu n'as pas plongé pour voir ce qui se passait ? s'étonna Henri.

– Je sais pas nager, couillon !… » rétorqua Fouillette, furibond.

Il y eut quelques gloussements. Le regard du braconnier fit le tour de la salle. Les joueurs de cartes avaient interrompu leur partie, chacun était attentif à son récit. Satisfait, il reprit :

« Cinq minutes ! Je regarde, je regarde et je vois toujours rien. Je sais bien que mon *fisseu*, c'est un *craque* mais quand même, là, je commençais à me faire vraiment du souci !

« Tout d'un coup, au bout de six minutes, je vois la tête d'un Noir qui émerge à côté du bateau. Alors je lui demande : “Pardon, Monsieur le Noir, vous auriez pas vu mon *fisseu ?* Ça fait six minutes qu'il a plongé et il est toujours pas remonté !” Et j'entends une voix qui me répond : “Comment, papa, tu me reconnais pas ? C'est moi, ton *fisseu*, je me suis battu avec un poulpe et il m'a lâché le noir !..." »

Un silence stupéfait succéda à ces fortes paroles. Fouillette toisa l'assistance médusée avant de laisser tomber négligemment :

« Eh bé, vous direz ce que vous voudrez, mais j'étais drôlement soulagé ! Six minutes sans respirer, c'est pas rien... »

Sur ce, il se retourna, finit son verre cul sec et conclut, imperturbable :

« Je vous le disais, mon *fisseu*, c'est un champion de la *pécheu* sous-marine. Vous avez qu'à essayer, vous, de rester tout ce temps sans respirer... »

Alors, mais alors seulement, un formidable éclat de rire général explosa dans la salle, enfla et finit par crépiter comme le bruit d'un feu de forêt poussé par le vent à travers une sapinière. Content de son effet, Fouillette se tourna vers Maxime et demanda, goguenard :

« Au fait, et ta superbe moto ? Elle marche maintenant ?

– Une chaîne, ça casse, grand couillon ! rétorqua Maxime.

– Ah ! Vous aviez belle mine sur la petite machine d'Albert ! » rigola Fouillette.

Il fit semblant de tenir le guidon d'une moto zigzaguant sur la route et s'exclama :

« Trois gros balèzes sur une trottinette. Vous auriez vu ça ! » Maxime était un peu vexé :

« Je suis sûr que tu venais encore de braconner quand tu nous as vus ? Je me demande si un jour je ne devrais pas en toucher un mot aux gendarmes. Après tout, je suis conseiller municipal… »

Fouillette eut un geste insouciant de la main et dit, en clignant de l'œil :

« Oh ! Les gendarmes je ne les crains pas. C'est moi qui ravitaille l'adjudant, il adore les truffes et le sanglier…

– Le sanglier ? Pas celui que tu as manqué cet hiver ! »

On s'esclaffa à nouveau mais cette fois, c'était au détriment de Fouillette. Un voile de contrariété se dessina sur le visage de celui-ci. Le jour de la fermeture de la chasse, il avait participé à la battue et lui, une des plus fines gâchettes du canton, avait manqué un énorme solitaire qui se défilait tranquillement tandis que les chiens suivaient la piste de la harde partie à l'opposé. Il faut dire que pour cette occasion, toute l'équipe avait pris un repas en commun et Fouillette, comme à son habitude, avait abusé de la bouteille. Aussi l'après-midi, endormi au pied d'un chêne, il avait entendu arriver la bête comme dans un rêve. « J'ai cru entendre galoper un cheval, avait-il avoué, et je me disais que le type était fou de venir se balader au milieu d'une battue ! » Avant d'ajouter, piteux : « Quand je me suis réveillé, il était déjà loin et… » « Et tu l'as manqué comme un manche, il t'est passé à dix mètres !… », s'étaient exclamés, furieux, les chasseurs venus aux nouvelles en examinant les traces près du chêne où se trouvait Fouillette assoupi. Depuis ce jour fâcheux, le braconnier évitait de raconter des histoires de chasse mais subissait souvent les moqueries des habitués du Trouquet, surtout lorsqu'il racontait une de ces blagues invraisemblables dont il avait le secret.

« Au fait, Maxime, la source tiendra, cet été ? demanda Firmin.

– La source ? Le bassin se remplit de plus en plus lentement. Je serai bientôt obligé de couper l'eau, c'est certain !...

– Merde, alors ! »

Brusquement, Maxime songea à la conversation qu'il avait eue avec l'institutrice et s'exclama :

« Il nous faudrait faire un forage et construire un vrai château d'eau. On pourrait enfin installer l'eau dans les maisons...

– Mais Clément et Edmond disent que ça coûterait trop cher !... » s'exclama un beloteur.

Comme souvent, Maxime répondit sans trop réfléchir :

« Clément est un âne et un avare ! Des sous, y en a en caisse et l'Edmond, lui, il veut réparer l'église avec l'argent de la commune pour faire plaisir au curé. Alors l'eau, c'est pas son problème... »

Ses fortes paroles provoquèrent un silence gêné. Maxime jeta un coup d'œil au beloteur qui avait parlé. C'était un cousin du maire. Quant à son partenaire, il chassait le lièvre avec Edmond. L'idée lui vint qu'il avait peut-être trop parlé mais il était lancé et il se sentit obligé de continuer :

« Enfin quoi, nous sommes la dernière commune du canton à ne pas être équipés ! Moi, je dis qu'il nous faudrait un maire qui promette de s'occuper du problème de l'eau, c'est plus urgent que l'église !... »

Il y eut comme un malaise dans la salle. Firmin tenta une diversion en parlant du concours de boules qui aurait lieu le dimanche suivant. En vain, les deux beloteurs qui s'étaient sentis concernés sortaient déjà du bistrot, la mine renfrognée. Les autres ne savaient trop que dire. Fouillette était le seul à paraître réjoui. Il s'exclama, admiratif :

« Putain, Maxime, tu parles comme un politicien ! Té, si tu te présentais, je voterais pour toi... »

Charles Blaquières était un homme lourd et lent, avec un torse de tour sarrasine et un visage rougeaud, au nez large et proéminent qu'atténuait en partie une épaisse moustache à la gauloise. À voir son allure pataude, on pouvait imaginer avoir affaire à un gros nigaud. Mais il suffisait de croiser son regard vif et rieur pour deviner qu'il était en réalité un homme subtil et réfléchi. Il vivait modestement de son métier de cordonnier, de son jardin et d'une petite vigne qui lui assurait sa provision de vin. Charles était un homme heureux, réputé pour sa grande sagesse.

Par chance, il était seul lorsque Maxime pénétra dans son échoppe. Celle-ci, idéalement située au milieu de la rue centrale, était un lieu de rencontre très fréquenté parce qu'on appréciait la jovialité du cordonnier autant que sa conversation agréable. De plus, il inspirait confiance et les clients, sûrs de sa discrétion, lui confiaient naturellement des secrets qu'ils cachaient soigneusement à leur propre famille ou à leurs amis. Ainsi Charles savait tout ce qui se passait dans le village. Assis devant son établi, il réparait tranquillement une paire de godillots cloutés. Il baissa la tête, regarda son neveu par-dessus ses lunettes et posa tranquillement sur l'établi la chaussure qu'il tenait.

« Bonjour mon garçon, dit-il. Prends le tabouret et assieds-toi. Que me vaut le plaisir de ta visite ? »

Maxime s'installa, l'air embarrassé.

« Je voulais te demander conseil, tonton, finit-il par dire. C'est important…

– Diable, tu es bien sérieux ! Tu viens m'annoncer ton mariage ?

– Non, non… »

Charles observa son neveu.

« Alors quel est le problème qui te tracasse ? l'encouragea-t-il, amusé de voir son embarras.

– C'est que, tu vas être surpris…

– Ne fais pas tant d'histoires, parle… »

Maxime regarda un instant son oncle. Rassuré par l'expression paisible de son visage il finit par se lancer. Il raconta dans le détail l'entrevue qu'il avait eue avec madame Cabanis, sa stupéfaction lorsqu'elle lui avait proposé de se porter candidat à la mairie contre Edmond Valat et l'insistance de celle-ci malgré son refus catégorique. La façon qu'elle avait eue de vouloir le rassurer en lui expliquant qu'elle l'aiderait à trouver des volontaires pour constituer une liste et qu'elle lui apporterait toute son expérience s'il était élu. Il conclut :

« J'ai voulu refuser, mais elle avait réponse à tout ce que je lui disais. Elle m'a même assuré que si je promettais de faire installer l'eau dans les maisons toutes les femmes voteraient pour moi !…

– Alors tu as dit oui ? demanda Charles.

– Oh non ! Je me suis enfui dès que j'ai pu, mais elle m'a demandé de retourner la voir quand j'aurais bien réfléchi… » Augustin eut une moue et plissa les yeux d'un air malicieux. Il demanda :

« C'est pour ça que tu as fait cette sortie au Trouquet, avant-hier ? Tu testais tes pouvoirs d'orateur ?

– Heu… Un peu, avoua Maxime, surpris. Comment tu le sais ? »

Charles eut un geste vague de la main :

« Peu importe, mais tu t'es déjà fait trois ennemis. Le maire, parce que tu as dit que c'était un âne et un avare, Edmond, dont tu as dévoilé ouvertement le projet, et le curé, qui veut faire réparer son église. Ça fait déjà beaucoup pour un simple essai…

– Ah ! Tu crois ? dit Maxime, confus et vaguement inquiet.

– Je le pense. À l'avenir, il faudra être plus prudent, fiston… » Charles réfléchissait en lissant doucement sa moustache. Il finit par dire :

« Maintenant, je comprends pourquoi madame Cabanis t'a fait élire conseiller. Elle a calculé cette affaire depuis longtemps. En tant que secrétaire, elle sait tout de ce qui se passe à la mairie et en fait, c'est elle qui gouverne. Avec Edmond, ce sera pas pareil, surtout qu'il vise plus haut… Alors elle a dû sonder discrètement deux ou trois hommes du village capables de se présenter contre Valat. Et comme elle n'a pas trouvé de couillon qui veuille tenter l'affaire, elle t'a fait élire en désespoir de cause pour t'avoir sous la main le moment venu ! Je pense qu'elle a un projet pour l'eau… »

Maxime s'exclama, vexé :

« Donc tu penses qu'elle me prend pour un imbécile à qui elle fera faire ce qu'elle veut ? »

Charles éclata de rire et leva une main apaisante :

« Je n'irais pas jusque-là, mon garçon. Mais méfie-toi, dans un village, il n'y a rien de tel que de faire de la politique si on veut se fâcher avec tout le monde !

– Mais pourquoi elle ne m'en a pas parlé plus tôt?

– Parce qu'elle sait les frasques dont tu es capable! Elle a pensé à tout, y compris de te mettre au courant au dernier moment, afin d'éviter que tu ne racontes n'importe quoi. Et elle est maligne; en te parlant de ton grand-père, elle savait que tu serais forcément tenté… »

Le raisonnement de son oncle mortifiait Maxime.

« Mais mon grand-père était respecté de tous et on en parle encore avec reconnaissance dans le village!… »

Charles leva les bras au ciel:

« Oui, mais ton grand-père était un homme réfléchi, il ne prenait jamais de cuites, allait à la messe le dimanche et fréquentait rarement le Trouquet. De plus, il était marié et ne couchait pas avec la Gustine!… »

Maxime se dressa, l'air décidé:

« Tu as raison, tonton, ce soir même, j'irai dire à madame Cabanis qu'elle se cherche un autre imbécile pour son élection! »

Comme il soulevait le rideau qui fermait l'entrée de l'atelier, son oncle marmonna, sans se retourner:

« Cela dit, si on pouvait installer l'eau dans le village, ce serait une bonne chose… »

Maxime se retourna d'un bloc, le cordonnier avait repris son godillot dans les mains et l'examinait, l'air innocent. Il ajouta d'un ton léger, sans se retourner:

« Au revoir, mon neveu, passe me voir plus souvent. Et fais attention à ce que tu dis, quand tu vas au bistrot… »

Maxime s'élança dans la rue, la tête bourdonnante d'idées contradictoires.

## IV

## L'impair de Maxime

QUAND L'EAU VINT À manquer, quelques jours plus tard, Maxime n'était toujours pas retourné voir Madame Cabanis. Il repoussait sans cesse l'échéance, sans savoir s'il aurait assez de courage afin de dire non ou suffisamment de faiblesse pour accepter. Il doutait, n'osant rien décider, d'autant plus tracassé que sa mère râlait tous les jours en voyant baisser le niveau de l'eau dans le puits du jardin. Alors il vivait tranquillement entre sa maison et sa propriété, évitant soigneusement de s'aventurer au Trouquet où ses absences répétées faisaient jaser.

Il se rattrapait de ce relatif isolement en rendant visite à la Gustine, chez qui il avait passé deux nuits de suite. Fine mouche, sa sémillante maîtresse avait tout de suite deviné le trouble de son amant et n'avait eu aucun mal à lui tirer les vers du nez. Il s'était confessé sans crainte, sachant combien la discrétion était une vertu pour les activités secrètes de la belle veuve. À sa grande surprise, celle-ci, après l'avoir écouté sans l'interrompre, s'était serrée contre lui et lui avait murmuré, câline : « Et pourquoi tu ne te présenterais pas, après tout, mon chéri ? L'Edmond et le Clément se sont arrangés sans demander l'avis de personne ! Si tu étais candidat, la majorité des femmes voteraient pour toi, et moi je serais ta première supportrice ! » Après quoi, elle lui avait dispensé mille caresses qui lui avaient fait oublier tous ses tourments.

Mais ce matin-là, il fut catastrophé par le spectacle qu'il découvrit en arrivant au bassin pour sa visite journalière. L'eau s'échappait lentement par une fente dans le mur de soutènement de l'ouvrage. De la belle eau gaspillée en pleine sécheresse ! L'année précédente l'employé municipal, Ernest Bonnafoux, dit Papillon, avait déjà réparé cette fuite et la veille encore Maxime n'avait rien remarqué d'anormal. Le ciment avait dû s'effriter petit à petit et finir par lâcher dans la nuit ! Par chance, la fissure s'arrêtait à mi-hauteur du mur et seul un tiers de la réserve d'eau s'était échappé. Toutefois, il s'agissait de prévenir le maire sans tarder et de prendre des dispositions pour informer la population du rationnement obligatoire et immédiat afin d'éviter une pénurie totale. Sans plus attendre, il s'élança dans le sentier qui dévalait vers le village à la recherche du maire.

Sur les indications de sa femme, il trouva Clément Granier en train de sarcler un carré de salades à son jardin de la Vignasse. En voyant arriver Maxime, celui-ci se redressa, planta son outil en terre, et croisa les bras. Le maire était un homme râblé, sans cou, avec un visage sanguin et de tous petits yeux qui fixaient Maxime d'un air furieux. Ses colères étaient brèves, mais sa voix de stentor faisait souvent trembler les murs de la mairie lorsqu'une réunion du conseil dégénérait. Maxime fit semblant de ne pas remarquer son attitude agressive.

« La fuite du bassin s'est rouverte, un tiers de la flotte a foutu le camp, il faut rationner... », dit-il brièvement, essoufflé par sa course.

Clément resta un moment immobile, puis il repoussa en arrière la casquette qui couvrait en permanence son crâne chauve et rugit, le visage empourpré :

« Dis-moi, espèce de grand couillon, il paraît que je suis un âne et un avare ?

– Euh, j'avais peut-être bu un pastis de trop... », s'excusa Maxime, gêné.

Les petits yeux de Clément se fermèrent encore un peu plus.

« Ah oui ? Alors comme ça on va au Trouquet raconter n'importe quoi sur les gens respectables quand on a bu un coup de trop ?

– Excuse-moi, Clément, ça m'a échappé…

– Mon garçon, tu ferais bien de te calmer et de t'arrêter un peu de bambocher. Je trouve que tu dis beaucoup de bêtises… » Le maire avait soixante-dix ans et une lointaine parenté permettait à Maxime certaines familiarités dont il usait, lorsque c'était nécessaire.

« Allons, tonton Clémentou, ne te fâche pas, je me suis laissé emporter. Viens voir le bassin, vite…

– La prochaine fois tu fermeras ta grande gueule ! insista encore Clément.

– Promis, tonton, dépêchons-nous… »

Le maire était un brave homme et ses emportements ne duraient jamais très longtemps. De plus, la situation exigeait des mesures urgentes avant que tout le village ne vienne à manquer d'eau. Il s'exclama :

« Cet imbécile de Papillon aura encore employé du ciment éventé. On ne peut pas lui faire confiance. Viens, il faut le trouver… »

À la mairie, Papillon avait informé madame Cabanis qu'il allait réparer le chemin menant au hameau de La Bessoule. Ils se dirigèrent par là et trouvèrent le cantonnier en train de somnoler, assis à l'ombre propice d'un châtaignier, les mains jointes sur son énorme bedon et les jambes confortablement étalées devant lui. Une pelle et une pioche abandonnées au milieu du chemin attestaient que l'homme était venu là avec l'intention de remonter un petit mur écroulé à cet endroit, mais qu'il n'avait pas encore beaucoup attaqué le talus. Les reliefs d'un solide casse-croûte, disposés sur une serviette posée dans l'herbe, à portée de main, complétaient ce tableau bucolique. Du plus loin qu'il le vit, Clément Granier tonna, courroucé :

« Tu n'as rien de mieux à faire que de dormir à dix heures du matin, Papillon ? »

Réveillé en sursaut, le dormeur se leva aussi vite que lui permettait son gros ventre et regarda arriver le maire et Maxime, l'air ahuri. Il bafouilla :

« Euh… J'ai pensé que je pouvais prendre une petite pause et je me suis assoupi !… Il fait chaud… », s'excusa-t-il.

À Combesèque, tout le monde savait que la devise d'Ernest Bonnafoux, célibataire d'une quarantaine d'années, était pas trop vite le matin, lentement le soir. Il y exerçait les fonctions diverses et variées d'employé municipal, cantonnier, garde champêtre, annonceur public, bon à tout et à ne rien faire. Mais il suffisait de voir cette face à peau luisante, aux traits mous, aux yeux globuleux et un peu ahuris pour se dire que cet homme était bien brave, bien honnête, bien champêtre, mais que la vivacité d'esprit n'était pas son fort. On l'avait surnommé Papillon par dérision, en raison de sa bedaine rebondie et de son allure pataude. Clément l'avait embauché parce qu'il aurait été incapable de gagner sa vie autrement et, surtout, parce qu'il s'occupait bien de sa vieille mère, avec qui il vivait.

Le maire jeta un coup d'œil aux rares traces de coups de pioche, aux restes sur la serviette et lâcha, l'air sévère et désabusé :

« Eh bien ! À cette allure, tu mettras du temps à le remonter, ton mur !

– Euh, j'allais m'y mettre…

– Ah ? Viens avec nous, espèce de bon à rien. Tu as mal réparé la fente du bassin et l'eau fout le camp ! Je suis sûr que tu as employé du mauvais ciment… »

Papillon leva les bras, indigné.

« J'ai pris ce que j'ai trouvé à la mairie, Clément ! » protesta-t-il.

Une fois rendus sur place, ils discutèrent de la situation. Il fallait réparer au plus vite et annoncer la mauvaise nouvelle aux villageois. Clément s'inquiétait de la réaction des habitants, exaspérés par ces coupures qui revenaient régulièrement chaque été depuis quelques années.

« Samedi prochain, nous ferons une réunion du conseil municipal. Je vais prévenir tout le monde, décréta-t-il.

– Tu vois, si on faisait un forage..., commença Maxime.

– Ah ! Laisse-moi tranquille avec ça ! fulmina Clément. Vous vous démerderez avec l'Edmond quand il sera maire... »

Sur le coup de midi, alors que chacun rentrait chez soi manger sa soupe, Papillon arpenta le village, le tambour bien calé sur sa bedaine, les baguettes à la main. De place en place, il y allait de son long roulement, le faisait durer à plaisir, avant d'annoncer d'une voix forte, le visage empreint de la gravité convenant à l'importance du message qu'il avait à lire :

« *Avisse* : il est porté à la connaissance de la *pompulation* qu'à partir de demain, on ne pourra venir s'approvisionner en eau aux fontaines du village que le matin, de neuf à onze et le soir de dix-huit à vingt heures. Ceci à cause de la sécheresse. En conséquence, chacun est prié de prendre ses dispositions. Une réunion du conseil municipal se tiendra ce samedi pour examiner les mesures à prendre. Qu'on se le dise... »

Ran tan plan plan plan...

Satisfait de son annonce, Papillon essuyait son front ruisselant et se dirigeait un peu plus loin faire le même discours, se gardant bien d'annoncer qu'une fuite, réparée par ses soins l'année précédente, avait lâché, accélérant la mesure de rationnement de l'eau. Cela aurait pu lui porter tort...

Tous les Combeséquois et surtout les Combeséquoises s'attendaient depuis quelque temps à une telle mesure. Néanmoins, la nouvelle mit le village en émoi, et particulièrement les femmes. Le soir même, la boutique de Marcelle Cazalet fut plus animée que le bar de Firmin.

« Qu'allons-nous faire, pauvres de nous ? se lamentait l'une. Avec la cuisine, la lessive, les enfants qui se salissent ! Cette source des Sauzes ne suffit plus pour le village... »

Une autre jetait un coup d'œil à travers la porte-fenêtre, regardait les hommes en train de boire l'apéro comme si de rien n'était et s'exclamait, furieuse :

« Regardez-les ! Pourvu qu'ils aient de l'eau pour boire le pastis, ils se moquent du reste !

– À la mairie, ce ne sont que des bons à rien ! dit une commère, catégorique.

– Dites, la rabroua la femme d'un conseiller municipal, c'est pas de leur faute s'il ne pleut pas, quand même ! »

Ainsi les commentaires allaient bon train dans le village. Mais ces récriminations n'étaient qu'un exutoire passager. En fait, tout ce petit peuple laborieux, habitué à supporter les conditions de vie les plus précaires avec courage et dignité, saurait s'organiser dès le lendemain. Chaque femme aurait à cœur d'éviter le plus possible à sa famille les désagréments causés par la pénurie d'eau. On savait s'adapter !

Il fit très beau le samedi. C'était une de ces belles journées d'été où le temps est à la fois bleu et doré et la chaleur étouffante, comme il se doit au début août. Clément avait passé l'après-midi en compagnie de madame Cabanis à signer et ranger des dossiers. Les élections auraient lieu dans deux mois et il tenait à laisser une situation absolument nette lorsqu'il passerait le flambeau à Edmond. D'ailleurs, tout à l'heure, au cours de la réunion, il comptait faire le point sur cette élection. À soixante-dix ans, il se sentait soulagé d'être débarrassé de sa charge. Il savait que la question de l'eau risquait de perturber un peu la séance, mais se disait qu'après tout ce n'était déjà plus tout à fait son problème…

Vers dix-huit heures, les conseillers arrivèrent les uns après les autres et en attendant d'être au complet, on discuta tranquillement devant la porte de la mairie. Madame Cabanis sortit un moment et appela Maxime, sous prétexte de lui faire voir un dossier. Ils ne s'étaient plus rencontrés depuis leur première entrevue. L'institutrice le fit entrer dans son bureau, ferma la porte et demanda à voix basse :

« Alors, tu as réfléchi ? »

Maxime répondit sur le même ton :

« Euh... Beaucoup, Madame Cabanis. J'ai même demandé conseil à mon oncle Charles. Quant à ma mère, elle me dit que je suis fou ! Comment lutter contre Valat...

– En parlant de l'eau, Maxime ! Maintenant, il faut te décider rapidement, souffla-t-elle, il n'y a plus que deux mois ! Viens me voir, lundi soir... »

Clément frappa à la porte et elle se tut brusquement.

« Edmond vient d'arriver, on va commencer... », annonça-t-il.

La secrétaire de mairie poussa Maxime dehors en lui soufflant une dernière fois :

« N'oublie pas, l'eau... »

Comme il se doit pour un notable qui se commet avec des paysans, Edmond Valat arrivait toujours le dernier afin de bien afficher sa différence de classe et, effectivement, le futur maire détonnait au milieu de tous ces paysans en bleu de travail. C'était un homme plutôt petit, mais droit et fier, toujours habillé avec élégance d'un costume impeccablement taillé. Si on le félicitait sur sa tenue, il faisait mine de s'excuser avec condescendance : « Que voulez-vous, dans mon métier… », répondait-il d'un geste négligent de la main. Comme si cela ne suffisait pas il portait en permanence un chapeau, contrairement aux autres conseillers coiffés invariablement d'une casquette ou d'un béret. Mais cette supériorité, Edmond Valat l'affichait surtout sur son visage aux traits fins et sans rides que le soleil n'avait pas buriné. Enfin, sa moustache était finement taillée, contrairement aux moustaches épaisses et broussailleuses que portaient la plupart des hommes qui l'entouraient. Il était volubile, mais s'exprimait avec recherche, s'aidant volontiers de grands gestes des bras pour souligner son propos, surtout lorsqu'il voulait convaincre. Il salua Maxime d'une molle poignée de main en détournant les yeux, dédaigneux, montrant par là qu'il savait ce que Maxime avait dit au Trouquet.

Lorsqu'il y avait réunion, il fallait se serrer car la pièce abritant la mairie était petite. Un bureau surchargé de papiers, quelques classeurs, un placard et des chaises disposées tout au long des murs en constituaient tout le mobilier. Par manque de place, les archives se trouvaient pour une part dans le bureau contigu de madame Cabanis, le reste à l'étage. L'exiguïté du lieu posait parfois problème, lorsque les débats s'animaient un peu trop.

Chacun s'installa sur une chaise mais, à la surprise générale, Clément Granier laissa sa place habituelle à Edmond Valat, au centre du bureau. Il annonça, souriant :

« Mes amis, il n'y aura pas beaucoup de réunions d'ici le mois d'octobre et vous savez que j'ai décidé de me retirer au profit de notre ami Edmond. C'est pourquoi j'ai demandé au futur maire de s'installer à ma place, afin de se familiariser avec la fonction. Le sujet du jour, ce sont justement les élections et notre problème d'eau qui s'aggrave, d'année en année. Si vous le voulez bien, nous commencerons par les élections. Pas d'objections ? »

On se regarda dans la salle sans piper mot. Clément reprit :

« Donc, pour constituer la nouvelle équipe il n'y aura guère de changement, sauf mon départ. Je pense que vous allez tous continuer et personne, dans le village, ne m'a sollicité pour faire acte de candidature. J'ai donc demandé à mon fils de me remplacer comme simple conseiller. À Edmond de désigner deux nouveaux adjoints parmi vous, c'est son affaire… Des questions ? »

Il y eut un nouveau silence. Devant le mutisme de chacun il enchaîna :

« Bon, cette question est réglée. Comme vous le savez, nous avons été obligés de rationner l'eau cette semaine. Nous avons manqué de pluie ce printemps et jeudi matin, Maxime s'est aperçu d'une fuite. Malheureusement, un tiers de notre réserve a été gaspillée et cela a accéléré les choses… »

Il y eut des grognements dans la salle.

« C'est encore ce con de Papillon qui a mal travaillé ! dit un conseiller.

– On ne peut pas lui faire confiance, c'est un fainéant », renchérit un autre.

Malgré ses défauts, l'employé municipal était le protégé de Clément. C'est lui qui l'avait fait embaucher, aussi prenait-il régulièrement sa défense, malgré les critiques :

« Le mur du bassin est vieux et il s'effrite. En fait, il faudrait pouvoir le vider et refaire entièrement l'enduit, mais c'est difficile…

– Et puis, intervint Valat, s'il ne pleut pas, on ne peut qu'implorer la Providence !…

– Quelle est ton opinion, Maxime ? » demanda doucement madame Cabanis en lui jetant un regard perçant.

Comme s'il n'attendait que ce signe, celui-ci se lança :

« La Providence n'a rien à voir là-dedans ! Maintenant, chaque année, c'est la même chose, il faut faire venir les pompiers ! On a des sous, il faut faire un château d'eau et on pourra équiper les maisons ! »

Il y eut un silence stupéfait, puis Edmond dit, d'une voix douce et vaguement moqueuse :

« Je crois que tu vas un peu vite en besogne, mon jeune ami. As-tu une idée de combien cela coûterait ?

– D'abord je ne suis pas ton jeune ami, dit Maxime qui s'était redressé sur sa chaise. Ensuite, on peut demander des subventions… »

Le communiste Gaston Panafieu, qui ne manquait pas une occasion de critiquer, Edmond renchérit :

« Maxime a raison. D'ailleurs toi, l'eau, ce n'est pas ton problème puisque tu habites Ganges ! »

L'attaque était rude. Brusquement, la tension monta de plusieurs crans dans la salle.

« Du calme, du calme ! » tonna le maire.

Mais il était trop tard pour apaiser les esprits. Se sentant agressé, Valat rétorqua, l'air mauvais :

« Et vous, votre problème, c'est que vous ne savez pas ce que vous dites ! Premièrement, le terrain où se trouve la source des Sauzes appartient à notre ami le Cascou, ici présent. Il est bien gentil de nous laisser exploiter l'eau qui vient de chez lui, mais la mairie ne peut engager des frais sur une propriété privée. Deuxièmement, pour accéder à la source il faudrait construire une vraie route qui traverserait deux autres propriétés ! Vous imaginez les difficultés ? Ça se voit que vous ne connaissez rien aux dossiers ! »

Les murs de la petite pièce commençaient à résonner sérieusement. Comme à l'habitude lorsqu'il y avait conseil municipal, quelques curieux tendaient l'oreille à l'extérieur, derrière la fenêtre aux volets fermés, essayant de ne pas laisser échapper un mot, une phrase, faisant un geste significatif de la main avec des œillades ravies vers les autres badauds lorsque ça bardait. Évidemment, ces indiscrets s'empresseraient, à peine la réunion terminée, d'aller apporter la bonne parole dans le village. On entendit la voix de stentor du maire essayant en vain de faire taire tout le monde. Maintenant, c'était Maxime qui hurlait, pour couvrir le tintamarre :

« Alors il faut que la commune achète le terrain du Cascou.

– Acheter mon terrain, jamais ! Il me vient de mes ancêtres !... » cria celui-ci.

Clovis Liron, que tout le monde appelait le Cascou, était un homme d'environ quarante-cinq ans, petit, maigre, brave homme mais mauvais comme une teigne dès qu'on s'attaquait à ses intérêts. Dans sa jeunesse, il relevait au quart de tour les défis les plus fous qu'on lui lançait ; comme plonger dans la rivière d'un rocher de dix mètres de haut, ou monter sur un ring pour y défier un lutteur trois fois plus costaud que lui à la foire de Ganges. On le disait casse-cou, et le surnom lui était resté. Bien sûr, l'âge l'avait assagi, mais il avait toujours, comme l'on dit, la tête près du chapeau. Par une entente qui remontait très loin à l'époque de ses ancêtres, Clovis Liron laissait exploiter sa source par la commune moyennant une petite rémunération annuelle. Toutefois, il n'oubliait jamais de préciser, à l'occasion, que le terrain lui appartenait. Aussi, afin d'être tranquille et d'éviter tout souci à ce sujet, on l'avait nommé conseiller municipal. Mais dans le feu de l'action, Maxime n'en était plus à réfléchir à de si subtiles manœuvres. Il s'exclama, les bras écartés :

« Hé bien si tu ne veux pas vendre, il faudra t'exproprier pour cause d'utilité publique ! »

C'en était trop pour le Cascou qui se serait jeté sur Maxime si des mains puissantes ne l'avaient retenu de force. Plaqué contre le mur, le visage empourpré, il éructa :

« *Espropriat ? Ieu ? Y vendras, t'esperiai ambé mon fusilh et quauques granétes, veiras*[1]...

– Du calme, du calme, s'égosillait Clément qui ne dominait plus la situation. Je mets fin à la réunion, nous verrons plus tard... »

Dans la salle, seule madame Cabanis semblait imperturbable, tandis qu'au-dehors les curieux étaient ravis d'une telle pagaille. « Oh putain, ça va mal ! Quelle belle séance !... » se réjouissait-on en songeant à tout ce qu'on aurait à raconter.

« La séance est levée, la séance est levée », hurlait le maire de sa voix de stentor.

1. « *Exproprié ? Moi ? Tu y viendras, je t'attendrai avec mon fusil et quelques chevrotines, tu verras...* »

Edmond voulut conclure :

« Nous reparlerons de tout ça quand je serai maire…

– Maire ? s'exclama Maxime. Si tu l'es un jour, d'autres pourraient se présenter contre toi, puisque tu préfères réparer l'église au lieu de mettre l'eau… »

Un épais silence succéda tout à coup au tumulte ambiant. Chacun se tourna vers Maxime, tant la stupéfaction qu'avaient provoquée ses paroles était grande. Lui-même se trouva brusquement dégrisé, se disant qu'une fois encore il avait dérapé. Heureusement, Clément, profitant de cette accalmie, poussait tout le monde dehors, mettant un terme à la querelle.

« Nous verrons cela plus tard, nous verrons cela plus tard… », disait-il à chacun.

Dehors, les curieux s'étaient déjà éclipsés, sidérés, en commentant les dernières paroles.

« Nom de Dieu ! s'exclama l'un d'eux, le Maxime, il va fort ! Vous avez entendu ? Il se présente contre l'Edmond et il va exproprier le Cascou pour faire installer l'eau dans les maisons…

– Sûr que je l'ai entendu ! Miladiou, ça va barder…, dit sobrement un autre.

– Il est fou ! conclut un troisième. Le Cascou est capable de tout, il a intérêt à se méfier… »

# V

# Le curé Nougarède

LUCIE BLAQUIÈRES SE PRÉPARAIT pour la grand-messe de dix heures lorsqu'on sonna. Elle alla ouvrir et trouva Agnès, sa belle-sœur, sur le pas de la porte. Les deux femmes étaient très liées et se rendaient toujours ensemble à l'office, le dimanche, mais il était encore tôt et Lucie fut surprise. Elle s'étonna :

« Tiens, tu es en avance !

– C'est que je ne sais pas si tu connais la nouvelle ? Maxime est là ? »

L'excitation manifeste d'Agnès inquiéta Lucie.

– Non, il est parti avec Henri faire un concours de pétanque à Sumène, je crois. Il ne rentrera que ce soir. Il n'a pas encore fait une bourde, j'espère ?

– Eh bien hier soir, il a annoncé au conseil municipal qu'il se présentait comme maire contre Valat !… »

Lucie rigola:

« Non, non, il a voulu faire un peu peur à l'Edmond et au Cascou parce que Madame Cabanis le pousse au sujet de cette histoire d'eau. Mais il regrette de s'être laissé emporter et n'a pas l'intention de se présenter...

– Le problème, c'est que tout le village ne parle que de ça. On dit même qu'il a promis d'exproprier le Cascou et de faire installer l'eau dans les maisons!...

– Mon Dieu, gémit Lucie. Encore des mauvaises langues qui auront trop parlé!...

– Et d'autres affirment que Clovis a menacé de lui mettre une chevrotine en pleine tête!

– Seigneur, ce fou en est capable! s'écria Lucie, atterrée. Tout ça va faire jaser. Tu verras, à l'église, tout le monde va nous regarder... »

Lucie savait bien que la messe dominicale attirait beaucoup de monde, y compris les gens des fermes les plus éloignées. C'était la seule occasion, une fois dans la semaine, de se rencontrer, de prendre des nouvelles des uns ou des autres, de s'entendre pour le travail lorsqu'on devait s'entraider et aussi de se distraire un peu. Après l'office, les hommes faisaient une pétanque et les femmes s'invitaient à boire le café pour bavarder entre elles des petites affaires de leur vie quotidienne. C'était l'événement incontournable que l'on ne devait manquer sous aucun prétexte.

Voyant le trouble de sa belle-sœur, Agnès s'empressa de la rassurer :

« Écoute, ne t'inquiète pas ainsi. Allons à l'église et, à midi, tu viendras manger à la maison. Nous parlerons de tout cela avec Charles. »

Effectivement les indiscrets postés derrière la fenêtre de la mairie, la veille, s'étaient bien démenés : la nouvelle s'était répandue comme une traînée de poudre et l'émoi était considérable. Les deux femmes s'en rendirent compte en remontant la rue. Devant la fontaine, un groupe de personnes les salua avec curiosité, cessant leur discussion animée à leur passage. Ce fut la même chose à la terrasse du Trouquet. Les rares clients assis, devenus brusquement muets, se contentèrent de les suivre du regard. Et lorsqu'elles aperçurent le parvis de l'église, où se trouvait une foule nombreuse, Lucie comprit qu'il y régnait une grande agitation.

On y discutait par petits groupes et d'après la mine des gens qui les regardaient avec curiosité, les commentaires allaient bon train…

« Je vous le dis, du plus loin que je me souvienne, il n'y a jamais eu deux listes à Combesèque, disait un vieux.

– Une deuxième liste ? répondait un autre, mais comment veux-tu qu'il trouve huit personnes pour faire équipe avec lui ?

– Moi, je crois que les cinq années de prisonnier, ça l'a un peu ramolli, susurrait Aimé Boulle, du hameau de l'Aumède.

– Oh pauvre ! Pour ce qui est de le ramollir, ce serait plutôt la Gustine qui se chargerait de ça... », suggéra Roger Toureille.

Les rires s'étouffèrent vite, Lucie arrivait, la tête haute, saluant avec le sourire. Elle n'était pas dupe, mais voulait affronter tout ce tapage avec mépris et dignité.

Mais pour ces paysans dont la vie quotidienne était faite de petites habitudes bien réglées, sans surprise, et dont les seuls sujets de conversation concernaient la santé, le temps qu'il ferait ou les travaux en cours, l'événement était considérable. Il laissait présager des rebondissements imprévus qui allaient animer toutes les conversations jusqu'au-delà des élections. Aussi chacun était ravi de commenter cette nouvelle extraordinaire et inédite : une élection allait se dérouler à Combesèque avec deux listes concurrentes ! Germain Quatrefage, qui habitait un mas isolé, s'exclama :

« Alors ça, l'eau dans les maisons ! Et nous, qui habitons loin, nous l'aurons aussi ?

– Moi je te le dis, répondait Truel, le Cascou ne se laissera pas exproprier...

– *Oh paure, aqueste Maxime, es nèci*[1]... »

---

1. « *Oh pauvre, ce Maxime, il est fou...* »

Les « Moi, je te le dis » et les « Oh, pauvre... », revenaient sans cesse dans toutes les conversations. C'était les expressions familières que l'on employait couramment lorsqu'un incident ou un scandale venaient troubler la quiétude quotidienne. Chose tout à fait inhabituelle les femmes, d'ordinaire tenues à l'écart, se sentaient particulièrement concernées par cette affaire et alimentaient furieusement la polémique.

« Il y a longtemps qu'on devrait avoir l'eau!... disaient-elles. Toutes les communes du canton sont déjà équipées, c'est une honte pour le village!

– *Oh paure, perdéqué faïre? aven totjorn véscut come quo*[1]... s'étonna Boifils qui, justement, avait la réputation de ne pas se laver souvent.

– Pour que ta femme ne se crève plus à aller remplir des cruches d'eau au *grifou*[2], grand couillon! lui répondit une commère.

– Et puis tu te laveras peut-être un peu plus souvent!... s'exclamèrent en cœur deux ou trois commères. Tu sentiras moins mauvais... »

Stupéfait par la brutalité de l'attaque, le pauvre Boifils rougit légèrement et préféra ne pas répondre. D'ailleurs, les hommes, surpris par la vigueur de la

1. *« Oh pauvre, pour quoi faire? On a toujours vécu comme ça... »*
2. *Fontaine.*

contestation inaccoutumée de la gent féminine, restaient prudents sur le délicat sujet de l'eau.

Au milieu de cette agitation, madame Cabanis, ravie, allait de groupe en groupe, toute souriante, prêtant attentivement l'oreille aux divers commentaires, ajoutant à l'occasion son grain de sel ici ou là, jubilant secrètement. À voir sa mine satisfaite, on pouvait penser que le résultat du conseil municipal de la veille dépassait toutes ses espérances !

Ainsi allaient les conversations quand la cloche sonna, invitant les fidèles à entrer dans l'église. On cessa de papoter à regret pour retrouver sa place habituelle. Les enfants devant, les femmes derrière et les hommes à la tribune, d'où, de temps en temps, arriveraient jusqu'au curé qui ferait les gros yeux, quelques commentaires ou rires étouffés n'ayant rien à voir avec les Évangiles. En face, planté au milieu de la terrasse du Trouquet, Firmin Cazalet se frottait les mains. Il était certain qu'à la sortie de la messe les clients se bousculeraient dans son bistrot pour venir commenter, entre hommes, cette nouvelle incroyable, et la recette serait bonne…

« Entrez, entrez, je vous en prie… Soyez les bienvenus… » Devant la porte du presbytère, monsieur le curé recevait ses invités, Henriette et Edmond Valat. Joseph Nougarède était un homme au physique imposant. Grand, les épaules larges, sa soutane dissimulait quelque peu sa forte corpulence mais son visage aux oreilles cramoisies, aux joues fouettées d'une résille de sang disait assez combien il appréciait la bonne chère. Les habitants connaissaient son petit travers et lorsqu'il était invité dans une famille, à l'occasion d'un mariage, d'une communion ou simplement d'une fête familiale, on veillait à ce que son verre soit toujours bien rempli. Aussi lui arrivait-il quelquefois de repartir d'un pas légèrement chancelant. Loin de le desservir, cette petite faiblesse le rendait plus sympathique encore auprès de gens habitués à manger frugalement au quotidien, mais qui aimaient bien faire bombance à la moindre occasion.

« Bonjour Henriette… Comment allez-vous ?

– Oh mon Dieu ! Ça peut aller, Monsieur le curé, je vous remercie. Si ce n'étaient mes migraines… »

Henriette Valat se plaignait toujours de quelque problème de santé, ce qui agaçait son mari. C'était une femme aux yeux clairs, au visage étroit, sans grâce, mais pas encore flétri grâce à l'usage intensif de crèmes diverses et variées qu'elle dénichait dans des revues féminines ou que lui conseillaient ses amies de la bourgeoisie gangeoise.

Visiblement ravi, le curé les poussait à l'intérieur d'une vaste pièce qui lui servait à la fois de bureau et de cuisine-salle à manger. Dans un coin se trouvaient quatre fauteuils et une table basse sur laquelle la bonne du curé, Rosine Bastide, avait préparé les bouteilles et les verres pour l'apéritif. La table était dressée face à une grande porte-fenêtre qui éclairait les lieux et donnait sur un minuscule jardin parfaitement entretenu. Cela sentait bon la cire d'abeille et une marmite fumait sur le potager, répandant une odeur agréable. Joseph Nougarède sourit.

« Nous avons tué un canard, je crois qu'il sera tendre…

– Il ne fallait pas vous déranger, Monsieur le curé, protesta Henriette.

– Allons, c'est un plaisir, vraiment… »

La bonne s'était précipitée au-devant des invités. Perpétuellement habillée de noir, maigre comme un coucou, Rosine était froide, sectaire, secrètement aigrie par son célibat, mais elle était toute dévouée au service de monsieur le curé qu'elle aimait comme une sainte adore son Seigneur. D'ailleurs cette femme, qui passait sa vie à espionner les autres, à les critiquer, à les dénigrer avec méchanceté avait les plus grandes faiblesses pour son maître à qui elle pardonnait tout. Par chance, elle était bonne cuisinière et déployait des trésors d'imagination afin de le satisfaire. Elle s'empressa de saluer Henriette et Edmond, avant de s'excuser :

« Veuillez vous asseoir, je vous en prie, tout est prêt pour l'apéritif. Je dois surveiller mon repas… »

Joseph Nougarède fit le service et ils parlèrent un moment de choses et d'autres. Mais la curiosité du curé était à son comble et il ne tarda pas à demander :

« Alors, mon cher Edmond, que s'est-il réellement passé hier soir à cette réunion ? »

Edmond eut un sourire pincé et dit, l'air fâché :

« C'est ce grand couillon de Maxime qui a fait des siennes... Il a prétendu qu'il fallait exproprier le Cascou pour pouvoir faire un château d'eau. Et pour cela, il a laissé entendre qu'il pourrait se présenter contre moi !...

– Oui, mais encore ? »

Edmond Valat était visiblement outré :

« Il m'a accusé de donner la priorité à la réparation de l'église avec l'argent du contribuable ! Vous pensez bien que Panafieu n'a pas laissé passer l'occasion de renchérir... »

Monsieur le curé réfléchissait. Il remarqua :

« De toute façon, ce n'est pas possible de faire exécuter des travaux à la source sans l'accord du propriétaire. Sans compter que pour accéder aux lieux, il faudrait traverser deux autres propriétés privées...

– J'ai essayé de le lui expliquer ! Mais on aurait dit qu'il voulait exciter le Cascou ! Il est difficile de s'y prendre plus mal...

– Eh bien ! Je suppose que celui-ci ne s'est pas laissé faire ?

– Oh là là ! Si on ne les avait pas séparés, il lui sautait dessus !

– Et les mauvaises langues qui écoutaient derrière la fenêtre ont fait le reste ? conclut le curé avec un sourire. N'ayez crainte, Edmond, Maxime serait bien incapable de monter une liste concurrente, et d'ailleurs il ne trouverait personne qui veuille faire équipe avec lui. »

Le visage crispé au souvenir de l'affront subi en pleine séance du conseil, Edmond Valat lâcha, hargneux :

« Je ne me fais pas de souci, Monsieur le curé, mais je lui rabattrai son caquet, à ce jeune imbécile. Je me demande si je ne vais pas le rayer de mon équipe…

– Allons, allons, reprit le curé, ce ne serait pas une bonne chose de commencer votre mandat par une mise à l'écart. Surtout vis-à-vis de Maxime, il a été prisonnier cinq ans…

– … Cela ne lui donne pas tous les droits !

– Non, mais je suis certain qu'il regrette déjà ses paroles et ce n'est pas lui qui nous empêchera de réparer notre vieille église qui en a bien besoin ! Mais il serait maladroit de ne pas le prendre dans votre équipe. Il bénéficie encore de la popularité qu'avait son grand-père et cette idée d'installer l'eau peut séduire les femmes… »

Il resta un instant songeur et ajouta :

« Cependant je parlerai à sa mère. La pauvre ! Elle doit être bien en peine avec un fils aussi écervelé qu'impulsif… »

Contrairement aux craintes de Lucie, Maxime revint à l'heure du repas, le dimanche soir. Elle était certaine qu'ils feraient bombance avec son ami Henri et rentreraient encore une fois au milieu de la nuit, aussi fut-elle heureuse lorsqu'elle l'entendit garer sa moto dans la remise.

Finalement, elle était contente de sa journée. La compagnie d'Agnès et de Charles lui avait fait du bien. Ils étaient allés se promener après le déjeuner et Charles lui avait expliqué de ne pas se faire trop de souci au sujet de cette candidature éventuelle de Maxime.

« Si l'idée venait de lui, je m'inquiéterais, avait-il dit. Mais Madame Cabanis sait ce qu'elle fait et si elle l'a sollicité, c'est qu'elle a un plan. C'est une fine mouche et elle est secrétaire de mairie, faisons-lui confiance…

– Mais Maxime n'est pas sérieux! s'était-elle exclamée. Et puis cette Gustine…

– Eh bien justement! S'il est candidat, il sera obligé d'avoir une règle de conduite un peu plus raisonnable, Madame Cabanis y veillera. Quant à la Gustine, elle a dix ans de plus que lui et il n'est pas le seul à la fréquenter. Ce n'est qu'une passade… »

Enfin il avait ajouté, l'air malicieux:

« Moi, je ne serais pas fâché si un jour Agnès avait l'eau au robinet… Toi non plus, je pense? »

Elle n'avait pu qu'acquiescer devant cette évidence. Tout en la rassurant, ces paroles l'avaient laissée rêveuse. Et si Charles avait raison ? L'idée qu'une personne aussi sérieuse et respectée que l'institutrice soit son alliée pour assagir Maxime lui laissait entrevoir des perspectives insoupçonnées. C'est pourquoi elle avait le sourire pour accueillir son fils, lorsqu'il vint l'embrasser.

« Alors, c'est bien vrai ? Tu te présentes contre Edmond ? demanda-t-elle.

– Maman ! Tu m'as dit toi-même que ce serait de la folie !

– Oui. Pourtant, Charles pense le contraire. Et hier soir, tu t'es déclaré…

– Mais non ! Je t'ai déjà expliqué que j'ai juste voulu emmerder Edmond et cela a déclenché la rage du Cascou… Maman, je n'y comprends rien en politique et chaque fois que je parle, je me fais des ennemis !

– Mais tout le monde dit que tu es candidat et que si tu es élu, tu feras installer l'eau ! » s'exclama Lucie.

Maxime était excédé. Il ne voulait plus entendre parler de cette histoire. Il lança, péremptoire :

« Eh bien ce soir, je demanderai à Madame Cabanis de se trouver un autre couillon ! Comme m'a dit tonton Charles. Laisse-moi manger tranquille… »

# VI

## Les soucis de Maxime

Quelque chose avait effectivement changé à Combesèque. Maxime s'en apercevait en croisant les gens, ce lundi matin. Il remontait la rue centrale du village et voyait que, si on le saluait amicalement comme d'habitude, il y avait de la surprise dans le regard des gens. Personne ne lui posait de question, mais on le suivait des yeux avec curiosité. C'était un peu comme s'il était devenu un étranger à Combesèque et non le Maxime Blaquières de tous les jours. Il remarquait une certaine réserve chez les hommes alors que les femmes agrémentaient leur bonjour d'un sourire chaleureux. C'est pourquoi il se sentait préoccupé lorsqu'il décida d'entrer dans la boutique de l'oncle Charles. Il le fut bien plus encore lorsqu'un nommé Truel, qui se trouvait en grande discussion avec le cordonnier, salua brièvement celui-ci avant de prendre brusquement congé comme si, soudain, il était pressé de se trouver ailleurs. Maxime s'exclama :

« Tonton, ce matin les hommes me regardent de travers ou me fuient et les femmes me font toutes des sourires ! Je trouve ça bizarre… »

Son oncle éclata de rire

« Eh bien, tu en as de la chance !… » Puis il expliqua, sérieux :

« Ne sois pas surpris, fiston. Jonquet et Truel sont les deux propriétaires des terrains où passerait une route si on faisait des travaux à la source. Probable que le Cascou est allé les voir et les a montés contre toi…

– Cela devient inquiétant ! Je n'ai encore rien décidé et je constate tous les jours que je suis fâché avec un peu plus de monde ! Madame Cabanis m'entraîne dans des embrouilles sans fin avec son histoire de château d'eau et ses combines électorales, ça ne peut plus continuer ! Ce soir, je lui dirai que je ne veux pas me présenter… »

Le cordonnier semblait ne pas avoir entendu. Il examinait, dubitatif, une paire de chaussures très abîmées, se demandant probablement s'il pourrait les réparer. Son silence énerva Maxime.

« Dis, Charles, je t'ai posé une question. »

L'oncle remit les godillots sur l'établi et regarda gravement son neveu. Il finit par dire :

« Tu sais mon garçon, dans la vie, il ne faut pas se décourager à la première difficulté. Mais on ne doit pas s'emporter à la moindre occasion comme tu le fais ! Parler d'exproprier le Cascou en plein conseil municipal, c'était provoquant et maladroit de ta part. Cela déplaît aux hommes. Il faut toujours essayer de s'entendre à l'amiable avec les gens avant de les menacer. En attendant, va voir Madame Cabanis ce soir, nous reparlerons de tout cela demain… »

Sourcils froncés, Maxime dit, l'air farouche :

« En tout cas, si on me cherche des noises, je ne me laisserai pas faire… Tu sais ce qu'a dit le Cascou ?

– Ce sont des paroles en l'air ! Je te le répète, va voir l'institutrice et laisse dire en attendant…

– Elle me manipule, tonton ! Avant cette histoire, je vivais tranquille et maintenant je n'arrête pas d'avoir des ennuis…

– Sauf avec les femmes, Maxime, sauf avec les femmes… », remarqua malicieusement le cordonnier.

Puis, l'air innocent :

« Tu ne vas tout de même pas passer pour un dégonflé ?

– Ah !

– Tu sais, il serait temps de faire installer l'eau à Combesèque, insista le cordonnier, soudain sérieux. Tiens, cela ferait bien plaisir à ta tante. À son âge, elle se passerait d'aller chercher des cruches d'eau à la fontaine…

– Alors toi aussi tu voudrais que je me présente ?

– Il me semble que ce serait une bonne chose pour le bien de la commune si Valat avait un concurrent, surtout s'il est soutenu par Madame Cabanis... Mais je donnerais cher pour savoir qui elle a bien pu trouver pour monter une deuxième liste !

– Justement, je pense qu'elle bluffe... »

Le regard pétillant, le cordonnier observait son neveu. Il s'exclama :

« Ça m'étonnerait beaucoup, Maxime ! C'est une femme trop sérieuse pour s'engager à la légère. N'oublie pas de venir me voir lorsque tu lui auras rendu visite... »

Il ajusta ses lunettes et se tourna vers son établi. L'instant d'après, il s'était remis à l'ouvrage. Manifestement, il n'avait plus envie de parler et Maxime s'en alla, songeant que les visites à son oncle le laissaient toujours perplexe et ne lui apportaient pas toujours les réponses espérées !

Lorsque, le soir même, il se retrouva devant Alice Cabanis, il se sentit encore plus désemparé que la première fois. Il s'attendait à des reproches pour les paroles malheureuses prononcées au conseil municipal ou au Trouquet et il n'en fut rien. Bien au contraire, Alice paraissait ravie en le recevant sous la tonnelle où il était déjà venu. Elle lui dit d'un ton léger :

« Sois le bienvenu, mon garçon, nos affaires vont bien !

– Vous trouvez ? dit Maxime, sidéré. Tous les jours je me retrouve avec plus d'ennemis. Après Valat et le maire, voilà que le Cascou veut me mettre une chevrotine dans la tête, et ce matin Truel a quitté brusquement la boutique de mon oncle à mon arrivée !... »

L'institutrice balaya ces objections d'un haussement d'épaules :

« Allons, allons, tout cela n'est pas très sérieux, ne t'inquiète pas...

– Mais les gens ne me regardent plus comme avant !... » L'institutrice éclata de rire et dit, d'un air moqueur :

« Je pense que les femmes te font des sourires, Maxime. Tu as un charme particulier qui leur plaît et en plus, tu leur permets d'espérer... »

Elle redevint sérieuse et expliqua :

« Quant aux hommes, mon garçon, ils se sentent un peu solidaires du Cascou. Il vaut mieux un bon accord à l'amiable qu'une menace, il faudra t'en souvenir...

Et comme elle voyait qu'il se renfrognait, elle s'empressa d'ajouter :

– Mais tu as eu le mérite de soulever clairement le problème. Il fallait provoquer un choc et tu l'as fait. Valat doit être un peu inquiet de se connaître un concurrent et...

– … Justement, Madame Cabanis, l'interrompit Maxime, je ne suis pas l'homme qu'il vous faut… Je suis trop maladroit… »

L'institutrice l'observa, l'air sévère et réprobateur.

« Comment, Maxime ? s'exclama-t-elle. C'est trop tard pour abandonner puisque tout le monde dit que tu te présentes !…

– Ma femme a raison, surenchérit Germain. Tu as été un soldat courageux, décoré, et tu es resté cinq ans prisonnier, ça compte ! On te respecte, dans le village… »

Effaré, la tête en feu, Maxime sentait son destin lui échapper face à des interlocuteurs diaboliques qui le manœuvraient à leur guise. Il fit une ultime tentative pour se sortir du piège qui se refermait sur lui.

« Vous ne trouverez personne pour faire une deuxième liste ! » se récria-t-il.

L'institutrice s'exclama, avec un éclair de joyeuse malice :

« Crois-tu que je me serais lancée dans cette aventure si je n'avais déjà constitué cette liste ? »

Maxime regardait l'institutrice, stupéfait.

« Ah ? Je ne vois pas… »

Elle eut un petit sourire triomphant et finit par dire, sur le ton de la confidence :

« Tu oublies une chose, mon garçon, je suis institutrice à Combesèque depuis plus de trente ans et je connais les gens. Beaucoup me sont reconnaissants de bien éduquer leurs enfants. Évidemment, les hommes ne sont pas très courageux, mais il y a Gaston Panafieu. Il ne s'entend pas avec Edmond Valat et ne veut pas continuer avec lui, il m'a promis de t'aider. Par chance, il est communiste, comme le conseiller général du canton. Cela peut nous être bien utile pour obtenir des subventions. Et puis il y a Fernand Abric, que vous appelez le Sanglier. Un homme solide, qui ne se laisse pas impressionner. Son épouse est malade et il en a marre de transporter des cruches d'eau. Enfin il y a les femmes…

– Les femmes ? » s'étrangla Maxime.

Sous le coup de la surprise, il s'était dressé, incrédule, et avait failli à nouveau renverser la table et les verres. Il protesta, abasourdi :

« Mais elles ne s'occupent pas de politique et ne votent que depuis trois ans ! Une liste avec six femmes, ça ferait rire tout le monde !…

– Assieds-toi, Maxime », intima madame Cabanis. Puis elle énonça, sans le quitter des yeux :

« Les épouses, Maxime, n'ont pas le temps de s'occuper de ces bêtises. Elles sont bien trop à faire. Elles élèvent leurs enfants, aident leur mari, cousent, repassent, font leur ménage, tricotent pour l'un ou l'autre, veillent au bien-être de tous. C'est leur métier. Mais ce n'est pas leurs seules tâches. Il leur faut aussi faire la lessive, la cuisine et la vaisselle, frotter le carrelage, et pour cela aller à la fontaine de nombreuses fois dans la journée pour y remplir leur cruche. Alors elles veulent avoir l'eau au robinet, et personne ne les arrêtera… »

Maxime écoutait, penaud. Il balbutia :

« Mais on n'a jamais vu ça…

– Eh bien on ne pourra plus le dire ! »

Elle se rapprocha à le toucher et ajouta, convaincante :

« Tu sais, il leur faudra beaucoup de courage pour affronter leur mari et la réprobation des hommes. Tu ne vas pas les laisser tomber ? »

En proie à une grande incertitude, Maxime réalisait, stupéfait, que madame Cabanis avait dû préparer cette situation de longue date. Jour après jour, à la sortie de l'école, lors de ses rencontres ou en allant faire ses courses chez Marcelle Cazalet, elle avait certainement interrogé, sondé, pressenti l'une ou l'autre avant de convaincre six d'entre elles ! Et leur faire promettre de garder le secret n'était pas la moindre de ses prouesses ! Fallait-il qu'elles soient excédées par ce problème d'eau pour affronter ainsi leur mari, l'opinion générale et le curé ! Il tenta un dernier argument :

« Le curé les tiendra ! Il veut faire réparer son église, il leur fera la morale…

– Il les tiendra dans le confessionnal, pas dans l'isoloir !… » Maxime était las de lutter contre la volonté inflexible de l'institutrice. Il finit par demander :

« Alors avec qui je ferai équipe ? » Alice Cabanis sourit, l'air mystérieux.

« Je te l'ai dit, avec des femmes courageuses mais il vaut mieux que tu ignores leur nom pour l'instant, cela t'évitera de dire des bêtises. On peut déposer la liste jusqu'au dernier moment, alors... Mais tu peux déclarer ta candidature, je me charge de tout le reste... »

Germain s'amusait de la mine accablée de Maxime. Il voulut lui servir à boire mais celui-ci refusa. Il était maintenant pressé de partir afin d'échapper au plus vite à la détermination implacable d'Alice Cabanis. Il avait besoin de réfléchir tranquillement. Comme il arrivait au portail, il l'entendit encore lui recommander une dernière fois :

« Et surtout garde le secret et reste calme, même si on te provoque... »

Lorsque Maxime entra au Trouquet, une heure plus tard, il n'était plus tout à fait le même homme. En passant devant le porche, il s'était dit qu'à cette heure-ci sa maîtresse serait toute seule et disposée à discuter avec lui de sa situation. Il avait une confiance absolue en cette femme qui ne trahissait jamais personne et était d'une discrétion absolue. Et puis il avait besoin de parler à quelqu'un.

Il ne s'était pas trompé. La belle Gustine le reçut gentiment et, à son grand étonnement, elle l'avait rassuré, lui recommandant de bien écouter les recommandations de madame Cabanis qu'elle admirait profondément. Elle avait même affirmé, péremptoire :

« C'est très bien ! Avec elle, il ne peut rien t'arriver et si les femmes sont avec toi, Valat et le curé n'ont qu'à bien se tenir !... »

Elle avait même été si enthousiaste qu'elle s'était montrée exceptionnellement tendre avec lui sans demander en échange la moindre rétribution :

« C'est le cadeau de ta première électrice !... » s'était-elle exclamée joyeusement.

Il souriait en songeant à cela au moment où il poussait la porte du petit bistrot. Outre les habitués, il y avait plus de monde qu'à l'accoutumée dans l'établissement où régnait une grande animation. Beaucoup étaient venus en curieux, espérant obtenir quelque révélation inédite dans un lieu où l'alcool déliait les langues et que fréquentait régulièrement Maxime. Il rejoignit Henri et Fouillette qui, comme d'habitude, péroraient au milieu d'un petit groupe et comprit que l'on parlait des élections, car toutes les conversations s'étaient brusquement interrompues à son arrivée. Il salua joyeusement à la cantonade, comme si de rien n'était, serrant quelques mains au passage.

Fouillette hésita un peu, puis conclut l'histoire qu'il était en train de raconter et fut déçu. Il n'avait pas obtenu le succès habituel, l'arrivée du nouveau venu ayant détourné l'attention.

Tandis que Firmin servait une tournée, le regard de Maxime fit le tour de la salle. On faisait semblant de ne pas prêter attention à lui mais il savait très bien que tous attendaient impatiemment de savoir s'il allait annoncer ses intentions ou faire un commentaire sur ce qui se racontait. La plupart étaient venus pour cela. Il se tourna vers Henri et parla du concours de boules de la veille. Fouillette, pour une fois silencieux, se contenta de les écouter. Mais le braconnier était un homme au franc-parler. Il n'aimait pas tourner autour du pot. Comprenant que Maxime faisait volontairement l'innocent, il finit par poser la question que tout le monde attendait :

« Alors, Maxime, tu te présentes comme maire ? »

Les joueurs de belote avaient interrompu leur partie, les conversations s'étaient tues. Tous les regards étaient tournés vers Maxime qui prit du plaisir à faire durer le suspense. Il finit tranquillement son verre puis dit, l'air malicieux :

« À ton avis, Fouillette ?

– Allez, allez, ne raconte pas d'histoires…, s'impatienta le braconnier. On ne parle que de ça depuis hier mais toi, tu n'as encore rien dit ! »

On entendait le silence.

« Ah ! C'est une décision difficile…

– Alors, tu te présentes oui ou merde ? » explosa Fouillette qui n'en pouvait plus.

Pour une fois, Maxime se sentit parfaitement calme et sûr de lui. Il dit tranquillement :

« Eh bien figure-toi que je n'ai jamais eu la moindre intention de me présenter. Je ne suis pas très fort en politique et, comme dit l'oncle Charles, ça ne peut rapporter que des ennuis…

– Tu vois, je te l'avais dit ! » s'exclama bruyamment Henri. Il y eut quelques exclamations. Maxime prenait tout son temps. Lorsque le calme régna à nouveau il reprit la parole, écartant les bras d'un air fataliste :

« Mais tout le village me dit candidat et je pense que ce serait une bonne chose de faire installer l'eau… Alors comment refuser si c'est la volonté populaire ?

– Mais tu ne peux pas te présenter tout seul ! »

C'était Camplan, le cousin du maire, qui avait parlé. La situation sembla amuser Maxime.

« T'inquiète pas, cousin, ironisa-t-il, nous serons neuf. Ne te fais aucun souci, ma liste est déjà constituée, mais nous ne la déposerons peut-être qu'au dernier moment…

– Ah ! Mais alors qui sera avec toi ? » Plusieurs voix s'étaient fait entendre.

« Rien ne presse, vous le saurez bien à temps, le moment venu… », conclut Maxime avec un grand sourire.

Dans le brouhaha qui s'ensuivit, on entendit la voix de Fouillette qui s'exclamait, catégorique :

« Nom de Dieu, Maxime, je voterai pour toi et ma femme aussi !... »

# VII

## Des événements fâcheux

La déclaration définitive de Maxime accentua le clivage entre les hommes et les femmes qui s'était déjà amorcé le dimanche précédent. Il y eut même, au sujet de sa candidature et de son projet d'installation d'eau, quelques vives discussions entre couples qui provoquèrent des bouderies. C'était inévitable parce que les préoccupations des uns et des autres étaient très différentes.

Les femmes vivaient leurs difficultés au quotidien, tandis que pour les hommes, le temps ne comptait pas puisque les pierres le retenaient en otage. Ils vivaient dans des maisons séculaires qui avaient déjà abrité leurs ancêtres qui, génération après génération, cultivaient les mêmes traversiers. La vie s'écoulait tranquillement, au fil des saisons et des récoltes. La grande affaire et l'honneur de chacun étant de transmettre à ses enfants une propriété intacte et, si possible, agrandie à force de travail acharné. C'est pourquoi on ne vendait jamais de terrain, sauf en cas de nécessité absolue ou de grave mésentente familiale. Ainsi, en parlant d'expropriation, Maxime avait involontairement créé une solidarité masculine avec le Cascou. Et puis Valat, grâce à sa prestance, sa confortable situation et l'intelligence qu'on lui prêtait impressionnait les hommes. C'est pourquoi ils voteraient naturellement pour lui.

Les femmes elles, n'avaient pas de patrimoine à léguer. Leur mission était beaucoup plus importante puisqu'elles transmettaient la vie avec toutes les difficultés et les aléas inhérents à une époque où elles vivaient sans confort, dans une condition naturelle de quasi-esclavage. Levée à l'aurore, l'épouse devait préparer le petit-déjeuner de son mari, s'occuper des enfants, assurer tout au long de la journée une multitude de corvées plus harassantes les unes que les autres, comme aller faire la lessive au lavoir municipal ou prévoir une provision de bois. Elle devait être disponible lorsque son mari avait besoin d'elle aux champs et le soir, à la veillée, une fois la table desservie et la vaisselle faite, après avoir couché les enfants, elle s'astreignait encore à profiter du peu de temps disponible pour rapiécer un pantalon, une chaussette trouée ou tricoter un pull-over car on n'achetait que l'indispensable.

Alors, après cinq années de guerre pendant lesquelles les difficultés s'étaient aggravées, après avoir enfin obtenu le droit de vote trois ans plus tôt, elles aspiraient à une vie plus facile et agréable qui leur permettrait d'oublier les années noires. Sans qu'elles s'en rendent encore bien compte, un léger vent de révolte et d'émancipation vis-à-vis des hommes s'était peu à peu emparé d'elles. Elles voulaient avoir leur mot à dire pour tout ce qui concernait l'amélioration de leur sort. C'est pourquoi madame Cabanis n'avait pas eu besoin d'insister beaucoup auprès des épouses en leur demandant de garder le secret, lorsqu'elle les avait discrètement sondées en vue de l'élection. Et même celles qui avaient refusé la proposition de l'institutrice ou qui, par hasard, avaient eu vent de l'affaire se sentaient tenues à se taire par intérêt et solidarité féminine.

Mais autant elles étaient enthousiastes et unanimes vis-à-vis de ce projet d'installation d'eau, même si la chose publique les intéressait peu, autant un certain malaise régnait parmi les hommes. Mine de rien, on s'observait, on s'épiait, on essayait d'interpréter la moindre parole équivoque de l'un ou de l'autre. Une question essentielle taraudait tous les esprits et perturbait la vie quotidienne des Combeséquois : qui, parmi eux, avait bien pu oser défier la tradition en s'alliant avec Maxime ?

Il faut ajouter à cela que, dans la semaine, plusieurs événements inattendus et assez graves vinrent perturber un peu plus la sérénité habituelle du village.

D'abord le mercredi, Gaston Panafieu alla trouver le maire pour l'informer officiellement qu'il se présenterait sur la liste de Maxime. Cela provoqua l'émoi du brave homme qui fit, en vain, tous les efforts possibles afin de le faire changer d'avis. La nouvelle se propagea comme une traînée de poudre, donnant un peu plus de véracité à la déclaration du concurrent d'Edmond Valat.

Le pauvre Clément Granier se désolait, car il pensait que ce retournement inattendu perturberait considérablement sa succession. Mais il fut encore plus ennuyé lorsque Maxime vint le trouver le lendemain, porteur d'une très mauvaise nouvelle. Depuis deux jours, le niveau du bassin baissait encore. Il fallait prévoir d'aggraver les restrictions d'eau avant longtemps, ce qui allait encore un peu plus exaspérer la population féminine. Il espérait encore que les traditionnels orages de la mi-août viendraient améliorer la situation, mais se demandait avec une certaine angoisse s'il ne serait pas obligé de solliciter l'aide des pompiers de Ganges avant la fin du mois, en cas de sécheresse persistante.

Enfin, le vendredi soir, à la nuit tombée, deux événements rocambolesques et déconcertants se déroulèrent presque en même temps sans que l'on puisse faire le moindre lien entre la mésaventure dont furent victimes Rosine Bastide et Henri Calvas, le fidèle ami de Maxime, mais les deux incidents finirent de mettre la révolution dans le village.

Il faut dire que si la bonne du curé était restée une célibataire aigrie et acariâtre, c'était en premier lieu dû à sa laideur. Elle savait qu'elle n'était pas jolie et en avait souffert dans sa jeunesse comme d'une plaie qu'on n'aurait pas l'espoir de voir cicatriser. Cette ingratitude physique la rendait gauche, inapte aux autres, jalouse de leur bonheur. C'est pourquoi elle avait pris l'habitude de parcourir le village, le soir venu, afin d'espionner les moindres faits et gestes des Combeséquois, à la recherche de la plus petite indiscrétion lui permettant de médire. Et la belle saison était l'époque la plus favorable à cet exercice indélicat. L'été, on aimait se rendre, le soir venu, sur la place du village pour « y prendre le frais », selon l'expression convenue. Là, assis sur un banc, on bavardait jusqu'à une heure tardive et avec la complicité de l'obscurité, c'était l'époque de toutes les licences. Les enfants en profitaient pour faire mille bêtises. Les jeunes gens s'arrangeaient pour flirter un peu et il n'était pas rare que l'on surprenne un jeune couple en train de « frotter » contre une porte cochère. Il arrivait même, parfois, qu'un homme volage s'arrange pour rendre une visite furtive à la femme d'un voisin en l'absence du mari. Enfin, à cette saison, on laisse les fenêtres ouvertes, ce qui permet à quelqu'un d'indiscret d'entendre à peu près tout ce qui se dit chez les gens.

Une discussion animée, voire une bruyante dispute, les allées et venues des uns et des autres, tout cela était pain bénit pour la Rosine Bastide qui irait, le lendemain, dispenser son venin à l'épicerie de Marcelle Cazalet ou faire quelques savoureuses révélations à deux ou trois commères sur un banc de la place publique. Ces petites forfaitures n'apaisaient en rien la certitude de se savoir disgracieuse. Mais elles lui procuraient une grande jouissance en lui donnant la sensation délicieuse de voler ainsi un peu du bonheur des autres. De plus, elle se savait crainte à cause de ses manigances et cela lui donnait un sentiment de puissance qui la comblait d'aise.

Pour se trouver un alibi afin de parcourir le village en tout sens, à ce moment de la journée, elle ne cessait de proclamer à tout bout de champ sa passion des chats. Ainsi dès la nuit tombée, elle partait distribuer à ses chères petites bêtes des pâtées préparées à cet effet, ce qui lui permettait de circuler dans les moindres recoins de Combesèque en toute liberté. Monsieur le curé, qui s'était aperçu de ce travers, ne cessait de lui en faire reproche. Mais cette femme obéissante et dévouée au-delà du raisonnable était restée intraitable sur ce sujet. « J'aime trop les chats, Monsieur le curé », se défendait-elle invariablement.

Ce vendredi soir donc, accroupie sous les fenêtres d'un couple en train de se quereller au sujet de Maxime et entourée d'une dizaine de chats à qui elle venait de distribuer une ration de nourriture, elle écoutait attentivement la vive discussion qui se déroulait au-dessus d'elle lorsqu'une voix tombée du ciel cria brusquement :

« À l'eau !... »

L'instant d'après, le contenu d'un pot de chambre lui tomba sur la tête et sur celle de la dizaine de ses protégés qui s'enfuirent instantanément avec des miaulements aigus. Elle n'avait pu reconnaître la voix, mais elle était certaine qu'il s'agissait d'un homme.

« *Bougré de salop !...* » hurla-t-elle en levant vivement la tête. Mais nulle lumière n'éclairait les façades environnantes et un silence absolu régnait maintenant dans la rue. Le couple s'était arrêté de parler, intrigué par le cri indigné et le tintamarre qu'avait provoqué la fuite des chats. Le mari mit la tête à la fenêtre et, l'apercevant, l'apostropha durement :

« Alors, espèce de sorcière, tu nous espionnais, comme d'habitude ? »

La bonne du curé leva la tête et hurla, bégayant sous l'effet de la honte et du dégoût :

« Veiras... mi... mi venjeraï, mi venjeraï !... Lou régréteres... totas...[1] »

---

1. *« Vous verrez... je me... me vengerai, me vengerai ! Vous le regretterez... tous... »*

Tandis qu'elle s'éloignait en brandissant un poing vengeur, l'homme fronça les sourcils, intrigué. Une forte odeur d'urine montait de la rue et il comprit brusquement pourquoi Rosine Bastide était si en colère.

« Angèle, dit-il en se retournant, si tu savais ce qui vient d'arriver!... »

Et il éclata d'un tonitruant éclat de rire qui poursuivit la malheureuse femme jusqu'au bout de la rue. Elle déboucha sur la place comme une furie, passa au milieu de tous les petits groupes qui discutaient tranquillement en lançant d'incompréhensibles imprécations et s'engouffra dans la cure en faisant claquer la porte comme quelqu'un qui est fâché avec la terre entière. On s'interrogea du regard. Les uns haussèrent leurs épaules, d'autres eurent un geste significatif de l'index sur la tempe et les discussions reprirent où on les avait laissées.

À peu près au même moment, Henri Calvas franchissait d'un pas allègre, comme souvent le vendredi, le petit pont qui conduisait au paradis, autrement dit chez Augustine Suquet. Pour la circonstance, il s'était *alifé*, c'est-à-dire que, rasé de frais, il s'était abondamment parfumé à l'eau de Cologne et avait soigneusement coiffé ses cheveux inondés de brillantine Roja, sa préférée.

Alors qu'il venait de pénétrer dans l'obscurité absolue du porche, il entendit un petit sifflement, juste à côté de lui. Surpris, il s'arrêta brusquement et tourna vivement la tête. L'instant d'après, il eut l'impression de recevoir une boule de pétanque en pleine face tandis qu'un magistral coup de pied mal placé le pliait en deux. Le souffle coupé, il poussa un gémissement et tomba à terre, comme mort, tandis qu'une ombre s'enfuyait à toutes jambes. Ce bref chahut alerta la Gustine qui guettait l'arrivée d'Henri à sa fenêtre. Elle demanda, inquiète :

« Qu'est-ce qui se passe ? Qui est là ? »

Seuls des râles de douleur lui répondirent. Sans hésiter, elle s'empara d'une lampe et se précipita vers le porche où elle découvrit Henri, recroquevillé au sol, une main au bas-ventre, l'autre protégeant son œil tuméfié.

« Mon Dieu ! s'écria-t-elle, effarée. Qui t'a fait ça ?

– Je suis mort, je suis mort, se plaignit Henri. Oh ! Mon ventre...

– Chut, ne crie pas si fort, on va t'entendre de la place, recommanda Gustine. Appuie-toi sur moi, il faut venir jusqu'à la maison, je vais te soigner.

– Je ne peux pas, pleurnicha Henri. Oh là là, j'ai mal, j'ai mal ! Je ne pourrai plus jamais avoir d'enfants !...

– Allons, imbécile, ne dis pas de bêtises et fais un effort », le gronda-t-elle en l'aidant à s'asseoir.

Il réussit enfin à se mettre sur ses jambes tout en restant plié en deux, mais les quelques pas qu'il dut accomplir jusqu'au lit de la Gustine lui arrachèrent des gémissements terribles que la belle veuve s'efforçait d'étouffer en lui mettant la main sur la bouche, car elle savait bien que si on les entendait de la place les curieux ne tarderaient pas à accourir !...

Lorsqu'il fut enfin allongé, elle défit son pantalon et l'examina attentivement. Puis, voyant son œil qui disparaissait tant il était enflé, elle lui fit son diagnostic :

« Je vais te faire des compresses d'eau froide et te passer de l'arnica. Rassure-toi, en bas, ça va vite passer et puis ça ne se verra pas, mais en ce qui concerne ton œil, tu vas avoir un sacré coquard pendant quelques jours !... »

Elle disparut dans sa cuisine où elle s'affaira. Lorsqu'elle revint avec le nécessaire, Henri était moins pâle. Elle lui demanda :

« Tu sais qui t'a fait cela ? »

Il réfléchit, puis s'exclama, indigné :

« Comment veux-tu que je le sache ? Sous ton porche, on y voit comme dans le cul d'un Noir ! Au moment où je passais quelqu'un a sifflé, je me suis retourné et voilà..., se lamenta-t-il. Le salaud, il m'attendait ! Si je le tiens un jour, celui-là... »

On le comprend aisément, des événements aussi graves et qui semblaient n'avoir aucun lien finirent par jeter définitivement le trouble à Combesèque. Toute la journée du samedi, la plus grande effervescence régna dans le village. Dès qu'une personne voyait un petit groupe, elle s'approchait et l'on demandait invariablement à l'arrivant :

« *Dé qué n'in pensés, tu, d'aquelles affas ?*[1] »

Tout au long de la rue, au Trouquet, à l'épicerie de Marcelle Cazalet où les femmes allaient acheter des babioles sans raison avec l'espoir d'y recueillir quelque nouvelle inédite, dans les maisons, partout dans le village on s'interpellait, on se réunissait pour supputer sans fin. Qui avait bien pu se rendre coupable de telles lâchetés ? Passe pour Rosine, elle avait dû subir une vengeance. Mais Henri, un brave garçon qui n'avait pas d'ennemis ?

Maxime était allé rendre visite à son ami mais n'avait voulu faire aucun commentaire, se contentant de proférer les menaces d'usage au cas où le lâche agresseur serait démasqué. Il avait juste précisé qu'Henri se reposait chez lui sous la surveillance de sa mère qui le soignait. Quant à Rosine, honteuse de sa mésaventure, elle se terrait au presbytère. Aussi, en l'absence du témoignage des principaux intéressés, les commentaires allaient bon train :

---

1. *« Qu'est-ce que tu en penses, toi, de ces affaires ? »*

« Paraît que l'Henri, il l'a mise toute noire!... disait l'un. Je te le dis, si le sang ne circule pas, elle risque de tomber!...

– Oh pauvre! se lamentait-on. Ce n'est pas possible?

– C'est le docteur qui me l'a dit un jour que mon fils avait pris un coup de ballon dans les parties!

– Alors il sera comme les chapons?... demandait un autre, l'œil égrillard.

– Il paraît que dans le pot de chambre qu'a reçu la Rosine, reprenait un troisième, c'était de la pisse mais y avait aussi autre chose...

– Je ne peux pas le croire! s'exclamait-on faussement horrifié et secrètement ravi, ce n'est pas possible!...

– C'est comme je te le dis, puisque l'Angèle l'a raconté à sa voisine. Elle s'en est aperçue ce matin, en allant nettoyer...

– Oh pauvre, quelle horreur! »

Chacun y allait de son commentaire, exprimait son opinion en exagérant outrageusement sans état d'âme. On prenait plaisir à laisser libre cours à une imagination débordante.

C'est dans cette ambiance survoltée que vers onze heures, Edmond Valat remonta la rue centrale pour se rendre chez le curé. Il était déjà au courant de toutes les péripéties survenues dans la semaine et ne voulait discuter avec personne. Ce qui l'intéressait, c'était d'avoir au plus vite l'opinion du curé. Aussi saluait-il gentiment de droite et de gauche sans s'arrêter pour toucher des mains, contrairement à son habitude. L'aurait-il fait que l'on se serait empressé de lui demander, il en était certain :

« *Dé qué n'in pensés, tu, d'aquelles affas ?* »

C'est une Rosine revêche et maussade qui vint lui ouvrir la porte. Il la salua gentiment et avec compassion :

« Ma pauvre Rosine, cette lâche agression ! C'est horrible, horrible ! Vous faire ça à vous, la bienfaitrice des chats... Sachez combien je vous plains et, s'il le faut, nous ferons enquêter par les gendarmes... »

Il lui tenait la main et pour une fois, employa l'expression familière du village :

« Je vous le dis, Rosine, les gendarmes...

– Ne vous faites pas de souci, Monsieur Valat, siffla-t-elle, je trouverai le coupable toute seule et je me vengerai de ce saligaud, vous verrez... »

Nougarède arrivait. Il entraîna Edmond dans le jardin, à l'arrière de la maison, où ils s'installèrent sur la petite terrasse. Connaissant sa bonne, le curé ne souhaitait pas qu'elle entende ce qu'ils allaient se dire. Ils attendirent donc qu'elle leur apporte un apéritif en parlant de banalités. À peine se futelle éloignée que Valat s'écria :

« Dites, Monsieur le curé, vous vous rendez compte de ce qui se passe ? En une semaine, le village est devenu une pétaudière ! Qui aurait pu croire cela il y a seulement huit jours ?

– Vous avez raison, Edmond, reconnut le prêtre. Je me demande si nous n'avons pas sous-estimé les événements…

– Cette fois, nous sommes certains que Maxime se présente et qu'il aura Gaston Panafieu avec lui. Peu importe Gaston, il ne faisait que me critiquer. Mais il paraît que sa liste est prête ! Je me demande bien qui sont les autres ? »

Sourcils froncés, le curé réfléchissait. Il finit par admettre :

« La situation est insaisissable. Mettons de côté les affaires de Rosine et d'Henri Calvas. Ce sont certainement de basses vengeances personnelles, indépendantes des élections. Mais la candidature de Maxime me paraît invraisemblable et il est un peu trop sûr de lui…

– En tout cas, il a déjà un colistier !

– Il en manque sept, Edmond, ne nous affolons pas. Non, ce qui me préoccupe davantage, c'est l'attitude des femmes. Je les trouve bizarres…

– Comment cela ?

– Eh bien, dans la semaine, j'ai envoyé plusieurs fois Rosine faire des achats chez Marcelle Cazalet dans l'espoir d'apprendre quelque indiscrétion. Mais à son arrivée, elles se taisent ou parlent de banalités. Je sais bien que l'on se méfie d'elle mais tout de même… De plus, il semble que les épouses manifestent ouvertement beaucoup de sympathie envers Maxime, si j'en crois ce que me dit Rosine. Il ne faudrait pas que cette histoire d'eau…

– Ah ! s'écria Edmond Valat, cramoisi. Vous pensez qu'elles pourraient se liguer contre moi ?

– Nous n'en sommes pas là, mon bon Edmond. Mais cette semaine, j'ai reçu quatre de mes meilleures paroissiennes à confesse et elles ne se sont pas comportées comme d'habitude. J'ai des doutes…

– Des doutes ? »

Le curé eut une fugace expression de colère et s'exclama :

« Oui. Je sens des retenues, des hésitations intolérables… »

Edmond Valat se tortillait sur sa chaise. Visiblement inquiet, il s'exclama :

« Si elles votent contre moi je suis foutu, Monsieur le curé ! »

Joseph Nougarède l'apaisa d'un geste de la main.

« Allons, allons, Edmond, nous n'en sommes pas là. Mais nous ne pouvons pas rester inactifs, il nous faut reprendre l'initiative afin de montrer que nous nous préoccupons des difficultés de nos chers paroissiens. J'ai une idée…

– Laquelle, Monsieur le curé ? »

Nougarède sourit. Il expliqua :

« Le saint patron de notre paroisse a beau avoir été grillé après d'horribles tortures, un proverbe dit : "Quand il pleut à la Saint-Laurent, il pleut pour longtemps." Cela s'est souvent vérifié. Or c'est sa fête le 10 août, c'est-à-dire mardi. En conséquence demain, à la messe, j'annoncerai une grande procession en l'honneur de saint Laurent, en précisant qu'à cette occasion nous implorerons la pluie. Je vais organiser les détails dans la semaine... »

Valat était déçu.

« Avec le temps qu'il fait, je doute qu'une procession puisse faire pleuvoir... »

Nougarède chassa cette objection d'un revers de main.

« Normalement, il y a les orages du 15 août. Si nous avons un peu de chance... Mais cela resserrera les liens qui se sont un peu distendus entre nos paroissiens et frappera les esprits en réunissant les villageois autour d'une même cause. Il n'y a rien de tel pour se sentir solidaires, croyez-moi. Même s'il ne pleut pas... »

Il resta pensif un moment et ajouta, rêveur :

« Je demanderai au curé de Ganges de mettre son vicaire à ma disposition... On vient de lui adjoindre un jeune prêtre tout frais émoulu du séminaire, un nommé Jansem, une espèce d'ascète qui se prend pour un saint, paraît-il. Il rêve d'aller évangéliser en Afrique ou dans quelque pays lointain et on l'a nommé à Ganges, une paroisse bien paisible. Il enrage et fait des sermons enflammés qui déroutent et laissent les paroissiens effarés.

Le bon curé Martin est sans cesse obligé de le calmer. Toutefois, il me dit que si l'abbé Jansem est excessif il est aussi brillant orateur. Il va impressionner les gens... »

Il hésita un peu puis ajouta, en se frottant les mains :

« Et puis à notre retour, j'organiserai une kermesse sous le préau de l'église. Les femmes m'aideront à tenir des stands et je demanderai à Panafieu d'apporter son accordéon. Il ne refusera pas et Papillon sera ravi de marquer la mesure. Une fête avec tous les villageois et un peu de musique distrairont nos paroissiens. Pour l'occasion, j'achèterai du pastis et des bières. Les gendarmes le tolèrent une ou deux fois l'an. Les Combeséquois s'amuseront et le calme reviendra ! Et puis, conclut-il, l'air réjoui, cela ne fera pas de mal aux œuvres de la paroisse... »

Le dimanche matin, au moment du sermon, le curé Nougarède fustigea les âmes noires qui agissaient lâchement dans le noir pour y accomplir leurs basses besognes.

« Une servante de Dieu et un brave garçon ont subi de sauvages agressions, la nuit tombée, et personne n'est venu à confesse ! » tonna-t-il.

Son regard fit le tour des fidèles dont les têtes se courbaient. Les mains au ciel, il psalmodia, l'air sévère :

*« Ô Dieu, Vous savez la faiblesse humaine dont nous sommes environnés mais nous connaissons Votre grande bonté. Aussi nous Vous implorons de pardonner à ces innocents qui se sont rendus coupables de ces viles actions… »*

Puis il se pencha sur l'assistance recueillie et ajouta, d'une voix terrible :

« Mes frères, comme il est dit dans l'Épître aux Corinthiens, ne soyez pas redevables de l'amour que l'on se doit les uns aux autres car celui qui aime son prochain accomplit la Loi. Il ne commet point d'adultère, il ne porte pas de faux témoignage, il respecte le bien d'autrui et ne s'embusque pas pour porter atteinte à son frère avec la complicité de l'obscurité. L'amour du prochain ignore le mal. L'amour est donc l'accomplissement de la Loi. Que ceux qui ont péché demandent pardon à Notre Seigneur !… »

Il se tut et laissa un moment se prolonger le silence afin que ses paroles aient bien le temps de pénétrer les cervelles des fidèles recueillis. Même à la tribune, les hommes, qu'il devait souvent rappeler à l'ordre lorsqu'ils se dissipaient trop, étaient attentifs. Le prêtre était comblé, son autorité intacte. Aussi c'est d'une voix détendue et apaisée qu'il termina son prêche avec les annonces courantes avant de conclure :

« Mes biens chers frères, notre petit village doit retrouver sa sérénité habituelle. Elle a été mise à mal ces derniers jours. Nous devons à nouveau êtres unis et solidaires comme une seule et même famille! Dans deux jours, ce sera la fête de Laurent, notre saint patron. Alors dimanche prochain nous en profiterons pour organiser une grande procession jusqu'au bassin situé sur le terrain de monsieur Clovis Liron, qui m'a gentiment accordé cette liberté. Cette cérémonie sera destinée à faire tomber la pluie qui nous fait si cruellement défaut. Nous implorerons le Seigneur dans toutes nos prières. Pour donner plus d'ampleur à notre requête, j'ai demandé à l'abbé Jansem, de Ganges, de venir nous aider. Nous devrons être nombreux, si nous voulons qu'Il nous entende. Prévenez vos familles et vos amis. La procession aura lieu après la messe que je célébrerai exceptionnellement à sept heures. Cela nous permettra d'éviter la grosse chaleur. Au retour, nous organiserons une kermesse dans le préau de l'église. Ainsi nous nous trouverons tous réunis dans la joie et avec une même ferveur autour de notre saint. Amen. »

# VIII

## La procession

DANS LA SEMAINE QUI suivit, les choses ne s'arrangèrent guère. Le soir au Trouquet, Henri, dont l'œil avait désenflé mais était devenu tout noir, ne cessait de clamer que si son lâche assaillant lui tombait entre les mains il passerait un mauvais quart d'heure. Quant à Rosine Bastide, elle rôdait furtivement, la nuit venue, attentive aux moindres faits et gestes, ruminant une sombre vengeance. On s'inquiétait, se demandant ce qu'elle pourrait bien inventer comme représailles afin d'apaiser sa colère. C'est dire si les discussions étaient animées sur la place, le soir venu. Et sans le laisser paraître, on se méfiait un peu. Autant de Rosine que du mystérieux agresseur d'Henri car on n'avait jamais vu, dans le village, une attaque aussi sauvage perpétrée avec une telle lâcheté.

En milieu de semaine, Maxime fut obligé de prévenir le maire. Cela faisait déjà quelques jours qu'il voyait le niveau du bassin baisser encore. Si douloureuse soit-elle, il fallait prendre une décision. Les deux hommes se rendirent sur place et il fut convenu que les vannes ne seraient ouvertes qu'une heure matin et soir.

« À ce rythme, il nous faudra faire venir les pompiers d'ici huit jours », jugea Clément Granier d'une voix lugubre.

Aussi, le jour même, Papillon reprit son tambour afin de prévenir la *pompulation* des nouvelles mesures, et cette annonce tomba mal, à un moment où l'inquiétude gagnait l'ensemble des Combeséquois. Avec la sécheresse persistante, les sources donnaient moins, et si cela continuait, les hommes songeaient qu'ils ne pourraient plus arroser les cultures. À cela s'ajouta la colère des femmes exaspérées par ces nouvelles restrictions. Certaines allèrent jusqu'à interpeller le pauvre Clément qui se désolait, les mains tournées vers le ciel en signe d'impuissance :

« J'essaie de faire de mon mieux, protestait-il. Ce n'est quand même pas de ma faute s'il ne pleut pas ! Vous voulez que je fasse un miracle ? »

Mais il y en avait toujours une pour maugréer, assez fort pour que le maire l'entende :

« Il n'y a qu'à faire comme dit Maxime… »

Accablé, le pauvre Clément ne savait que répondre :

« Dans deux mois, vous aurez un nouveau maire, il faudra vous débrouiller avec lui. »

Sa charge lui pesait de plus en plus et il avait hâte de s'en débarrasser. Il n'y avait guère que madame Cabanis et les époux Cazalet pour se réjouir de cette situation. Cette pénurie d'eau servait les desseins secrets de l'institutrice. Quant à Marcelle et Firmin, la clientèle se faisait plus nombreuse et les recettes étaient bonnes car les gens venaient aux nouvelles afin de discuter de la situation. Le Cascou s'y montrait de plus en plus souvent. Il se mêlait aux joueurs de cartes et lançait à Maxime des regards provocants que celui-ci, conformément aux conseils de l'oncle Charles et de l'institutrice, feignait d'ignorer, au grand dam des clients qui espéraient chaque fois assister à une prise de bec entre les deux hommes.

Enfin, le vendredi soir, Fernand Abric vint lui-même prendre l'apéritif, ce qui était très inhabituel chez lui. Celui qu'on appelait le Sanglier était un grand gaillard au nez large et aux sourcils broussailleux dissimulant un regard farouche. Il gagnait sa vie en faisant du charbon de bois. C'est dire si ce rude travail lui avait procuré des muscles d'acier. Son métier solitaire le rendait taciturne et on le craignait pour sa force redoutable et son franc-parler, aussi personne ne se serait risqué à lui chercher querelle. Toutefois, malgré son aspect rude, on le savait avisé et habile en affaire lorsqu'il s'agissait d'acheter des coupes de bois ou de vendre sa production aux riches bourgeois de Ganges. Dans le silence que son entrée avait provoqué, il déclara bien haut :

« Bonsoir la compagnie. »

Puis, avisant une table libre, il se dirigea vers le comptoir où se trouvait Maxime et dit, en sachant que tout le monde l'écoutait :

« Viens t'asseoir, Maxime, je t'offre un verre. Nous avons à parler… »

Les deux hommes s'installèrent et entamèrent une discussion à voix basse qui était un aveu public. On connaissait maintenant le troisième candidat de la liste concurrente ! Par un hasard extraordinaire, le communiste Gaston Panafieu arriva à ce moment-là. À peine entré, il repéra Maxime et le Sanglier, se dirigea vers eux d'un pas décidé et se mêla sans plus de manières à leur débat, comme si cela était naturel d'interrompre une conversation privée. Les clients, éberlués, furent alors persuadés d'assister à la première réunion de la liste concurrente, puisque, manifestement, les trois hommes avaient pris rendez-vous. Ils ne pouvaient deviner qu'ils s'étaient retrouvés au Trouquet à la demande expresse de madame Cabanis, celle-ci leur ayant recommandé de faire en sorte que la rencontre soit la plus spectaculaire possible.

Lorsque Edmond Valat rendit visite au curé Nougarède, le samedi matin, Rosine Bastide l'informa que celui-ci se trouvait à Béthanie, où il préparait la fête du lendemain. C'est ainsi que l'on nommait la vaste cour intérieure attenante à l'église. Elle servait habituellement de terrain de jeu aux enfants du village, le curé en laissant l'accès libre dans la journée. Edmond trouva celui-ci sous le préau où régnait une grande agitation. Une dizaine de femmes, aidées du sacristain, y avaient installé des plateaux sur des tréteaux et disposaient maintenant des jeux divers, des babioles issues de dons, des breloques fabriquées par les dames patronnesses. Le curé, visiblement ravi, courait de l'une à l'autre, distribuant les ordres et les recommandations. Il accueillit Edmond avec un large sourire et s'exclama :

« Nous allons faire une belle fête, Edmond !... »

Valat eut une moue dubitative. Il dit, la mine sombre :

« Peut-être, Monsieur le curé, mais je doute que la procession fasse pleuvoir. Avec un temps pareil... Vous savez que Maxime a tenu une réunion au Trouquet avec le Sanglier et Panafieu, hier soir ? »

Le curé eut un geste insouciant de la main.

« Bien sûr, Edmond, reconnut-il en souriant. Mais je le soupçonne d'avoir organisé cette rencontre afin de vous inquiéter. Il lui manque encore six personnes pour faire sa liste. Venez... » Il prit son visiteur par le bras et se dirigea vers une table derrière laquelle se trouvaient trois comportes[1] couvertes de gros sacs. Nougarède expliqua :

« Ce soir, le glacier de Ganges nous livrera des pains de glace et des boissons. Nous sommes parés pour garder les boissons fraîches... »

Il se frotta les mains, l'air réjoui.

« Je vous le dis, Edmond, ce sera une belle fête et tout le village sera là, je le sais. Cette procession arrive à point pour ressouder une population troublée et déboussolée par toutes ces histoires et ces viles agressions. Vous verrez, à partir de demain la paix et la solidarité régneront à nouveau à Combesèque. Au moins pour quelque temps...

– Vous y croyez vraiment ?

– Mais bien sûr ! Tenez, Firmin Cazalet, avec qui j'ai eu un différend, est venu me trouver pour me dire qu'il assisterait à la procession en compagnie de sa femme et qu'il n'ouvrirait pas le Trouquet, demain matin, afin de ne pas me faire concurrence. Vous voyez, ça s'arrange déjà !... »

Manifestement, rien ne pouvait entamer l'optimisme du curé qui ajouta, d'un air insouciant :

« Et puis les orages finiront bien par tomber ! Il y en a toujours, à la mi-août...

– Espérons-le, Monsieur le curé, espérons-le », soupira Valat, résigné.

---

1. *Cuve de bois servant au transport de la vendange.*

En vérité, il s'interrogeait, se demandant si le prêtre n'avait pas organisé la procession et cette fête pour renflouer la caisse des bonnes œuvres de la paroisse. Ne ferait-il pas mieux d'aller voir Maxime Blaquières afin de lui proposer un marché ? Il pourrait suggérer à celui-ci de retirer sa candidature contre la promesse d'abandonner les réparations de l'église au profit d'un château d'eau. Mais comment avouer cela au curé et convaincre cet excité de Cascou, au cerveau un peu fêlé, de vendre à la municipalité ses quelques ares de mauvais terrain perdu au fond d'une combe isolée où ne poussaient que des cades, des buis et quelques chênes rabougris. Il est vrai que le sous-sol contenait une eau pure qui alimentait le village…

Il prit congé du curé sur ces incertitudes. De toute façon, pour l'instant, celui-ci ne pensait manifestement qu'à la fête et à la recette du lendemain, il était inutile d'essayer de discuter sérieusement avec lui.

À huit heures précises, le dimanche matin, les portes de l'église s'ouvrirent, libérant la foule qui s'y était tant bien que mal entassée. Le curé Nougarède ne s'était pas trompé. Conformément à son vœu, les Combeséquois étaient venus nombreux participer à l'événement. Dès six heures, les fidèles avaient afflué sur la place. On y voyait des villageois ne fréquentant jamais l'église et même des parents ou amis venus des villages voisins, et ces retrouvailles créaient une joyeuse pagaille. Dame, ce n'est pas tous les jours que l'on peut prendre part à une procession en faveur de la pluie.

Certes, de nombreuses personnes étaient restées debout durant l'office, serrées les unes contre les autres mais le curé, pressé d'organiser son cortège, avait hâté les choses et la messe avait été vite expédiée, malgré les mimiques outrées de l'abbé Jansem à chaque fois que Nougarède s'était ingénié à accélérer la cérémonie.

Tout au long de l'office, les fidèles avaient observé avec curiosité ce prêtre venu aider leur curé. Il était très grand, d'une maigreur extrême et paraissait à tous froid, sévère, bouclé, cadenassé dans une foi dévorante par rapport à la bonhomie habituelle et au teint fleuri du bon Nougarède. La pâleur de son visage avait déplu à tous ces paysans au teint hâlé, habitués à vivre au grand air. Pour conforter cette impression désagréable, ils le trouvaient bien jeune et se demandaient pourquoi leur curé avait éprouvé le besoin de se faire aider de ce blanc-bec venu de Ganges, alors qu'il s'agissait d'une affaire ne concernant que les Combeséquois. Bref, tout, chez ce jeune prêtre, accentuait l'antipathie de villageois venus surtout assister à un spectacle divertissant et inhabituel. Aussi, pendant l'office, on s'était beaucoup donné du coude dans les côtes en le désignant du menton avec des mines entendues signifiant :

« De quoi se mêle-t-il, celui-là ? »

Mais maintenant on ne pensait plus à tout cela. Pendant que les « officiants » se préparaient dans l'église, la foule s'éparpillait gaiement par petits groupes. On se retrouvait en famille ou entre amis et les commentaires allaient bon train sur les événements qui allaient suivre. Pour l'occasion, chacun avait soigné sa tenue. Les hommes, rasés de frais, avaient revêtu leur costume de mariage, souvent un peu trop juste. Quant aux femmes, elles resplendissaient avec leurs robes d'été que mettaient en valeur les chapeaux enrubannés aux couleurs multicolores qu'elles avaient coiffés pour la circonstance. L'air sentait bon l'eau de Cologne et les parfums plus subtils de la gent féminine. On s'interpellait, on s'embrassait, on s'exclamait, une joyeuse fête se préparait.

Soudain, les cloches sonnèrent à toute volée dans un ciel d'un bleu très pur et l'on se tut, tandis que tous les regards se dirigeaient vers saint Laurent qui sortait de l'église au milieu des chants, porté par deux solides jeunes gens sur un brancard richement décoré de velours pourpre et de galons dorés. Juste derrière venaient les deux curés et ensuite le sacristain, tenant bien haut la bannière du saint. Ils précédaient quatre jeunes filles que les dames patronnesses avaient habillées de longues robes blanches et qui ressemblaient à des angelots avec leurs ailes cousues dans le dos. Elles avaient au bras des paniers remplis de pétales de rose et souriaient fièrement à la foule, conscientes du succès de leurs tenues. Les enfants de chœur fermaient la marche, vêtus d'une aube blanche, une étoile accrochée au front.

Sidérée par ce superbe tableau la foule, soudain silencieuse, se signa en s'écartant pour laisser le passage. Les porteurs s'engagèrent sur leur droite, empruntant la route qui montait vers la source. Quand les enfants de chœur eurent dépassé la populace ébahie, le curé fit un geste. La procession s'arrêta momentanément et les chants cessèrent. Il y eut un court instant de flottement puis, dans un élan irrésistible et incontrôlable, un tonnerre d'applaudissements éclata. Rouge de plaisir, le curé leva le bras pour faire cesser les acclamations qui semblaient scandaliser l'abbé Jansem. Lorsque le calme fut revenu, il traça dans l'air un grand signe de croix et lança d'une voix forte :

« Ô Père bienfaisant, nous mettons notre espérance dans la procession de ce jour qui va réunir toutes les prières des Combeséquois. Que nos vœux pour la pluie soient exaucés. Amen. »

Alors les chants reprirent et derrière les enfants de chœur une joyeuse procession s'organisa dans un beau désordre. Spontanément les femmes et les filles, missel en main et chapelet au poignet, se précipitèrent les premières en reprenant les cantiques d'une voix haut perchée tandis que les hommes se rangeaient en fin de cortège. L'événement tant attendu était en marche et chacun estimait que vraiment, le curé Nougarède avait réussi son pari en organisant un aussi fabuleux cortège.

Seul Fouillette émit un doute. Il regarda le ciel et hocha la tête. C'était du bleu, du bleu et du soleil, du soleil, encore du soleil… Il se pencha vers Maxime qui se trouvait à côté de lui et dit, catégorique :

« S'il pleut aujourd'hui, foi de Fouillette, je ne boirai que de l'eau jusqu'à Noël !

– Ne prends pas ce risque, malheureux, on ne sait jamais… », dit en rigolant Maxime.

Tant que l'on avait marché sur la route, les chants et les litanies avaient retenti. Lorsque, par moments, ils faiblissaient, l'abbé Jansem se mettait brusquement à chanter d'une voix si forte qu'elle couvrait toutes les autres et les femmes réagissaient comme si on leur avait brusquement piqué les fesses d'une aiguille pointue, reprenant instantanément la litanie de toute leur voix. Cela amusait beaucoup les hommes, qui, eux, discutaient de leurs récoltes, de leurs affaires ou se lançaient gaiement des plaisanteries. Mais lorsqu'on l'on arriva au pont de la Clouque, qui enjambait le ruisseau, on fit une pause. Il fallait désormais emprunter un chemin charretier moins aisé qui montait à flanc de colline. Il faisait chaud et les porteurs, trempés de sueur, posèrent le saint à terre. Deux jeunes les remplacèrent et on reprit la marche en avant. Maintenant, dans l'essoufflement de la montée, les chants et les prières s'étaient tus et l'on n'entendait plus qu'un long piétinement.

D'autorité, l'abbé Jansem s'était porté en tête du cortège et marchait seul, d'un long pas régulier, montrant clairement qu'à partir de maintenant il prenait les affaires en main. Le prêtre allait au-devant du soleil, les paupières à peine baissées, comme un nouveau Moïse conduisant son peuple vers le salut. Il allait faire vibrer l'azur au-dessus de Combesèque jusqu'à ce qu'en jaillissent enfin les tonnerres et les nuages ! Il mesurait chacun de ses pas, se demandant avec une soudaine volupté si le Seigneur considérait avec intérêt ce défilé de paroissiens qui montait patiemment au-devant de Lui. Le regard halluciné, il sentait une irrésistible excitation le gagner. Tout à l'heure, il lancerait sa parole au-dessus des têtes serrées de ces villageois sacrilèges qui vivaient dans le péché. Il le savait, Rosine Bastide lui avait tout raconté ! La lâche agression dont elle avait été victime, ainsi que celle d'Henri Calvas, les manigances, le trafic ignominieux et coupable de la Gustine qui entraînait les hommes dans la débauche pour quelques billets, les faiblesses des uns et des autres, toutes les petites turpitudes découvertes lors de ses virées nocturnes. Et surtout, surtout, ce complot électoral contre l'église qui avait bien besoin de réparations… Ah, il en avait entendu ! Aussi lorsqu'il parlerait, sa voix roulerait sous le ciel comme le grondement avant-coureur de la colère divine. Il redressa un peu plus sa haute silhouette. Lui, le petit prêtre fraîchement émoulu portait en ce jour le poids de la majesté de Dieu ! Il sourit, songeant que, bientôt, il quitterait ces pauvres gens à la foi incertaine, ces fausses dévotes, ce petit pays où il étouffait. D'ailleurs, il n'aimait pas davantage les curés de Ganges et de Combesèque. Ils étaient vieux et ne pensaient qu'à leur petit confort et à leur tranquillité. Il suffisait de voir le visage fleuri de ce Nougarède pour deviner que c'était un jouisseur qui aimait la bonne chère. Il n'éprouvait que du mépris à leur égard. Il sourit. Bientôt, il prendrait son bâton et irait prêcher la bonne parole en Asie ou soigner les lépreux au fin fond de l'Afrique. Peut-être irait-il en Amérique ? Qu'importe, il savait qu'il partirait enfin relever un défi à la hauteur de sa foi. Il en avait fait la demande à l'évêché et la réponse ne pouvait tarder…

On était enfin arrivé au bassin, situé au fond d'un cirque désolé où les chênes verts, les cades touffus et les buis disputaient le terrain aux ronces et à la pierraille. Seuls deux gigantesques platanes avaient prospéré dans ce lieu désert, en aval de la retenue d'eau. Certainement grâce à la source, dans laquelle leurs racines devaient baigner.

Juché sur un énorme rocher qui dominait le bassin, en plein soleil, l'abbé Jansem contemplait la foule à ses pieds. Les gens s'épongeaient en cherchant un coin d'ombre dans un désordre bon enfant tandis que le curé disposait les enfants de chœur et les jeunes filles devant le bassin. D'un geste charmant, celles-ci avaient jeté à pleines mains les pétales de rose qui garnissaient leurs paniers en direction de la source et souriaient, ravies. Quatre jeunes costauds avaient pris le brancard sur leurs épaules et le saint patron tanguait maintenant légèrement dans le ciel, l'air heureux d'avoir fait cette longue promenade et de se pavaner à côté de sa bannière que brandissait toujours le sacristain. Le Cascou, lui, s'était mis un peu à l'écart de la cohue qu'il regardait d'un air farouche signifiant :

« Vous voyez, vous êtes ici chez moi et vous pourrez faire ce que vous voudrez, ce terrain ne sera jamais municipal !... »

Peu à peu, le calme revenait. On regardait le prêtre sur son rocher. Celui-ci les considérait d'un œil fixe et sévère qui figeait petit à petit les paroles et les rires sur les lèvres. Lorsque, enfin, le recueillement fut total, il leva le bras. Alors chacun retenant son souffle regarda monter lentement vers le ciel le long doigt de l'abbé Jansem. Quand ce doigt fut arrivé au point le plus haut et que son bras entier fut long et raide comme une épée qui défierait les nues, sa voix de bronze retentit comme un coup de tonnerre :

« Dieu est là ! »

Bouche bée, les Combeséquois levèrent une tête effarée. Pendant un court instant, ils avaient vraiment cru voir apparaître le Seigneur dans les cieux, assis sur Son trône céleste. Il y eut un moment d'intense surprise, puis on entendit quelques murmures rieurs et des gloussements dans la foule, surtout parmi les hommes. On se regarda, l'air entendu. « Ah, la vache, il nous a bien eus ! » disaient les mimiques.

Mais la main de l'abbé était toujours pointée vers l'infini et il répéta, avec une telle force qu'il arracha les plus distraits à leurs plaisanteries :

« Dieu est là ! Mais il ne peut entendre vos prières. Elles ne montent pas assez haut, elles ne sont pas assez sincères pour arriver jusqu'à Lui. Pourquoi ? »

Fascinés, les villageois regardaient le bras qui redescendait lentement vers le sol tandis que la voix tonnait :

« Parce que vous vivez dans le péché !

« La débauche, les lâches agressions, les manigances, les combinaisons politiques, les petites faiblesses sont votre lot quotidien…

« Vous quémandez de la pluie, mais vous êtes venus à cette procession comme on va au spectacle, pour vous distraire ! Pour Dieu, vous n'avez que grimaces et regards moqueurs.

Vous marmonnez vos dévotions alors que notre Père veut des prières ferventes et pures… »

Stupéfaits, les villageois essayaient de comprendre sans paraître y parvenir. Toutefois, le regard bonhomme du bon curé Nougarède les rassurait. Lui aussi les menaçait, parfois, mais c'était juste pour faire son intéressant et affirmer son autorité morale. On savait bien qu'il n'était pas bien sérieux. Ils attendaient donc la suite avec curiosité. Aussi quand l'abbé tempêta :

« Quel est donc Celui-ci à qui même le vent et la mer obéissent ? »

Et qu'il se lança dans une histoire compliquée où il était question des forces angéliques qui gouvernent et contrôlent la création, la terre et le cosmos, les marées et les saisons, qui combattent Lucifer, ils sourirent à nouveau. Ils ne comprenaient rien mais se disaient que le prêtre allait leur raconter une belle histoire de fantôme, de quelque mauvais génie ou d'une obscure malédiction biblique. On ne lisait nul désespoir ni repentance sur les visages. L'abbé s'en aperçut et il pointa avec violence son doigt tendu vers l'assistance.

« Vous… Vous… Combeséquois. Vous êtes tous des pécheurs promis à l'enfer si vous ne faites pas contrition à la mesure de vos fautes !

– Cet homme est fou ! songea le curé soudain soucieux. Il va foutre ma belle cérémonie en l'air et me faire perdre le bénéfice de cette procession. Jusqu'où va-t-il nous mener ?... »

Au même instant, Edmond Valat se désolait :

« Le curé avait bien besoin d'aller chercher un jobard pareil ! songeait-il. Il se prend pour un prophète et ne sait plus ce qu'il dit ! »

La foule aussi s'inquiétait. Cette fois, les gens avaient compris qu'il s'agissait de leurs péchés à eux et baissaient la tête en s'efforçant de faire leur examen de conscience tandis que la voix terrible de l'abbé Jansem se déchaînait :

« Jugements téméraires, haine, jalousie, débauches sexuelles, querelles, emportements, désirs de vengeance, voilà vos fautes ! »

Le doute s'emparait de Nougarède. Il se retourna et chercha sa servante des yeux. Il l'aperçut au milieu des femmes, le visage si extasié, si illuminé de joie qu'il comprit instantanément. Non seulement le prêtre était un détraqué, un hystérique, mais Rosine Bastide s'était chargée de faire son éducation ! Il pesta si fort contre la bonne qu'il eut une mauvaise pensée : « Ah ! Si je pouvais la remplacer par une jeune gaillarde souriante, cette sorcière !... »

Cependant, intarissable, l'abbé Jansem continuait sa litanie et le curé devinait le malaise de ses ouailles. Il hésitait :

« Cette fois c'en est trop ! se disait-il. Je vais arrêter cet imbécile qui veut se battre contre le diable lui-même et ne voit mes braves paroissiens que comme d'infâmes coupables promis à l'enfer !... »

Seul saint Laurent restait impassible. Pourtant, quelqu'un qui l'eût observé attentivement aurait cru deviner un sourire malicieux sur sa face figée. C'est peut-être que, juché sur les épaules des porteurs, il était le seul à avoir aperçu dans le ciel, lui qui ne baissait pas la tête, ce petit nuage blanc, joufflu comme un ange, qui s'était accroché tout là-haut, à la cime du pic d'Anjau et semblait écouter l'abbé Jansem d'un air indulgent comme pour dire : « Allons, allons, ne vois-tu pas que tu radotes ? Ne te crois pas si glorieux, tu n'es qu'un petit prêtre de rien du tout... » Et le saint semblait lui répondre, à la façon des Combeséquois : « Oh pauvre ! Il est si enfiévré, ce braillard, qu'il croit arrivé le jour du Jugement dernier ! Il délire et ne se rend compte de rien... »

Mais en bas, l'abbé levait lentement les bras et clamait :

« Pardonne à ces pauvres pécheurs, Seigneur. Ô Père, aie pitié de ceux qui ont fauté et purifie leur cœur. Lève-toi, et viens à notre secours, puisque c'est en Ta faveur que la pluie tombe et que la terre donne ses fruits... »

Il faut croire que le Père céleste entendait l'abbé et qu'il s'amusait de ce discours insensé parce qu'il s'en passait de belles, dans le ciel! Poussé par un petit vent du sud que les paroissiens, accablés de reproches et de chaleur, ne pouvaient ressentir au fond de leur combe, le petit ange blanc s'était élargi, montant très haut dans l'azur en déployant des ailes immenses, comme s'il voulait donner un signal. Et on eut dit que le saint souriait à l'ange pour l'encourager: « Il suffirait de quelques rafales plus fortes... »

Est-ce Dieu qui souffle?

Toujours est-il que d'autres petits anges accouraient soudain à la rescousse, mais ceux-là étaient tout noirs, gonflés comme des outres bien pleines. Saint Laurent l'avait vu, lui. Il semblait même surveiller ce manège avec ravissement. Nul doute que s'il avait pu interrompre le prêtre halluciné qui ne cessait ses diatribes il aurait dit, l'air réjoui: « Vous avez vu ce qu'il se passe, là-haut? Levez donc vos têtes, idiots, vous verrez comme c'est beau!... »

Mais en bas, les grosses têtes humaines regardaient à leurs pieds, sans rien voir ni penser en attendant que l'abbé Jansem cesse enfin de les fustiger. Celui-ci, bras en croix, le visage hagard, psalmodiait d'une voix d'airain:

« Ô Dieu, Père céleste, nous te supplions, dans notre présente nécessité... »

Soudain un éclair zébra le ciel et un coup sourd éclata dans les nues.

Est-ce Dieu qui a toussé?

« … de nous envoyer des pluies et des ondées si bienfaisantes que nous puissions recueillir les bienfaits de la terre pour notre bien-être et en Ton honneur… »

Un vent frais parvenait maintenant jusqu'aux Combeséquois, caressant les visages, desserrant les fibres de l'air tendues par la sécheresse. Brusquement, une ombre couvrit l'assistance et fit enfin se lever tous les visages ahuris. Ils contemplaient les nuages, stupéfaits de les voir si noirs, si bas qu'ils avaient escamoté la cime des montagnes.

Est-ce Dieu qui les a fait descendre à grands coups de talon rageurs ?

« … Afin que nous puissions, pauvres pécheurs, nous désaltérer à Ta divine source… »

Médusés, les villageois avaient enfin compris que l'événement était là. Le ciel se marbrait de lueurs de feu, il tonna violemment et la foudre se déchaîna, déchargeant ses tombereaux de boulets.

Est-ce Dieu qui fait la guerre à la sécheresse ?

Les premières gouttes, petites, rares, tombèrent sur les visages éberlués des villageois. Bien sûr, on était venu à la procession. Bien sûr, on avait prié. Mais sans y croire, juste pour faire plaisir au curé Nougarède. Par habitude, afin de faire comme tout le monde et de se distraire un peu de la monotonie quotidienne avant d'aller ensuite à la kermesse ! Mais la pluie, personne ne l'avait prévue, surtout un jour aussi ensoleillé avec un ciel si pur.

Est-ce cet hystérique d'abbé Jansem qui a des pouvoirs magiques ?

Et tout à coup, l'eau dégringola des nuages, si dense, si drue qu'on eût dit revenu le temps du Déluge. C'était comme une mitraille qui tombait sur les visages. Les éclairs s'arrêtèrent, il y eut encore dans l'air un sourd grondement qui, peu à peu, s'éloigna, laissant la place au seul, à l'immense bruit de la pluie, claire, lourde, épaisse comme un bloc. Dans une joie indescriptible, la foule cherchait tant bien que mal à se mettre à l'abri des arbres. Trempés, les beaux costumes ! Déformés, les beaux chapeaux des dames ! Détruits, les savants maquillages et les mises en plis ! Boueuses, les belles chaussures du dimanche ! Qu'importe, il pleut !

« … Ô Dieu, Père céleste, nous te remercions humblement de ce qu'il t'a plu de nous envoyer de la pluie pour notre bien-être et à la gloire de ton Saint Nom ; par Jésus-Christ Notre-Seigneur. Amen, conclut l'abbé Jansem.

– Alléluia, alléluia, c'est un miracle ! » cria le curé Nougarède, extasié.

Le sacristain leva bien haut sa bannière et jura, troublé :

« Nom de Dieu ! C'est un miracle ! »

Cela lui avait échappé. Aussi s'empressa-t-il de se signer en jetant un regard inquiet au prêtre, de peur que celui-ci ne l'ait entendu.

« L'abbé Jansem est un saint! songea Rosine Bastide, les mains jointes, en pleine crise de vénération. J'ai bien fait de tout lui raconter. Il nous a purifiés et a réalisé un miracle!...

– C'est un miracle, c'est un miracle », entendait-on de toutes parts au milieu des rires ravis.

Clément Granier, le maire, allait d'un groupe à l'autre, tant il était heureux. Finies les restrictions, finies les annonces de Papillon. Demain, l'eau coulerait à flots dans les fontaines de Combesèque et au lavoir municipal. Finies, les récriminations des femmes!

« C'est un miracle, disait-il à tout un chacun. J'aurai vu ça, dans ma vie!... »

Edmond Valat embrassa son épouse.

« Nous voilà enfin tranquilles, jubila-t-il. Il ne peut plus rien nous arriver après un miracle pareil!... »

Faut-il canoniser l'abbé Jansem de son vivant? Finalement, il n'y avait que deux personnes qui ne partageaient pas l'allégresse générale. La première était la Gustine, peinée par les rudes reproches que lui avait adressés le prêtre devant tout le village réuni! Elle savait bien que c'est elle seule qu'avait visée l'abbé Jansem lorsque, à deux reprises, il avait parlé de débauches sexuelles et elle n'avait aucun doute sur la provenance de la dénonciation. Elle chercha Rosine Bastide des yeux et sursauta. La bonne se trouvait non loin d'elle et l'observait, un sourire triomphant illuminant sa face ingrate et venimeuse. Elle jubilait sans aucune retenue, tant elle paraissait satisfaite ! La Gustine lui jeta un regard noir et se détourna en maugréant :

« Le miracle, ce serait que la foudre tombe sur la tête de cette diablesse de Rosine. Je me vengerai… »

Enfin, Fouillette, ennuyé par son pari stupide, faisait un peu la tête. Maxime lui frappa sur l'épaule en éclatant de rire et s'exclama, en agitant la main :

« Eh bé, Fouillette ! Ça va te faire beaucoup de verres d'eau à boire, d'ici la fin de l'année !… »

Le braconnier eut une moue chagrine puis, souriant à son tour, il décréta :

« Moi, je te le dis, s'il pleut, ce n'est pas un miracle. Ça devait arriver, voilà tout. Alors l'eau, j'y ajouterai juste une goutte de pastis, pour la désinfecter… »

Là-haut, sur son rocher, l'abbé Jansem, insensible à l'averse, fit un grand signe de croix qui partagea le ciel en quatre et resta un long moment aussi figé que saint Laurent, abandonné à terre, semblant tout aussi insensible à l'eau qui tombait. Il était exténué mais si pénétré de son infinie puissance qu'il ne sentait même pas crépiter la pluie sur sa face d'une pâleur incroyable. Bientôt il irait soigner les malades, évangéliser dans des pays lointains où il vivrait au milieu des pauvres et des déshérités. Sa mission était immense, il le savait, c'était son destin ! Il regarda la foule des pauvres pécheurs qui se congratulaient sous les arbres, à ses pieds, et les contempla avec une infinie condescendance.

Une ombre de sourire se dessina enfin sur son visage où l'on pouvait lire l'orgueil incommensurable de celui qui venait d'atteindre l'inexplicable par la seule omnipotence de son esprit!

# IX

## La vengeance de la Gustine

POUR ÊTRE UNE BELLE PROCESSION, cela avait été une belle procession ! Ce dimanche d'août resta longtemps dans les mémoires des Combeséquois comme une journée particulièrement magnifique. Oubliées, les zizanies, les manœuvres politiciennes, les petites bassesses. Pardonnées, les vaines querelles, les sombres vengeances tramées en secret. Mis au rencard, les calculs sournois, les perfides arrière-pensées, les rivalités de toutes sortes ! Place à la joie et à la franche amitié. On avait besoin d'oublier le malaise de tout à l'heure, quand la combe grouillait de péchés sous les grands doigts maigres du prêtre qui, de sa voix de bronze, les accablait des pires menaces célestes.

La pluie tombait à verse, mais c'est une foule en liesse qui redescendait vers le village malgré les beaux costumes et les toilettes tout chiffonnés, les cheveux mouillés, les chaussures crottées. Quant aux enfants de chœur et aux quatre jeunes filles habillées en angelots, leurs tenues, si belles le matin, faisaient peine à voir ! Mais les uns et les autres en riaient à gorge déployée. On s'interpellait joyeusement. Les plaisanteries fusaient, on était heureux !

Le curé Nougarède marchait au milieu de la foule en désordre, se laissant emporter par l'allégresse générale, ne faisant rien pour ramener un peu de dignité parmi ses ouailles. L'heure n'était plus aux prières ou au recueillement, encore moins à la repentance, mais à la jubilation et au soulagement. Il songeait qu'il avait bien réussi son coup malgré le sermon enfiévré de cet illuminé d'abbé Jansem qui avait failli gâcher cette belle journée. En cet instant, personne ne se préoccupait de savoir s'il y avait eu vraiment miracle. Qu'importaient les manifestations incompréhensibles du ciel ? Il pleuvait, voilà tout ! D'ailleurs, le saint lui-même, brinquebalé sans trop de ménagements sur son brancard en piteux état, ne semblait tenir rigueur à personne d'être traité de façon aussi cavalière. C'était certainement sa façon à lui de participer à la gaieté générale.

Seul le jeune prêtre, en pleine crise métaphysique, se tenait en arrière de cette petite troupe débandée et bruyante. Il avait besoin de solitude afin de réfléchir tranquillement à ce qui venait de se passer. Il était profondément troublé et, dans la grande confusion mentale qui était la sienne, essayait de se remémorer chaque mot du sermon qu'il venait de faire. Il marchait lentement, les mains jointes et le regard au sol, loin en arrière de la populace. Parfois, il s'arrêtait et se mettait à prier avec ferveur :

« Loué sois-Tu, Seigneur, de nous envoyer notre sœur l'eau si généreusement. Tu as entendu mes prières et pourtant je ne suis qu'un tout petit serviteur de Ta gloire. Suis-je digne de Toi ? Ô mon Dieu, je t'adorerai devant tes saints anges, je chanterai tes merveilles où que Tu m'envoies sur cette terre, puisque Tu m'as choisi pour exercer Ta puissance, moi, pauvre pécheur… »

Mais qui se préoccupait de l'abbé Jansem dans la cohue exubérante s'éloignant au milieu des rires et des cris, loin devant lui ? Dans l'instant, la seule préoccupation qui effleurait par moments les esprits était d'ordre purement pratique : où pourrait-on faire la fête si le déluge continuait à tomber toute la journée ?

De retour à Combesèque, le curé Nougarède invita ses paroissiens à rentrer chez eux afin de se changer et leur donna rendez-vous à 11 heures pour une messe d'action de grâce. Il convenait de remercier comme il se doit le Seigneur et saint Laurent du prodige qu'ils avaient bien voulu réaliser en faveur de leur village.

Le moment venu, il fut heureux de constater que son église était aussi pleine que le matin même. Avant que ne débute l'office, il y eut un petit moment de flottement et de silence absolu. Chacun, dans l'assistance, cherchant des yeux le terrible abbé Jansem avec l'appréhension de subir encore un sermon plein de reproches et de terribles menaces. Mais le curé s'empressa de les rassurer. Tout souriant, il annonça à ses fidèles que le prêtre, exténué à force d'avoir prié pour la pluie, était reparti à Ganges, Edmond Valat s'étant gentiment proposé de le ramener avec son auto.

En fait, l'abbé était arrivé bien après tout le monde à Combesèque. Nougarède l'attendait avec une certaine inquiétude en compagnie du futur maire, regrettant de l'avoir laissé seul dans l'euphorie du retour. Valat avait demandé :

« Franchement, Monsieur le curé, on pourrait croire que ce prêtre a réalisé un miracle mais je pense que c'est juste un heureux hasard… Donnez-moi franchement votre opinion ? » Nougarède avait réfléchi un instant, avant de répondre, sentencieux :

« Mon ami, quand il arrive un événement inexplicable dans votre vie et qu'il est agréable, on doit en profiter sans en faire un problème. Il ne faut pas croire uniquement à ce qui est raisonnable. La raison rétrécit la vie comme l'eau rétrécit les tricots de laine, si bien que lorsqu'on veut les mettre on s'y sent coincé et on ne peut plus lever les bras… »

Cette explication sibylline avait laissé Valat perplexe mais à ce moment-là les deux hommes avaient vu arriver l'abbé Jansem tout pâle et au bord de l'évanouissement, tant il paraissait épuisé. Ils l'avaient ramené à la cure où Nougarède lui avait prêté une vieille soutane trois fois trop grande et du linge sec tandis que Rosine lui préparait une bonne tisane. Ensuite, les deux hommes n'avaient eu aucun mal à le convaincre de rentrer sans tarder se reposer chez lui avant de tomber malade. Cela les arrangeait bien, car ils étaient persuadés qu'en présence de ce prêtre qui n'était pas encore sorti de son délire les gens n'oseraient pas s'amuser et que la fête en serait gâchée.

Cette bonne nouvelle provoqua un grand soupir de soulagement dans l'assistance. On se retrouvait en famille, entre Combeséquois, à l'aise dans des vêtements secs et plus confortables que les costumes étriqués ou les robes de cérémonie. Alors les prières furent dites dans une totale communion, avec une ferveur inhabituelle ! Et les chants résonnèrent comme jamais ! Enfin, lorsque l'enfant de chœur passa pour la quête, les femmes puisèrent généreusement dans leurs réticules et les hommes dans leurs poches, sous l'œil ravi du curé Nougarède.

Comble de bonheur, lorsqu'il libéra la foule le soleil était revenu ! On pouvait maintenant songer aux réjouissances ! Dans une cohue bon enfant, la foule se précipita à Béthanie où attendaient les boissons soigneusement tenues au frais dans les comportes. Après toutes ces émotions, il fallait songer à se désaltérer, et comme il s'agissait d'un jour vraiment exceptionnel Marcelle et Firmin Cazalet proposèrent de bon cœur leurs services aux dames patronnesses, débordées et ravies de cette aide providentielle.

Voyant que l'euphorie était générale, le curé envoya deux ou trois enfants de chœur chercher les rares familles absentes afin qu'elles viennent participer aux festivités. Diable, l'eau, cela concernait tout le monde, que l'on soit catholique, protestant ou non pratiquant ! En ce jour béni, on se devait de partager la même joie entre tous les Combeséquois.

Dans les minutes qui suivirent, même Gaston Panafieu vint se joindre à la fête ! Pourtant, tout le monde savait que son engagement politique et anticlérical avait la dureté d'une jambe de bois et qu'il ne reculait devant rien ni personne pour défendre ses idées, allant même, parfois, jusqu'à choquer ses interlocuteurs. Surtout quand il critiquait le curé, que chacun ménageait par respect naturel et aussi en tant que dépositaire d'un accès à un au-delà qui attendait tout le monde. Mais en ce dimanche particulier, il n'y avait plus de barrières. Gaston aimait faire la fête et adorait encore plus jouer de l'accordéon. Il arriva en compagnie de son épouse, son instrument bien calé sur la poitrine, jouant un air de paso doble endiablé.

Voyant cela, Papillon, le garde champêtre, courut à la mairie et en revint avec son tambour. Il allait pouvoir marquer le rythme d'une vraie musique au lieu de se servir de ses baguettes pour annoncer de mauvaises nouvelles comme ces derniers jours. Ravis, les deux hommes improvisèrent un orchestre et les jeunes gens se mirent à danser sous les applaudissements de la foule, enfin désaltérée.

Comblé de voir ses paroissiens dans d'aussi bonnes dispositions, le curé Nougarède décida de tirer parti de ce rare instant de paix et d'allégresse commune. Il réclama le silence et proposa d'installer des tables au milieu de la place publique, devant l'église, où l'on pourrait profiter de l'ombre des platanes. Chacun irait ensuite chercher son repas et l'on mangerait tous ensemble, en mettant tout en commun. Cette proposition fut saluée par un tonnerre d'applaudissements et l'on se précipita. Les femmes à leurs cuisines, les hommes allant dénicher, ici et là, suffisamment de tréteaux, de plateaux et de bancs pour que chacun puisse trouver une place assise. Le maire, Clément Granier, n'était pas le moins actif. Il entraîna quelques jeunes à la mairie et ils ramenèrent tout le mobilier qui pouvait être utile à ce banquet providentiel.

Dans l'heure qui suivit, les tables, installées à la va-vite et avec les moyens du bord, ne tardèrent pas à se charger de couverts, de victuailles de toutes sortes, de bouteilles de vin cachetées et le repas qui s'ensuivit fut un moment de rare fraternité. On s'installa sans calculer de savoir qui était son voisin, les jeunes et les anciens mêlés, et l'on partagea tout. On ne pensait qu'à se distraire dans l'harmonie la plus complète.

Durant l'après-midi, la joie fut totale dans la cour de Béthanie. Les bouteilles se vidèrent allégrement sans que, pour une fois, les femmes ne trouvent à redire. On chanta, les vieux racontèrent des histoires lestes tandis que les enfants piaillaient en courant en tous sens, se heurtant aux jambes des jeunes qui dansaient sur des airs d'accordéon. Pour eux, c'était une occasion inespérée de pouvoir s'amuser, de flirter un peu, surtout lorsque Gaston Panafieu jouait un tango. Moment privilégié d'une danse rythmée qui permettait de se serrer un peu, de caresser impunément une épaule ronde ou une taille bien tournée. D'oser se parler aussi, loin des oreilles indiscrètes des mères et des grands-mères qui, l'air de rien, veillaient au grain.

Radieux, Nougarède allait d'un groupe à l'autre, avait un mot gentil pour chacun et ne cessait, à chaque fois qu'il passait devant Edmond Valat, de se pencher à son oreille pour lui glisser, triomphant :

« Je vous avais promis que ma procession serait l'occasion de faire une belle fête, Edmond. Que pensez-vous de cette journée ?

– Magnifique, Monsieur le curé, magnifique... », s'exclamait Valat, ravi.

Alors le curé balayait la cour d'un geste large et s'exclamait, emphatique :

« J'en étais certain ! À partir d'aujourd'hui, la paix et la fraternité régneront à nouveau sur Combesèque et vous serez élu !...

– Je l'espère, Monsieur le curé, je l'espère... »

Un peu plus loin, à une autre table, madame Cabanis faisait contre mauvaise fortune bon cœur. Elle s'était bien rendu compte de la satisfaction du curé et d'Edmond Valat qui ne cessaient de se congratuler. Mais l'heure était à la liesse générale. Il avait plu abondamment et les femmes seraient soulagées, au moins pour quelque temps. C'est pourquoi, gagnée par la bonne humeur de chacun, elle participait sans réserve à l'allégresse générale. On verrait plus tard ce que réserverait l'avenir.

Finalement, le curé avait eu raison. À partir de ce jour, grâce à la glorieuse procession ayant amené la pluie et aux réjouissances qui s'étaient ensuivies, le village retrouva sa sérénité habituelle. Les agressions cessèrent. On se saluait à nouveau gaiement et une bonne ambiance régnait au Trouquet où l'agitation et les piques des jours précédents n'étaient plus de mise. D'ailleurs, sur les conseils de l'oncle Charles et de madame Cabanis, Maxime et ses colistiers se faisaient discrets. Edmond Valat et le curé triomphaient.

Deux semaines passèrent ainsi. Les Combeséquois oublièrent les histoires d'élection et les problèmes d'eau pour se consacrer à leurs tâches, nombreuses en cette fin de mois d'août. Outre les travaux d'été, il fallait commencer à préparer les caves et les futailles, les vendanges s'annonçant précoces. Il était nécessaire de récurer les bergeries. Les moutons ne tarderaient pas à revenir de l'estive et nombreux étaient ceux qui possédaient quelques bêtes. Maxime, lui, restait vigilant. De jour en jour, le niveau du bassin baissait bien un peu, mais il se maintenait à un niveau acceptable, et le maire, Clément Granier, avait décidé de laisser les gens tranquilles.

Nougarède avait confessé Rosine Bastide, l'obligeant à avouer ses vilaines confidences faites à l'abbé Jansem et il l'avait durement sermonnée, lui montrant combien les villageois s'étaient vus chapitrés et blâmés par sa faute. Depuis, Rosine faisait toujours sa tournée nocturne pour nourrir ses chats. Mais, si elle ne pouvait s'empêcher d'espionner encore les gens, elle se tenait tranquille, ne cherchant pas à exploiter ses découvertes. Quant à Henri, son œil au beurre noir n'était plus qu'un mauvais souvenir. Il avait bien essayé, en vain, de savoir le nom de celui qui lui avait mis ce violent coup de pied en traître et avait fini par oublier sa mésaventure. Il pouvait à nouveau fréquenter les bals des fêtes votives en compagnie de Maxime, un peu libéré de la réserve qu'il s'était imposée en tant que candidat à une future élection de maire. À peine si quelques jeunes du village se permettaient de plaisanter un peu, lorsqu'ils voyaient Henri danser, prétendant que, depuis « qu'il l'avait mise toute noire », il était comme les chapons et n'était pas un concurrent dangereux…

Enfin, malgré l'outrance du jeune prêtre venu de Ganges, il faut bien reconnaître que ses paroles avaient un peu marqué les esprits et les Combeséquois faisaient bien attention, désormais, à ne pas alimenter une quelconque zizanie.

Ce premier lundi de septembre, le soleil avait brillé encore plus fort que d'habitude et les Combeséquois avaient suffoqué de chaleur toute la journée sous un ciel de mercure bouillant. C'était à croire que la canicule n'en finirait jamais. D'ailleurs, depuis la procession, il n'était plus tombé une goutte de pluie, contrairement à ce qu'avait espéré le curé Nougarède. Aussi depuis deux ou trois jours les fontaines commençaient-elles à faiblir à nouveau sérieusement et l'inquiétude grandissait une fois de plus.

Le soir venu, les villageois étaient venus nombreux respirer un peu d'air frais sous les platanes de la place. Les odeurs s'étaient libérées de l'air gluant dans lequel elles s'estompaient dans la journée. Les rainettes et les crapauds coassaient dans l'herbe asséchée du ruisseau où l'eau ne coulait plus depuis longtemps. Les martinets étaient rentrés dans les trous de muraille et une hulotte appelait du plus profond du feuillage d'un arbre, non loin de là. C'était une belle soirée d'été.

Dans l'obscurité presque totale, de petits groupes se formaient. On parlait à mi-voix pour ne pas déranger les voisins et les discussions ne variaient guère. Il était généralement question de la sécheresse et des travaux en cours. C'était un moment de trêve et de quiétude dans la journée que tout le monde appréciait avec délices.

Avant de rejoindre la place, Augustine Suquet ouvrit ses volets qu'elle tenait soigneusement fermés dans la journée afin de ne pas faire entrer la chaleur. Le front en sueur, elle secoua ses abondants cheveux noirs qui ondulaient autour de son beau visage et, dans le mouvement, repéra Rosine Bastide, accroupie au coin du porche, en train de donner la pâtée à ses chats. Celle-ci s'était vivement retirée dans l'ombre en entendant le bruit des contrevents. Mais Gustine avait eu le temps de l'apercevoir. La certitude d'être encore espionnée et la rage qu'elle avait gardée contre la bonne du curé pour avoir été publiquement vilipendée par l'abbé Jansem, le jour de la procession, lui arrachèrent un cri de colère. Elle hurla :

« Qu'est-ce que tu fais là à me surveiller, espèce de sorcière ? »

En bas, Rosine, surprise, s'était redressée comme si un serpent lui avait mordu les fesses. Elle répondit, le souffle court :

« *Digue*... je ne surveille personne, je donnais à manger à mes chats...

– À tes chats ? Tu fais ta tournée dans le noir pour épier les honnêtes gens !

– Honnête ? C'est toi qui dis ça ? Hé bé, alors... » Le ton montait. La Gustine répliqua vertement :

« Je suis plus estimable que toi, en tout cas ! Moi, je ne vais pas raconter des saletés et de vilains mensonges à l'abbé Jansem, menteuse !...

– Moi, une menteuse ? suffoqua Rosine, outrée. Et les hommes que tu reçois le soir, c'est des mensonges ? Tu es une cocotte ! »

Sur la place, de l'autre côté du ruisseau, les conversations s'étaient tues depuis le début de l'altercation. On dressait l'oreille pour ne rien perdre de cet échange peu amène et très divertissant. Cela changeait des petites banalités quotidiennes ! Là-bas, la Gustine répondait vivement :

« Les hommes ? Quels hommes ? Tu aimerais bien en recevoir mais il n'y en a pas un qui a voulu de toi, vieille peau ! » Sur la place, quelques mâles retinrent leur souffle, soudain soucieux. Sur le coup de la colère, la bonne du curé allait-elle débiter la liste des clients qui empruntaient de temps en temps le porche, le soir venu ? Mais Rosine Bastide ne songeait pas à cela, elle étouffait de rage. La Gustine avait touché le point sensible. Elle qui était restée vieille fille sans jamais pouvoir assouvir les désirs de la chair et se savait définitivement rosière, à cinquante ans passés, ne pouvait supporter qu'on aborde ce sujet. Elle siffla, perdant toute contenance :

« *Bougre dé salope ! Aneras en infèrn ! L'abbé Jansem lou diguèt*[1]...

– Peut-être, mais en attendant, approche-toi que je te fasse un shampooing avec mon pot de chambre, tu en as l'habitude ! » répliqua la Gustine du tac au tac.

Rosine Bastide ramassa en hâte ses sacs de pâtée. Elle était au bord du malaise et étouffait de fureur. Malgré cela, elle se doutait bien que, sur la place, les gens devaient se régaler d'écouter la dispute. Elle était incapable de réfléchir, mais devinait vaguement qu'il lui fallait fuir au plus vite afin d'échapper à cet affrontement qui ne tournait pas à son avantage. Elle s'éloigna, levant un poing vengeur en fulminant :

---

1. *« Bougre de salope ! Tu iras en enfer ! L'abbé Jansem l'a dit... »*

« *Péteras embé lou diablé, veiras! Aquel ti rabinera*[1]...

– Eh bien, je serai en bonne compagnie, puisque je t'y retrouverai!... » riposta la Gustine.

Et comme elle n'entendait pas de réponse, elle cria, impitoyable :

« À moins que même le diable ne veuille pas de toi!... » Le silence retomba enfin. La bonne du curé traversa le pont d'une allure saccadée, lançant des imprécations en agitant les bras. Elle contourna la place pour ne pas avoir à passer au milieu de la foule qui la suivait des yeux. Dans l'obscurité, on l'entendait jurer à voix basse : « *Una pute! Una femna dé michante vida*[2]*!...* » Mais, par chance pour elle, on ne pouvait voir son visage rouge de honte. Lorsque sa silhouette disparut du côté de l'église, les conversations ne reprirent pas tout de suite. Les gens étaient à la fois abasourdis et ravis. Il fallait à chacun un moment de silence pour apprécier à sa juste valeur cet intermède distrayant.

« Hé bé! Elles s'en sont dit quatre », dit enfin une voix masculine dans le noir, libérant dans l'instant des commentaires nombreux et variés.

Il y eut des rires, des gloussements, mais tous regrettaient secrètement que la prise de bec se soit si vite interrompue. Cela avait été si plaisant pour

*1. « Tu péteras avec le diable, tu verras! Il te fera rôtir... »*
*2. « Une pute! Une femme de mauvaise vie... »*

tout le monde ! Surtout pour ceux qui avaient eu, un jour ou l'autre, à se plaindre des manigances de la bonne du curé…

Un moment plus tard, la Gustine apparut, souriante malgré tous les regards curieux tournés vers elle. On eût dit qu'il ne s'était rien passé tant elle paraissait satisfaite ! Elle salua de droite et de gauche avec cet air innocent qu'affectent volontiers les gens pour qui mentir est naturel. Cet échange, bref mais rude, ne l'avait pas totalement vengée de l'affront subi le jour de la procession. Pourtant, elle se sentait grandement soulagée de sa rancœur. Elle avait été durement fustigée en public à cause de la Rosine : elle s'était lavée de cet affront devant tout le village réuni sur la place. Ce n'était que justice !

Sciemment, elle s'intégra à un groupe d'une dizaine de personnes et se mêla sans plus de façon à la conversation. On ne risquait pas de lui chercher querelle dans ce groupe : par une heureuse coïncidence, deux de ses clients occasionnels faisaient partie du petit cercle restreint !…

## X

## Une initiative hasardeuse…

CETTE ALTERCATION FUT LE PRÉLUDE d'une série d'événements qui vinrent à nouveau troubler gravement la quiétude qui régnait à Combesèque depuis la procession.

D'abord la source faiblit d'un coup. Un matin, en arrivant au bassin, Maxime fut obligé de constater que depuis la veille, le niveau avait énormément baissé. Il fallut encore prévenir le maire, Clément Granier, qui fut consterné.

« Ces gros orages, dit-il, ça reconstitue les réserves pour un moment, mais ça ne vaut rien sur le long terme !…

– Je ne comprends pas, dit Maxime. Jusqu'à hier, ça tenait à peu près le coup…

Clément se gratta longuement la tête, avant de laisser tomber, la mine sombre :

– Moi, ce que je comprends, c'est que cette fois, ce n'est pas un miracle qui nous sauvera, mais les pompiers ! Nous n'ouvrirons les fontaines que de temps en temps, quand le niveau sera suffisamment haut…

– Tu vois, remarqua Maxime, si on faisait un forage et si on avait un château d'eau, on serait tranquille… »

Clément était d'autant plus excédé qu'il se rendait bien compte que Maxime avait raison. On ne pouvait plus continuer comme cela. Mais il songeait, avec amertume, que cette terrible sécheresse aurait pu attendre un an de plus.

« Ah ! toi, laisse-moi tranquille avec cette histoire ! s'insurgea-t-il en levant les bras au ciel. Vivement le mois prochain, je ne serai plus maire et vous ferez ce que vous voudrez… »

Prévenu par téléphone, Valat informa la mairie et les pompiers de Ganges. Ceux-ci avaient promis d'amener une citerne le matin et le soir. Cela ne faisait pas beaucoup pour l'ensemble du village, mais ils prétendaient ne pouvoir faire mieux, étant très sollicités en cette période de sécheresse. En apprenant cette mauvaise nouvelle, le maire hocha tristement la tête, accablé, et laissa tomber :

« Il faudra donc rationner sévèrement, je vais encore en entendre !… »

En fait, celui qui se faisait houspiller quotidiennement, c'était le pauvre Papillon, chargé de surveiller la distribution afin d'éviter les abus et les chicaneries. Excédées par la pénurie, les femmes ne cessaient d'accabler le garde champêtre qui n'en pouvait plus :

« Oh pauvre ! Comment je vais faire ma lessive, la cuisine et laver mes trois enfants avec deux cruches d'eau matin et soir ? râlait l'une.

– Moi, je vous le dis, ma pauvre, à Combesèque, nous vivons comme au Moyen Âge », décrétait une autre.

Enfin, la plupart finissaient par affirmer, péremptoires et en fixant Papillon d'une moue méprisante qui résumait toutes les critiques :

« À la mairie, vous êtes tous des incapables !… »

Ces critiques injustes désolaient le malheureux qui roulait des yeux effarés en protestant, les bras au ciel, regrettant amèrement de n'être pas en train de faire le cantonnier dans quelque chemin isolé, où il pouvait à loisir s'octroyer de bons petits sommes réparateurs. Il s'exclamait :

– Moi je n'y suis pour rien, mesdames, et ce n'est pas juste de s'en prendre à un petit garde champêtre. Allez voir les chefs à la mairie !… »

En milieu de semaine, Maxime, qui était en train de traiter ses tomates, eut la surprise de voir arriver Germain, le mari d'Alice Cabanis. Celui-ci avait la mine sombre. Après les salutations d'usage, les deux hommes s'assirent sur le bord de la murette et Germain annonça une mauvaise nouvelle :

« Il ne reste guère qu'un mois et demi avant les élections et Alice pensait que c'était le moment de relancer les affaires, avec le mécontentement qui grandit dans les familles. Malheureusement, nous venons de perdre une alliée de taille…

– Comment cela ?

– Eh bien ma femme était confiante parce que depuis longtemps Béatrice, l'épouse du Cascou, lui avait promis de convaincre son mari de céder son terrain à la mairie. Elle-même aimerait bien avoir l'eau au robinet ! Mais ce n'est plus possible… »

Germain s'était tu, visiblement embarrassé.

« Ah ? » fit Maxime.

Le mari de l'institutrice décida de parler sans plus de détours :

« Oui ! Hier, elle est venue lui expliquer que, depuis que tu as parlé de l'exproprier, son mari est devenu comme fou. Au point que cela lui monte à la tête. Elle prétend qu'il ne lui parle que de ce projet et n'en dort plus la nuit ! Il ne cesse de lui répéter qu'il ne vendra jamais ! Alors Béatrice ne pourra rien faire et c'est embêtant, ma femme comptait beaucoup sur elle pour débloquer cette situation…

Maxime resta pensif un long moment, puis il finit par demander :

« Donc, c'est de ma faute si aucune entente n'est possible avec Clovis Liron ? »

Germain hésitait à répondre. Il finit par conclure, l'air ennuyé :

« Eh bien, tu sais comme sont les Cévenols dès qu'il s'agit de leurs terrains ! Avant cette fameuse réunion, Béatrice affirmait qu'il suffisait de promettre quelques avantages à son mari, par exemple l'eau gratuite et une place de deuxième adjoint pour qu'il se laisse convaincre, mais maintenant… »

Maxime resta un long moment silencieux. Il avait un peu oublié cette histoire d'élection. Il espérait même, l'orage ayant mis fin à la pénurie, que madame Cabanis allait abandonner cette idée. Il réalisait qu'il avait parlé à la légère, le jour du dernier conseil municipal. Mais l'institutrice l'avait poussé et il avait réagi sans réfléchir, comme il en avait, hélas, trop souvent l'habitude ! Pourtant, vu les circonstances, et maintenant qu'il s'était lancé à fond dans ce projet de château d'eau, il ne voulait pas passer pour un lâche à la première difficulté, surtout auprès des femmes qui avaient placé tous leurs espoirs en lui. Elles ne le lui pardonneraient jamais, à commencer par sa mère. Et, surtout, l'institutrice pourrait lui reprocher d'avoir manqué de discernement en claironnant publiquement qu'il serait envisageable de déposséder Clovis Liron de son terrain, même sans son accord. Enfin, il réalisait que depuis sa première entrevue avec madame Cabanis il s'était contenté d'écouter et de faire tout ce que l'institutrice décidait pour lui. Il n'était qu'un pantin obéissant aux consignes de cette femme, si respectable soit-elle… Cela suffisait, il ne pouvait plus continuer ainsi ! Il se devait de prendre une initiative personnelle. Brusquement, son visage se durcit et sa décision fut arrêtée. Il claironna :

« Nom de Dieu ! Je vais demander à Panafieu de faire venir son ami Camplan, le conseiller général ! Et le plus vite possible…

– Ah ? fit Germain avec une moue dubitative.

– Bien sûr ! s'exclama Maxime, enthousiaste. Ils sont tous les deux membres de la même cellule du parti communiste de Ganges. Il nous parlera de subventions et saura convaincre Clovis.

– Pour les sous, ce n'est pas une mauvaise idée, admit Germain. Mais, persuader le Cascou, ce sera peut-être une autre paire de manches… »

Maxime se leva, balayant l'objection d'un revers de main. Il fit, en pointant un doigt sentencieux :

« Je te le dis, Germain, ces hommes politiques, ça t'embrouille tout le monde sans même que tu t'en rendes compte. C'est leur métier de promettre des choses, même s'ils ne peuvent pas les tenir… Le Cascou dira oui avant de comprendre de quoi il est question ! »

Il était si confiant d'avoir trouvé la solution idéale pour débloquer la situation qu'il décida d'aller haranguer les femmes venues à la distribution d'eau et de leur annoncer sa décision. En revenant du jardin, il était rentré chez lui afin de faire un brin de toilette et se changer. Il savait que les épouses et les jeunes filles venaient nombreuses au ravitaillement à cette heure-là et il voulait se montrer à son avantage. Surprise, sa mère avait maugréé :

« Tu vas encore voir cette Gustine ?

– Elle n'est pas là, maman et je ne vais la voir que le soir ! avait-il rétorqué. Je vais commencer ma campagne électorale en allant parler aux femmes. Je veux inviter le conseiller général, il convaincra le Cascou de vendre son terrain à la mairie, j'en suis certain… »

Lucie s'était alertée :

« Tu en as parlé à Madame Cabanis ? »

Il s'était contenté de lancer, au moment de sortir :

« Ce n'est pas la peine ! À partir de maintenant, je prends les choses en main… »

Lucie avait couru jusqu'au seuil pour lui crier :

« Elle ne sera pas contente ! Va au moins demander l'avis de l'oncle Charles…

– Plus tard, maman. Plus tard ! Maintenant, c'est l'heure où les femmes sont toutes au camion des pompiers… »

Par chance, Gaston Panafieu, qu'il avait eu la précaution d'aller consulter, s'était montré optimiste, lui assurant que son ami Camplan répondrait favorablement à son invitation. Cela ne poserait aucun problème. Rassuré sur ce point, il se dirigea vers la place et son arrivée en pleine distribution fit forte impression. Le teint hâlé à souhait, vêtu d'un bleu de travail propre et d'un gilet de corps blanc à bretelles qui mettait en valeur ses larges épaules aux muscles saillants, il avait salué tout le monde avant de lancer d'une voix théâtrale :

« Mesdames, cela ne peut plus continuer ainsi ! Je vais faire mon possible pour que vous ne viviez plus un autre été comme celui-là. Et pour commencer, je vais inviter le conseiller général. Après tout, moi aussi je suis un élu ! Je pense que Camplan saura convaincre le Cascou et qu'il nous donnera des sous pour faire les travaux… »

Cette déclaration imprudente mais tonitruante déclencha des applaudissements fournis et quelques émois dans la gent féminine. Il faut dire que le physique athlétique de Maxime et sa démarche de costaud lui conféraient un certain prestige et excitaient le désir de nombreuses Combeséquoises. Elles rêvaient souvent de lui, au moment d'accomplir un devoir qui était, pour beaucoup d'entre elles, une corvée. Il leur suffisait pour cela d'imaginer son corps musclé et son visage viril pour accepter plus facilement l'étreinte d'un mari plus ou moins terreux et qui sentait souvent l'ail ou l'oignon, quand ce n'était pas le suint des brebis ! Il y eut de nombreux commentaires et les plus hardies osèrent lancer quelques encouragements du genre : « Maxime à la mairie ! » ou encore : « Allez, Maxime, nous avons confiance en toi ! »

On se doute que celui-ci s'était retiré ravi, roulant légèrement des épaules, persuadé d'avoir bien manœuvré tout en ayant considérablement augmenté son prestige auprès des femmes. Tant pis si madame Cabanis n'était pas contente, il avait démarré sa campagne en fanfare et sans l'aide de personne ! Après tout, il lui faudrait savoir prendre des décisions et assumer ses responsabilités s'il voulait prétendre administrer la commune !…

Camplan vint à Combesèque le samedi matin. Prévenu par Panafieu, le maire avait convoqué son conseil municipal, qui se trouvait au grand complet afin d'écouter les solutions que pourrait éventuellement proposer le conseiller général.

Celui-ci, un homme rondouillard au visage rubicond et souriant, était arrivé un peu plus tôt devant le Trouquet sur une superbe moto de marque Peugeot flambant neuve. Maxime et Gaston Panafieu étaient là pour l'accueillir et les deux hommes l'entraînèrent aussitôt à une table isolée afin de lui expliquer tranquillement la situation particulière de Combesèque, où les habitants étaient approvisionnés par une source située sur un terrain privé. Camplan posa quelques questions puis leur exposa brièvement ce qu'il pouvait proposer. Il ne leur cacha pas les difficultés que représentait une expropriation pour cause d'utilité publique et les longues démarches que cela nécessiterait. Enfin, il affirma qu'un arrangement à l'amiable était toujours préférable à un affrontement devant les tribunaux.

Comme Maxime le remerciait de s'être déplacé, il se garda bien de préciser que s'il s'était dérangé si vite, c'était en réalité à cause de Valat. Il connaissait les ambitions de celui-ci pour les élections cantonales et se doutait que s'il était élu maire, il profiterait de ce succès pour tenter de se faire désigner par son parti de droite, afin de briguer la place de conseiller général. Il ne lui déplaisait donc pas de venir mettre un peu de zizanie entre les conseillers municipaux de Combesèque en répondant à l'invitation d'un simple conseiller, éventuel concurrent du futur maire désigné par le sortant.

« Alors, il paraît que tu vas te présenter contre Valat ? » demanda-t-il à Maxime.

Celui-ci hésita un instant, puis avoua :

« C'est-à-dire… au début, on m'a forcé la main. Mais maintenant, les femmes me font confiance, alors je compte beaucoup sur votre aide…

– Eh bien tu peux la considérer comme acquise, assura Camplan en lui assenant une grosse claque sur l'épaule. N'hésite pas à venir me voir si tu as besoin d'un conseil…

– Ah ! Il m'arrive de me demander si ce n'est quand même pas une bêtise de me présenter contre Valat. C'est quelqu'un d'important…

– Il ne faut surtout pas douter ! » s'exclama le conseiller. Avant d'ajouter, emphatique :

« Nous sommes à une époque où il faut que les jeunes se mettent en avant pour faire progresser les idées et moderniser les modes de vie dans ces petits villages où les gens sont conservateurs en diable. On me raconte que Valat veut faire réparer l'église alors que les gens manquent d'eau ! Cela prouve que c'est un homme du passé, alors que toi tu ne vois que l'intérêt général… Et puis tu as du prestige et un physique qui plaît… Crois-moi, Maxime, si les femmes sont dans ton camp tu seras élu, tu peux en être certain !… »

Il se leva enfin et, comme ils sortaient du bistrot il ajouta, paternel :

« Tu sais, les hommes votent, se vantent ou se disputent. Mais ils n'ont souvent pas plus de jugeote que les enfants. En fait, ce sont les femmes qui gouvernent le monde, fiston, ne l'oublie jamais… »

En se dirigeant vers la mairie, Maxime était confiant. Le discours que venait de lui tenir le conseiller général l'avait pleinement rassuré et encouragé pour l'avenir. Et puis, Camplan était un homme à l'esprit vif, et d'autant plus sympathique qu'il était prompt à la boutade. Il parlait beaucoup et avec facilité mais, contrairement à Valat, il s'exprimait simplement, ayant l'habitude de s'adresser aux ouvriers bonnetiers de Ganges. « Voilà quelqu'un qui saura se faire entendre des conseillers et convaincre le Cascou ! » se disait-il, réjoui, en songeant que le mérite lui en reviendrait tout entier.

Pourtant, lorsqu'ils pénétrèrent dans la salle de la mairie, il pressentit immédiatement que l'ambiance était tendue. Les conversations s'étaient tues brusquement et, si le conseiller fut accueilli avec un sourire poli, les visages étaient graves. Surtout celui du Cascou qui avait serré la main de Camplan tout en détournant les yeux. « Il a dû parler aux autres et leur faire l'article contre moi... », songea Maxime. Il s'approcha de madame Cabanis et demanda discrètement :

« On vous a raconté que j'étais allé parler aux femmes, l'autre jour ?

– Bien sûr, Maxime, répondit l'institutrice.

– Et alors ? » demanda-t-il, inquiet.

Un bref instant elle eut l'air contrarié, puis elle dit :

« Si tu m'avais prévenue, je t'aurais plutôt conseillé d'aller voir le Cascou pour discuter seul à seul avec lui. Cela aurait été préférable... »

Elle soupira et ajouta, résignée :

« Les femmes te sont reconnaissantes de ce que tu as dit mais tu agis toujours sans réfléchir,

Maxime. Alors aujourd'hui, fais attention à ce que tu vas dire, Clovis est remonté contre toi… »

Valat se tenait un peu à l'écart, en grande discussion avec le maire. Lorsque le conseiller s'approcha pour les saluer, Edmond leva son chapeau avec beaucoup d'affectation, pour bien signifier à Camplan qu'il se considérait comme un égal et que, peut-être, aux futures élections cantonales… Toutefois, il était maintenant persuadé que l'eau devenait un problème prioritaire pour le village. Et la fanfaronnade de son éventuel concurrent devant le camion des pompiers l'avait fortement contrarié et il ne voulait plus se laisser prendre de vitesse dans ce domaine. Si le conseiller pouvait aider le village… Il demanda, avec beaucoup de civilité :

« Ainsi, Monsieur le conseiller général, vous venez examiner avec nous notre problème d'eau ? Notre situation actuelle n'est pas bonne et l'avenir s'annonce difficile. Surtout qu'il y a des intérêts privés qui peuvent compliquer les choses… »

Tout en parlant, il observait Camplan avec l'air de dire : « Si tu peux nous amener quelques millions et convaincre Clovis Liron de nous céder son terrain à bas prix, cela nous arrangerait bien… »

Celui-ci répondit avec bonhomie :

« Eh bien, Monsieur Valat, un de vos collègues m'a gentiment demandé de venir examiner vos difficultés et voir si je peux vous aider, en particulier vis-à-vis du propriétaire du terrain. Nous allons discuter ensemble de cela et je vous garantis que, s'il m'est possible d'être utile à la commune, ce sera avec le plus grand plaisir. »

Il signifiait par là à son interlocuteur : « Mon petit, si je réussis, le mérite en reviendra à ton concurrent, puisque c'est lui qui a pris l'initiative de m'inviter. Et dans ce cas, tu ne seras peut-être pas maire et encore moins conseiller général… »

Clément Granier, qui observait les méchantes œillades que leur lançait le Cascou, décida d'abréger cet aparté qui ne lui plaisait guère. Il entraîna les deux hommes, lançant à la cantonade :

« Messieurs, nous n'avons plus qu'à nous asseoir et commencer la réunion. »

Les conversations cessèrent et chacun s'installa, laissant la place d'honneur à Camplan.

Une fois assis, le regard de celui-ci fit le tour de l'assistance. Trente ans de luttes syndicales et de vie politique lui avaient appris à se sentir à l'aise dans toutes les situations, même les plus difficiles. De plus, il venait plusieurs fois par an à Combesèque. Ainsi il connaissait bien les conseillers municipaux et les problèmes de la commune. Il remarqua tout de suite le visage fermé et l'hostilité flagrante que lui manifestait Clovis Liron et songea que la conversation serait plus difficile que prévu. Il décida donc de ne pas parler du terrain pour l'instant et commença par lancer quelques plaisanteries bien senties qui, contrairement à l'habitude, ne déclenchèrent pas l'hilarité générale. Il était clair que les conseillers restaient sur la défensive.

Voyant cela, Camplan parla de la situation du village, eut un mot de compassion pour les habitants qui manquaient cruellement d'eau et annonça qu'il était allé voir le maire de Ganges, la veille. Grâce à son intervention, les pompiers doubleraient les citernes matin et soir à dater du jour même. Il y eut quelques vagues remerciements, mais l'enthousiasme n'était toujours pas de mise.

En désespoir de cause, le conseiller indiqua calmement qu'il était venu à la demande de son ami Panafieu et de Maxime Blaquières. Il était disposé à étudier la possibilité de constituer un dossier en vue d'une étude de faisabilité d'un château d'eau et à demander des subventions pour financer les travaux. Cela à condition que la municipalité le sollicite clairement. Une fois le dossier déposé, il faudrait évidemment commencer par faire effectuer des forages pour connaître l'importance de la nappe phréatique. Il conclut, se tournant vers le Cascou :

« Mais, avant toute chose, il serait bon de connaître les intentions de Monsieur Clovis Liron. Je pense qu'il est attaché à ce terrain qui lui vient de ses ancêtres. Au moins sentimentalement… Il faudrait donc savoir si la commune peut envisager une entente avec lui, ce qui serait généreux de sa part vis-à-vis du village… »

Il y eut un silence, puis Clovis se leva lentement, se redressa de toute sa petite taille et, après avoir bien regardé tour à tour Maxime et Camplan, il fit une déclaration solennelle, manifestement préparée à l'avance. Le visage empourpré, le souffle court, il dit, catégorique :

« Monsieur le conseiller, j'en ai rien à foutre de vos magouilles et de celles de Maxime ! Le terrain où se trouve la source appartient à ma famille depuis toujours. Mon grand-père y faisait venir des pois chiches et des lentilles, les meilleures du pays. Mon père y exploitait des truffières qui, malheureusement, ont cessé de produire et moi, j'envisage d'y planter des oliviers. Ce qui fait que je n'ai jamais eu l'intention de vendre cette parcelle, et encore moins maintenant qu'on veut me forcer la main. Alors, si ça continue, je vais couper l'eau et chacun se démerdera !… »

Il s'interrompit un instant puis, les mains posées sur la table, il se pencha vers Maxime et ajouta, d'une voix qui tremblait :

« *Et tu, sé sies mairo et se volès m'espropria, méfieté. T'espéreriaï en bé mon dodze ti manqueraï pas, avise…*[1] »

---

1. « *Et toi, si tu es maire et si tu veux m'exproprier, méfie-toi. Je t'attendrai avec mon douze (fusil calibre 12) et je te manquerai pas, sois prévenu… !* »

Sur ce, il tourna les talons et sortit en lançant, faussement désinvolte :

« Salut la compagnie… »

Un long silence consterné suivit ce départ spectaculaire et dramatique qui mettait un terme au débat avant même que celui-ci ne soit engagé. On se regarda, l'air ahuri. Il y eut quelques brefs commentaires indécis. Maxime était le plus navré de tous. En plein doute, il songeait que pour une première initiative l'échec était cuisant ! Le conseiller général essaya bien de minimiser la portée des paroles du Cascou, déclarant qu'elles avaient été prononcées sous le coup d'une colère irréfléchie, qu'il fallait attendre encore un peu. Mais il se rendait bien compte que sa venue à Combesèque avait envenimé les choses au lieu de les améliorer !…

Comme si une fâcherie ne suffisait pas, Valat jugea que la colère du Clovis Liron était une aubaine. Elle lui permettait de profiter de l'occasion pour interpeller Maxime, en montrant à tous que celui-ci avait encore fait preuve de légèreté. Il s'exclama, les bras au ciel :

« On aurait peut-être pu arriver à un résultat si on m'avait prévenu ! Je serais allé voir le Cascou en tête à tête et on aurait discuté. Mon père et le sien ont fait la guerre de 14 ensemble, ça crée des liens…

– Personne ne pourra convaincre le Cascou, se défendit Maxime. Mais au moins, j'aurai essayé…

– Tu as agi tout seul, sans réfléchir ni demander l'avis de personne, comme d'habitude ! » répliqua vertement Edmond.

Le ton montait. Maxime prit l'assistance à témoin et rugit :

« Évidemment, lui, il ne risque pas de faire de conneries, puisqu'il ne fait rien ! Quand on habite Ganges... »

Cette accusation renouvelée mit Valat dans une grande fureur. Il cria :

« J'habite peut-être Ganges mais moi je ne fais pas le beau devant les femmes avec des promesses que je ne pourrai tenir. Tu t'es ridiculisé !... »

Maxime se dressa, rouge de colère :

« Ridiculisé ? Parce que je veux aider toutes ces malheureuses que je vois se trimbaler dans les rues du village avec des cruches pleines qui leur brisent les reins ? Tu veux être maire mais tu ne te donnes pas beaucoup de mal pour le village... Tu es un incapable !

– Et qui est allé voir les pompiers, imbécile ? »

Valat s'était levé à son tour, renversant bruyamment sa chaise et il fallut que les conseillers s'interposent avant que les choses ne dégénèrent. Quant au maire, il mit précipitamment fin à la réunion qui se terminait encore une fois dans la plus grande confusion.

Comme d'habitude, les seuls à être ravis d'avoir entendu cette empoignade étaient les curieux qui se tenaient derrière la fenêtre, attentifs aux moindres mots, se lançant force œillades réjouies et ponctuant chaque saillie avec des gestes éloquents. Ils s'esquivèrent prestement, se réjouissant à l'avance de tout ce qu'ils auraient à raconter dans le village…

Le samedi soir était d'ordinaire un jour particulièrement faste pour le Trouquet. Outre que le lendemain on ne travaillait pas, c'était un moment de relâche dans la semaine qui permettait aux hommes de venir se détendre un peu en buvant l'apéritif entre amis. Mais ce soir-là, il y avait encore plus de monde que d'habitude à cause du conseil municipal qui s'était déroulé le matin : on avait envie de commenter les menaces du Cascou et toutes les péripéties de cette réunion que les curieux avaient largement colportées dans la journée. Papillon lui-même, soulagé d'avoir surveillé la dernière distribution d'eau, décida d'aller boire un coup. Comme tous les jours, il avait dû faire face à la colère des femmes et il se sentait épuisé. Le camion des pompiers venait de partir à l'instant, un petit pastis ne lui ferait pas de mal !

Il se releva péniblement du banc public sur lequel il était assis, rajusta son pantalon vert olive sur son énorme bedaine et coiffa soigneusement son képi où brillait l'insigne « La Loi » puis, satisfait, il se dirigea tranquillement vers le petit bistrot. Il passait devant un des platanes de la place lorsque son attention fut attirée par une feuille de papier quadrillé clouée sur l'arbre, certainement à la va-vite car la page était légèrement froissée et toute de travers. Il s'approcha, sourcils froncés, et n'en crut pas ses yeux. Il n'eut pas besoin de ses lunettes pour lire, écrit en grosses lettres majuscules par une main malhabile :

*« JEANNE PANAFIEU AI COCUE. GASTON VISITE LA GUSTINE 2 FOIS PAR MOIS – AU MOINSSE CÉ BEAU, POUR UN COMUNISTE ! »*

Malgré la brièveté de l'annonce, Papillon la lut à plusieurs reprises. Il restait planté devant le platane, indécis, se demandant comment on avait pu accrocher cette feuille dans l'après-midi sans que personne ne s'en aperçoive ! Lorsqu'il était rentré chez lui, vers midi, après la première distribution du matin, il n'y avait rien sur cet arbre, il en était certain.

Dans sa grosse tête peu habituée à résoudre des problèmes compliqués, les pensées contradictoires s'entrechoquaient. La coupable ne pouvait être que Rosine Bastide. La bonne du curé avait voulu se venger de la violente querelle l'ayant opposée à la Gustine et au cours de laquelle celle-ci l'avait tournée en dérision devant tout le village.

Cela ne faisait aucun doute. Le garde champêtre souleva son képi et se gratta le crâne. Il avait une grave décision à prendre mais ne savait que faire. Il décrocha le message compromettant et se dit qu'il pouvait le mettre dans sa poche et ne rien dire à personne. Mais, dans ce cas, Rosine recommencerait à la première occasion. D'ailleurs, il était possible que la bonne ait déjà affiché d'autres dénonciations dans le village… Brusquement, il se souvint que la Gustine était à nouveau partie pour une semaine chez sa sœur, au Grau-du-Roi, comme elle le faisait trois ou quatre fois par an. Elle ne pourrait donc se défendre. Mais il y aurait du grabuge lorsqu'elle serait au courant de cette attaque d'autant plus calomnieuse qu'elle avait été faite en son absence !…

Il se dandinait d'un pied sur l'autre, hésitant sur la conduite à tenir, lorsqu'il lui vint à l'esprit que Jeanne Panafieu était la plus dure de toutes les femmes à son égard. L'après-midi même elle l'avait traité de fainéant et de bon à rien devant les pompiers et toutes les personnes présentes, ajoutant que si Maxime était élu elle espérait bien qu'il serait renvoyé ! Elle l'avait insulté publiquement, lui, le garde champêtre, représentant de l'ordre et de la loi dans le village ! Cette femme était vraiment méchante et il se demandait s'il ne devait pas profiter de l'occasion pour se venger… Il en était là de ses pensées lorsque Fouillette vint à passer.

« Qu'est-ce que tu fais là, planté comme un cigare ? lança-t-il.

– Eh bien… je ne sais que faire…

– Comment ça ? s'étonna Fouillette en s'approchant. C'est quoi, ce papier ? »

Le garde champêtre essaya de dissimuler la feuille mais, plus vif, le braconnier la lui avait déjà prise des mains et la lisait.

« Nom de Dieu ! s'exclama-t-il en éclatant de rire, la Rosine fait fort… Viens boire un coup avec moi, on va s'amuser un peu.

– C'est que…

– Quoi ? »

Papillon balançait la tête, perplexe :

« Quand la Jeanne apprendra ça, elle ne sera pas contente… finit-il par dire.

– On s'en fout ! décréta Fouillette avec entrain. On m'a raconté qu'elle t'a traité de fainéant et de bon à rien. Elle a même souhaité que tu sois renvoyé…

– Comment ? Tout le monde le sait déjà ? s'indigna Papillon, catastrophé.

– Qu'est-ce que tu crois, les nouvelles vont vite ! Viens je te dis, Jeanne mérite une leçon… »

Cette fois, le braconnier n'eut pas de mal à entraîner le garde champêtre, convaincu que la femme de Panafieu s'était vantée dans tout le village de toutes les méchancetés qu'elle lui avait débitées.

Il y avait beaucoup de monde en terrasse et le bar était plein. Vu la corpulence du garde champêtre, les deux hommes eurent du mal à parvenir jusqu'au comptoir mais Fouillette, en grand habitué des lieux, se chargea de faire de la place. Il commanda à boire tandis que le regard de Papillon faisait le tour de la salle. Celui-ci constata avec satisfaction que Gaston ne se trouvait pas dans l'assistance. Cela ne l'étonna guère, le samedi après-midi, Panafieu se rendait à Ganges pour assister à une réunion de sa cellule. En son absence, ce serait plus facile de se moquer de Jeanne…

Fouillette trinqua gaiement, puis annonça, la voix forte :

« Messieurs, notre garde champêtre a quelque chose à nous montrer… »

Mais il régnait un tel bruit que personne ne l'avait entendu. Alors il s'empara d'un pot à eau et frappa à plusieurs reprises sur le comptoir. Après quoi, il hurla :

« Silence ! Papillon en a une bien bonne à vous raconter… » Les conversations cessèrent et tous les regards se tournèrent vers le garde champêtre. Celui-ci, la mine réjouie, claironna :

« Regardez un peu ce que je viens de trouver accroché à un platane sur la place… »

Disant cela, il tendait sa feuille de cahier à bout de bras avec un large mouvement circulaire afin que chacun puisse lire le message à son aise. Un attroupement se fit aussitôt autour de lui et des exclamations retentirent. Attirés par le bruit, les gens assis en terrasse se levaient pour venir lire à leur tour. On commentait la nouvelle en riant. On échangeait des plaisanteries égrillardes avec des coups d'œil entendus. Les noms de la bonne du curé, de la Gustine et de Panafieu revenaient sans cesse dans un chahut indescriptible. Si fort même, que les clientes de l'épicerie furent intriguées. Or parmi elles se trouvait Jeanne Panafieu, et celle-ci, entendant crier son nom de plus en plus fort, n'hésita pas un instant. D'un geste décidé elle ouvrit la porte et entra dans le bar où son arrivée provoqua un silence immédiat.

Jeanne Panafieu était une femme plutôt petite, mais épaisse, au visage lourd et sanguin. Elle ne craignait pas d'aller aider son mari qui exploitait une assez belle propriété, et les durs travaux des champs avaient musclé son corps de façon redoutable. De plus, c'était une personne qui allait droit dans la vie, ne s'embarrassant pas d'attendrissements ou de manières et, parce qu'elle savait dire son fait au mauvais voisin aussi bien qu'à la bigote, on la craignait. Son regard fit rapidement le tour de l'assistance devenue subitement muette et, voyant que tout le monde faisait cercle autour de Papillon, elle s'approcha, écartant vivement des coudes les clients qui la gênaient. Parvenue jusqu'au garde champêtre adossé au comptoir, l'air penaud, elle lui arracha d'un geste vif le papier qu'il tenait à la main et lut le message qui y était inscrit. Son visage s'empourpra aussitôt et elle dévisagea Papillon, la mine mauvaise. Celui-ci n'en menait pas large. Brusquement, Jeanne froissa la feuille de papier dans son poing d'homme et s'écria :

« Ah ! C'est du propre !

– Qu'est-ce qui est du propre ? demanda Papillon en rentrant imperceptiblement la tête dans les épaules.

– D'amuser les gens avec cette saleté. Où l'as-tu trouvée ?

– Clouée sur un platane de la place… »

Puis, espérant s'attirer l'indulgence de son interlocutrice, il ajouta :

« Celui qui l'a mis a pris beaucoup de risques. À midi ça… » Jeanne le coupa violemment :

« Et tu crois que c'est le rôle d'un garde champêtre de venir au bistrot faire rire les gens avec une cochonnerie pareille ? » Elle fixait Papillon, les mains sur les hanches, les yeux méchants. Celui-ci, le visage cramoisi, restait muet, espérant vainement une aide de la salle. Mais les spectateurs étaient trop friands de ce genre d'empoignade pour s'interposer.

« Réponds, ou je te donne une baffe qui va t'arracher la tête », insista Jeanne.

La moutarde lui montait au nez. Certes, elle n'était pas jalouse. À quarante-cinq ans passés et après avoir eu trois enfants, elle n'appréciait guère les choses de la chair qui ne lui procuraient nul plaisir. Aussi excusait-elle son mari qui avait toujours profité de ses réunions politiques à Ganges pour avoir des aventures sur lesquelles elle fermait les yeux. D'ailleurs, tout le monde était au courant. Mais la Gustine, ce n'était pas pareil puisqu'il fallait payer ! Et que son Gaston dépense l'argent durement gagné pour ses fredaines, elle ne pouvait le supporter !…

Le patron, Firmin Cazalet, voyant la tension monter dangereusement, tenta de mettre fin au supplice du pauvre garde champêtre. Il dit, d'un ton conciliant :

« Allons Jeanne, arrête de faire du scandale. Papillon n'a tué personne et ce n'est tout de même pas lui qui a cloué ce papier… »

Mais le fait de se donner en spectacle devant tous ces hommes réunis décuplait la colère de la pauvre femme et l'envie de frapper quelqu'un la démangeait.

« Tais-toi, Firmin, fit-elle, menaçante. Tu étais le premier à rire, tout à l'heure !… »

Fouillette, qui se sentait un peu coupable, essaya à son tour d'intervenir :

« C'est moi qui ai dit… commença-t-il.

– Toi, l'ivrogne, ferme-la », dit rudement Jeanne.

Papillon, que cet intermède avait un peu soulagé, eut un sursaut d'orgueil. Après tout, il était garde champêtre assermenté et représentait la loi. Il ne pouvait se faire houspiller ainsi en public.

Il en allait de son autorité. Le doigt pointé sur son insigne il s'exclama :

« Hé, ça suffit maintenant ! Je représente la loi. Je ferai une enquête…

– Une enquête ? Toi ? Un fainéant doublé d'un incapable. Mais tu ne trouverais pas de l'eau à la rivière, mon pauvre ! » Papillon rougit sous l'insulte et ne se contrôla plus. Il s'exclama, en levant les bras :

« Oh ! Je n'y suis pour rien, moi, si tu es cocue ! Je te répète que je représente la loi et tu me dois le respect ! »

Il y eut quelques ricanements dans la salle et de vagues encouragements. Mais pour Jeanne, c'en était trop. Avant qu'elle n'ait eu le temps de réfléchir, sa main était partie, tandis qu'elle rugissait :

« Tiens, voilà ce que j'en fais, moi, de ta loi !… »

La gifle qu'elle venait d'assener au garde champêtre avait été si forte que, si elle ne lui avait pas arraché la tête, son képi était allé valser parmi les spectateurs. Le couvre-chef rebondit sur deux épaules avant de rouler à terre et, dans le choc, il s'était aplati, si bien qu'on ne voyait plus l'insigne, symbole d'une autorité maintenant bafouée. Des exclamations de surprise fusèrent tandis que Papillon, stupéfait, se massait la joue.

Brusquement dégrisée, Jeanne réalisa qu'elle était peut-être allée un peu trop loin. Elle regarda le crâne blanc et dénudé de Papillon, symbole d'une autorité bafouée et s'excusa, confuse :

« Je ne voulais pas frapper si fort…

– Gifler un garde champêtre en tenue, ça va chercher loin… », dit Papillon, sans cesser de frictionner sa joue brûlante.

« Tu m'as poussée à bout ! »

Elle sortit son porte-monnaie et, se tournant vers Firmin, ajouta :

« Sers-lui à boire ce qu'il veut, je paierai… »

Mais Papillon, conscient d'avoir été la risée de tous les clients, refusa l'offre d'un geste bref. Il avait ramassé son képi cabossé et, dans sa précipitation, l'avait recoiffé légèrement de travers. Il était rouge comme un coq et sa panse tressautait tandis qu'il parlait, le souffle court :

« Gifler un garde champêtre, ça va chercher loin ! répéta-t-il, le visage congestionné. Je porterai plainte…

– Comme tu voudras », fit Jeanne, excédée, en tournant le dos.

Tandis que les gens s'écartaient vivement pour la laisser passer, Papillon ajouta encore, vengeur :

« Et je te le dis, on verra ce qu'on verra… »

Seul le bruit de la porte vitrée violemment claquée lui répondit, suivi de glapissements stridents et indignés. Firmin, qui s'était approché, vit Jeanne qui tenait Rosine par le cou et la secouait comme un prunier et il songea que celle-ci devait être aux premières loges pour écouter avec délices ce qui se disait chez les hommes. Dans le silence qui s'était installé, on entendit Jeanne qui hurlait :

« Si c'est toi qui as affiché cette saleté, je le saurai. Et cette fois, je te tordrai le cou pour de bon. »

Lorsqu'elle lâcha la pauvre bonne, celle-ci s'esquiva sans demander son reste, une main sur son cou douloureux, l'autre gesticulant de vagues promesses de vengeance.

# XI

## L'ouverture de la chasse

On se doute que l'algarade provoqua maints commentaires animés dans le bistrot de Firmin Cazalet. Par chance, on était à la veille de l'ouverture de la chasse, ce qui sauva un peu Papillon du ridicule. Les hommes étaient bien trop excités par cet événement, que tous attendaient depuis longtemps, pour s'attarder au Trouquet car le dimanche matin, dès l'aurore, il faudrait être frais et dispos pour aller courir la campagne. Cela écourta les railleries que dut subir le malheureux garde champêtre.

Depuis plusieurs jours, chacun avait préparé ses cartouches en les dosant soigneusement. Cette opération délicate demandait de l'adresse et de la concentration. Il fallait d'abord remplacer l'amorce sur l'ancienne douille en la chassant d'un geste précis à l'aide d'un poinçon et d'un petit marteau. Puis, avec une mesure, mettre la poudre, la bourre, et enfin le plomb, dont la grosseur et la quantité étaient choisis en fonction du gibier que l'on voulait tirer. Il suffisait, pour terminer, de sertir l'ensemble avec un carton portant un numéro de 1 à 10 qui indiquait la charge et l'on pouvait enfin garnir sa cartouchière. Tout cela se faisait le plus souvent sous l'œil ébahi et intéressé des enfants. Les armes étaient astiquées, les tenues soigneusement repassées et l'on avait pris la précaution d'entraîner les chiens longtemps à l'avance pour les faire maigrir et les habituer à courir, afin qu'au bout d'une heure ou deux ils n'aient pas les pattes sanguinolentes.

Papillon s'en tira finalement assez bien et il espérait que l'ouverture détournerait l'attention des hommes vers d'autres sujets.

Gaston Panafieu, en revanche, eut une dure soirée. Il rentra chez lui énervé, après une discussion animée avec le conseiller général.

« Tu m'as entraîné dans un piège, ce matin ! lui avait vivement reproché Camplan.

– C'était l'idée de Maxime !

– Oui, mais il fallait mieux m'expliquer la situation. Tu ne m'avais pas dit que ce Clovis Liron était obstiné à ce point et assez fou pour menacer de mort un collègue en pleine séance du conseil municipal ! Je m'y serais pris autrement… », avait-il conclu.

En fait, s'était dit Gaston, Camplan ne voulait pas avouer que ce fiasco pourrait lui porter tort, si, un jour, Valat se présentait contre lui aux élections de conseiller général en faisant état de son incapacité.

Il songeait donc à toutes les remontrances que lui avait faites son ami en poussant la porte de sa maison lorsqu'il fut tout de suite alerté par l'attitude de sa femme. À son entrée, celle-ci se dressa et se tint à côté de la table, raide comme la justice, la mine terriblement courroucée.

« Bonsoir, Jeanne », dit-il calmement, en se demandant de quoi il avait bien pu se rendre coupable pour mettre son épouse dans un tel état de fureur.

Sans répondre à son salut, Jeanne, encore sous le coup de l'émotion de sa dispute avec Papillon, s'approcha de lui en grondant, menaçante :

« Alors, tu y vas toi aussi ?

– Je vais où ? demanda-t-il, interloqué.

– Ne fais pas l'imbécile, tu sais très bien de qui je veux parler !

– Je ne comprends rien à ce que tu racontes !...

– Et ça, tu le comprends ? »

D'un geste brusque, elle sortit une feuille de papier toute froissée de sa poche et, après l'avoir nerveusement dépliée, la lui mit sous le nez en s'exclamant :

« Ah ! Il y avait de l'ambiance, au Trouquet, quand Papillon a montré cette saleté à tout le monde ! Il doit encore se frotter la joue de la gifle que je lui ai donnée devant tous ses collègues !... »

Effaré, Gaston comprit dans quel pétrin il se trouvait et décida de nier farouchement puisque, pris de court, il n'avait pas le temps de réfléchir à sa défense.

« Je t'en prie, Jeanne ! Tu ne vas pas croire des couillonnades pareilles ?

– Des couillonnades ? Comme si je ne te connaissais pas ! D'ailleurs les hommes, c'est toujours par là qu'on vous tient, vous êtes tous pareils !

– C'est encore des médisances de la Rosine !

– Tu me prends pour une imbécile ? Crois-tu que je ne sais pas où tu vas quand tu prétends aller à des réunions, le soir ?

– C'est pour parler politique... »

Jeanne mit les mains sur les hanches, puis, le visage en feu, elle fulmina :

« Ah oui ? Alors écoute-moi bien. Dorénavant, tu t'arrangeras avec tes collègues pour faire tes réunions politiques dans la journée. D'accord ?

– Mais dans la journée ils travaillent !

– Eh bien tu te débrouilleras ! »

Puis, les yeux dans les yeux, elle conclut d'une voix sans réplique :

« Les aventures que tu as à Ganges, je m'en fous. Mais que tu te fasses plumer en portant du bon argent à cette femelle en chaleur, je te l'interdis, tu m'entends ? Tiens-toi-le pour dit !... »

Sur ce, elle alla se coucher d'une démarche saccadée qui montrait toute sa détermination à veiller au grain, désormais. Gaston se retrouva seul et désemparé, songeant tristement que cette journée ne lui avait décidément pas été favorable ! De plus, il devrait s'acheter une conduite, au moins pendant quelque temps... Tandis qu'il mangeait un reste de ragoût qu'il avait dû faire réchauffer lui-même, il se dit que, par chance, il serait parti à la chasse lorsque sa femme se lèverait, le lendemain matin. Cela lui éviterait de l'affronter !...

Finalement, le plus fâché, en ce dimanche matin, c'était le curé Nougarède. Il était tellement furieux contre sa bonne qu'il en bafouillait, en lisant son sermon.

« Mes bien chers frères, ne vous abandonnez pas aux mauvais désirs, comme nos pépères... euh... nos pères se laissèrent aller... »

Pourtant, sa journée avait bien commencé. Depuis quelques années, le curé avait pris l'habitude de célébrer une messe à six heures du matin, le jour de l'ouverture, en présence de tous les chasseurs et de leurs chiens. Il bénissait les bêtes et cette célébration insolite, entrecoupée d'aboiements impatients, donnait une cérémonie pittoresque et colorée. Cela lui attirait les bonnes grâces des hommes à bon compte, tout en évitant que ceux-ci ne manquent l'office, car aucun d'entre eux n'aurait voulu rater pareil événement.

« ... Ne commettons point de four... d'effort... de fornications comme en commirent quelques-uns... », ânonnait-il.

Sitôt l'office terminé, les hommes avaient eu hâte de se retrouver dans les bois à courir derrière leurs chiens sans perdre du temps à parler de ce qui s'était passé la veille entre Jeanne et Papillon. D'ailleurs, avant la messe, le maire leur avait parlé, leur demandant, par respect envers les personnes concernées et pour la tranquillité du village, de rester discrets sur cette affaire. « Il y a suffisamment de zizanie dans le village en ce moment ! » avait-il lancé.

Il n'en avait pas été de même au moment de la grand-messe ! Les femmes, elles, ne s'étaient pas privées de parler au curé de cette dénonciation lorsqu'il était allé les saluer sur le perron de l'église avant de sonner les cloches. Et elles lui avaient donné force détails sur l'altercation entre Jeanne et Papillon. Exaspéré par ce qu'il entendait, il était entré vivement dans l'église à la recherche de Rosine. Il avait trouvé celle-ci dans le chœur, en train d'épousseter l'autel, et s'était écrié, en pointant un doigt accusateur :

« Rosine, vous avez encore commis un grave péché de dénonciation calomnieuse, alors même que je vous ai demandé de rester tranquille ! »

Et elle avait eu le culot de protester, en joignant les mains, l'air innocent :

« Monsieur le curé, ce n'est pas moi. Je le jure !

– Je vous interdis de jurer dans la maison de Dieu ! Je vous attendrai à confesse juste après l'office…, s'était-il indigné.

– Je vous garantis que… »

Il avait dû interrompre l'entretien car les premières ouailles entraient dans l'église. Pensant à tout cela, il étouffait de rage et se rendait bien compte qu'il massacrait son sermon. Il était temps d'en finir.

« … *Dieu est fidèle, il ne permettra pas que vous soyez tentés au-dessus de vos forces. Amen* », conclut-il.

« Bénissez-moi mon père, parce que j'ai péché… »

Rosine venait de s'agenouiller dans le confessionnal, se demandant, avec appréhension, si le curé n'était pas persuadé à l'avance de sa culpabilité. Il paraissait si en colère après elle ! Nougarède tira la petite grille qui le séparait de la pénitente et dit, d'une voix impérieuse :

« Je vous écoute…

– Je m'accuse d'avoir péché en action, en paroles et par omission… »

Le prêtre insista :

« Commencez votre confession, je vous prie… »

Rosine débita quelques péchés véniels qui n'intéressaient pas du tout le curé et resta à nouveau silencieuse.

Nougarède s'impatienta :

« Quelque difficulté que vous ayez à avouer vos fautes, allez au fait. Ce papier affiché...

– Ce n'est pas moi, Monsieur le curé...

– Cela ne peut-être que vous, Rosine, vous vouliez vous venger d'Augustine Suquet !

– Je vous l'assure, c'est quelqu'un d'autre qui a fait ça ! Si vous ne me l'interdisiez pas, je le jurerais devant Dieu !... »

Le curé était de plus en plus agacé par les atermoiements de la pécheresse. Il lui vint subitement un doute :

« Vous ne mentiriez tout de même pas en confession, Rosine ? »

Il menaça :

« Méfiez-vous, ce serait un acte gravissime qui pourrait vous conduire tout droit dans les flammes de l'enfer ! Vous soutenez donc que ce n'est pas vous qui avez cloué ce papier ?

– Oui, Monsieur le curé ! dit fermement Rosine.

– Mais enfin, il n'y a que vous pour savoir que Panafieu visite la Gustine avec cette précision : deux fois par mois, au moins !

– Peut-être, mais le papier, ce n'est pas moi ! »

Dans le confessionnal, Nougarède s'agitait. Sa bonne paraissait si assurée qu'il en était décontenancé. Il insista encore une fois :

« Vous n'allez pas me dire que vous n'avez pas eu de mauvaises pensées, tout de même ?

– Oh oui, avoua enfin Rosine ! À un moment, j'ai même pensé faire chanter les clients de la Gustine pour me venger…

– … Mon Dieu !

– Mais j'aurais donné tout l'argent aux bonnes œuvres !… » se défendit la bonne.

Nougarède était consterné. Il doutait, songeant que non seulement il ne tirerait rien de cette entêtée mais qu'en plus elle semblait dire la vérité ! Alors qui pouvait bien être le ou la coupable ?

« Décidément, les Combeséquois sont devenus fous ! se dit-il. Dieu seul sait où tout cela va nous mener !… »

Excédé, il se pencha vers la grille et murmura rapidement :

« Vous réciterez dix Pater et dix Ave pour votre pénitence. Allez… »

Il fit un signe de croix et ajouta, un peu à contrecœur :

« Moi, je vous donne l'absolution… »

Comme chaque année pour l'ouverture de la chasse, le village avait été désert en ce chaud dimanche de septembre. Les hommes avaient emporté leur repas du midi et les femmes, une fois les tâches ménagères expédiées, s'étaient empressées de confectionner des petits gâteaux qu'elles dégusteraient entre amies en papotant sans fin.

Avec toutes les péripéties qui se produisaient dans le village depuis le début de l'été, les sujets de conversation ne manquaient pas ! Toute la journée, elles s'étaient donc réunies chez l'une, chez l'autre, et les rues du petit village étaient restées vides et silencieuses.

Il fallut attendre que les chasseurs reviennent de courir la campagne, en fin d'après-midi, pour que la place résonne à nouveau de cris, de rires, d'exclamations de toutes sortes provenant de la terrasse du Trouquet, lieu incontournable pour les tartarins au retour de leur épopée. On venait s'y regrouper entre amis pour raconter les exploits ou les mésaventures du jour, montrer ses trophées aux uns et aux autres et relater sans fin des anecdotes pittoresques. Chacun prenant autant de plaisir à exagérer sa science de la chasse et ses propres performances au tir qu'à douter de celles des autres ou à se moquer. C'est dire si les discussions étaient animées et les gorges desséchées, après une journée de marche sur un terrain difficile et sous un soleil de plomb.

Marcelle Cazalet était débordée, d'autant que son mari n'était pas encore rentré. Heureusement, sa sœur était venue lui prêter main-forte et les deux femmes n'arrêtaient pas d'aller et venir pour servir les uns et les autres.

Loin de cette animation, Firmin ne se pressait pas. « Pour une fois que je prends l'air, que Marcelle se débrouille toute seule ! » se disait-il.

Le bistrotier était un piètre chasseur. Maladroit au tir, inattentif et rêveur, il avait un chien tout bourru et placide qu'il avait baptisé du nom de Pataud. Le qualificatif était justifié mais a-t-on idée d'appeler son chien ainsi ! La plupart du temps, il se retrouvait seul à courir la campagne, personne ne lui proposant de faire équipe à cause de son manque de passion. Mais cela ne le gênait guère, car l'époque de la chasse était la seule de l'année où il pouvait s'éloigner un peu du Trouquet et il aimait marcher dans la nature.

Lorsqu'il croisait d'autres Combeséquois et que ceux-ci l'interpellaient en rigolant, lui demandant si « ça marchait... », il répondait invariablement, en haussant les épaules avec une moue insouciante : « Bof ! Je promène mon fusil... » C'était en quelque sorte la vérité car son chien calquait son attitude sur celle de son maître. Il quêtait en dilettante, ne s'éloignant jamais trop. D'ailleurs, malgré son poil épais, il n'appréciait guère les buissons épineux et touffus.

Or, ce dimanche-là, Firmin rentrait en sifflotant, heureux de la bonne aventure qui venait de lui arriver quelques instants plus tôt. De temps en temps, il s'arrêtait de marcher, passait la main dans son dos et caressait avec une joie enfantine le joli lièvre bien calé au fond de sa gibecière. Ensuite, il reprenait sa marche en souriant, se disant combien une heureuse rencontre peut, parfois, vous agrémenter une ouverture de chasse banale.

Comme d'habitude, il revenait bredouille et secrètement un peu vexé quand même lorsque, au moment précis où il sortait du bois et prenait pied sur la route, une moto s'était arrêtée à sa hauteur. Le motocycliste, qui portait son fusil en travers de l'épaule, expliqua qu'il venait de faire l'ouverture sur le Causse et rentrait chez lui, à Ganges. Puis il posa la question traditionnelle :

« A... a, alors ? et... et vous... ça... a... ma... marché ? » L'homme était bègue.

« Comme d'habitude ! avait répondu honnêtement Firmin en montrant tristement sa musette vide. Je suis maladroit, j'ai manqué les perdreaux et un lapin...

– Hé... Hé bé... moi, c'était mon joujou... mon jour de chance ! s'exclama le motard.

– Ah ?

– J'ai... tu... tutué deux... deux lièvres ! »

Disant cela, il s'était retourné et avait flatté son chien qu'il transportait dans une caisse solidement attachée au porte-bagages.

« Bra... brave bê... bête... »

Ensuite de quoi, il avait sorti deux superbes capucins d'une grande besace et les avait fièrement exhibés à bout de bras.

S'il bredouillait, le bougre était bavard et Firmin avait dû écouter ses exploits avec beaucoup de patience. Mais tandis que l'autre racontait ses prouesses, l'idée lui était venue de proposer à son interlocuteur de lui acheter un de ses deux bossus et le motard, après avoir hésité, avait fini par accepter, moyennant un bon prix.

Arrivé à Combesèque, Firmin voulut faire une surprise à sa femme. Il fit un détour, entra par l'épicerie, ouvrit la porte vitrée et jeta un coup d'œil dans le bar désert, tout le monde étant installé en terrasse. Apercevant Marcelle en train de remplir des verres, derrière le comptoir, Firmin sortit le lièvre du carnier et surgit, brandissant son trophée, la mine avantageuse. Stupéfaite, sa femme s'approcha, s'extasia sur la taille de la bête, demandant à son mari comment il avait bien pu se débrouiller, lui d'ordinaire si maladroit, pour tuer une aussi belle pièce.

Firmin ne put résister au plaisir de se vanter un peu. Il se lança dans un bref mais édifiant récit, au cours duquel Pataud bondissait comme un fou par-dessus les cades à la poursuite du lièvre qui courait si vite et en faisant des sauts si hauts que c'était miracle de l'avoir entrevu, juste avant qu'il ne disparaisse au milieu des buis.

« J'ai tiré au jugé, conclut-il devant sa femme ébahie. Je peux dire que je l'ai tué à la volée !

– Marcelle !... »

On s'impatientait. Marcelle s'éloigna, emportant un plateau chargé de verres.

« Je me débarbouille un peu la figure, je passe mon tablier et j'arrive... », lança Firmin.

Lorsqu'il arriva en terrasse, quelques instants plus tard, il découvrit un spectacle étonnant. Devant un public nombreux et médusé, Marcelle, lièvre en main, répétait l'histoire qu'il venait de lui débiter en ajoutant des anecdotes qui enjolivaient encore un peu plus l'exploit qu'il avait inventé de toutes pièces. Le regard de Firmin fit rapidement le tour de l'assemblée : Valat était là, entouré de ses amis, avec l'allure fière de celui qui a réussi son ouverture. Maxime et Henri aussi, en compagnie de Fouillette, qui avait certainement sauvé la leur. Le maire, Papillon et même Panafieu, malgré sa mésaventure de la veille étaient également présents. Il s'approcha rapidement, le sourire aux lèvres, et eut soudain un léger mouvement de recul. Le bègue qui lui avait vendu ce beau capucin se trouvait dans l'assistance, juste à côté de son épouse qui, jusque-là, l'avait masqué à ses yeux ! Il songea vaguement que l'homme, passant par là et voyant tous ces chasseurs attablés, avait eu probablement envie de boire un verre en leur compagnie. Par malheur, sa femme, qui ne le connaissait pas, le prit à témoin pour conclure fièrement, en levant la bête à bout de bras au-dessus de la tête du quidam :

« Ce lièvre, Monsieur, il l'a tué à la volée ! »

Or l'individu venait de reconnaître son acheteur, derrière la patronne. Il resta un bref instant interloqué, dévisageant le nouvel arrivant avec un air soupçonneux puis, ignorant le coup d'œil suppliant de Firmin, il se dressa d'un coup et lança, la mine indignée :

« *Ou… ou… ou sabé bé, Madame, qué lo tu… tu… tu… tuat à la volada! Es ïéoù qué… li… li… aï véndu!*[1] »

Il y eut un moment de profond silence et d'intense stupeur dans l'assistance, puis on entendit quelques gloussements et enfin explosa un énorme éclat de rire général qui enfla, enfla, et finit par crépiter si fort qu'il eut du mal à s'éteindre.

1. *« Je le sais bien, Madame, qu'il l'a tué à la volée! C'est moi qui le lui ai vendu! »*

## XII

# Une femme heureuse

VALAT AVAIT PRIS UNE semaine de congé pour l'ouverture de la chasse. Il était donc resté à Combesèque et décida, dès le lundi, d'aller voir le curé afin de faire un peu le point sur la situation : les initiatives de Maxime, l'attitude du Cascou et aussi toutes ces dénonciations et fâcheries qui entretenaient un mauvais climat dans le village compliquaient la situation. Enfin, il y avait cette pénurie d'eau qui s'éternisait, lui faisant regretter ses promesses envers le curé en ce qui concernait les réparations de l'église. Il s'inquiétait des agissements de son concurrent, estimant que celui-ci profitait honteusement du mécontentement des femmes pour se rendre populaire auprès d'elles.

Il était onze heures lorsqu'il sonna à la porte du presbytère. Rosine vint lui ouvrir et lui fit ce sourire ambigu qu'elle arborait lorsqu'elle disait du mal de quelqu'un ou qu'elle était contrariée, et il songea que Nougarède avait dû la sermonner sérieusement.

« Venez, dit-elle, Monsieur le curé est à son bureau... » Elle hésita un instant puis souffla, très vite :

« Vous savez, ce papier sur le platane, ce n'est pas moi qui l'ai cloué. Il m'avait dit de me tenir tranquille et je lui suis trop dévouée pour désobéir.

– Ah ? fit-il, interloqué.

– Soyez le bienvenu, Edmond. » Nougarède arrivait.

« Rosine, lança-t-il, vous nous servirez une tasse de café sous la tonnelle et vous irez finir le ménage à la sacristie. Nous avons à parler, Edmond et moi.

– Bien, Monsieur le curé », grinça la bonne, visiblement vexée que son maître se méfie d'elle à ce point.

Une fois qu'ils eurent bu leur café et que Rosine fut partie, Valat ne put s'empêcher de remarquer :

« Vous vous méfiez d'elle ?

– Ne m'en parlez pas ! Après ses confidences à cet illuminé de prêtre qui avait accablé mes paroissiens de reproches, son affaire de pot de chambre et sa dispute publique avec la Gustine, il a encore fallu qu'on trouve ce papier ordurier ! Je n'en peux plus. Et vous savez quoi ?

– Encore une autre affaire ? s'inquiéta Edmond.

– Je l'ai confessée, et elle jure devant Dieu que ce n'est pas elle qui a affiché cette saleté !

– C'est ce qu'elle m'a affirmé à mon arrivée !

– Mais, d'après vous, qui d'autre que Rosine peut savoir que Gastón Panafieu visite la Gustine deux fois par mois, au moins ?

– En tout cas, depuis le début de l'été, trop d'histoires malsaines créent la discorde. C'est bien regrettable…

– Vous avez raison, Edmond ! Dès dimanche, je vais faire un sermon pour rappeler à chacun son devoir ; à savoir se respecter et vivre ensemble en bonne entente. Vous verrez, je serai sévère…

– Je vous crois, mais cela me paraît difficile de raisonner Rosine…

– Enfin, soupira le curé, ce n'est tout de même pas elle qui a mis le coup de pied à Henri, c'est la seule chose dont je sois absolument certain, mais voulez que je vous fasse un aveu ?

– Eh bien…

– Si je pouvais la renvoyer et prendre à sa place une jeune gaillarde souriante qui chanterait toute la journée, je n'hésiterais pas une seconde !

– Ça alors ! Est-ce que vous n'êtes pas en train de commettre un péché de mauvaise intention, Monsieur le curé ?

– Je vous l'accorde volontiers, reconnut Nougarède, et je sais bien qu'elle est aux petits soins pour moi. Pourtant, il y a des jours… »

Valat redevint sérieux. Il demanda :

« Que pensez-vous de l'initiative de Maxime ? Il prend la liberté de faire venir Camplan alors qu'il n'est qu'un simple conseiller ! Il se prend pour qui ?

– Cela ne lui a pas porté chance, sourit le curé, Clovis s'est un peu plus entêté !...

– Mais Maxime est populaire auprès des femmes ! s'exclama Valat. Les mères de famille me reprochent de ne pas me préoccuper de leur sort... »

Il songea à la promesse qu'il avait faite au curé et regretta encore une fois de s'être avancé un peu trop vite. Mais comment deviner qu'il y aurait une telle sécheresse, juste avant les élections ? Il ajouta, comme s'il était sur le point de prendre une grave décision :

« Je crois que je devrais faire des promesses, moi aussi...

– Vous savez, les promesses, il faut pouvoir les tenir..., rétorqua vivement Nougarède. Et après les graves paroles qu'il a prononcées en conseil municipal, le Cascou n'est pas près de vendre, je vous le garantis ! »

En vérité, l'obstination du Cascou arrangeait bien le curé. Il se disait qu'en attendant l'aboutissement de la procédure on aurait le temps de commencer les travaux de l'église, au moins pour la toiture. Il insista :

« Il vous faudra l'expulser et cela prendra plusieurs années... »

Valat savait bien que le prêtre avait raison. Il était persuadé qu'il était impossible, dorénavant, de raisonner Clovis. Aussi l'idée de commencer son mandat par un procès et de graves fâcheries avec un conseiller municipal ne l'enchantait guère. Sans parler des deux autres propriétaires ! Et malgré cela les femmes préféraient Maxime qui n'avait fait que braquer le Cascou, bloquant la situation !

« Qui aurait pu imaginer une situation pareille il y a seulement deux mois de cela ? » songea-t-il, amer.

À cause de la pénurie d'eau, il y aurait une liste concurrente aux prochaines élections et nul ne pouvait prévoir comment les choses évolueraient ! La conjoncture n'était pas bonne et il ne savait que faire. Nougarède s'en aperçut et décida de le réconforter. Il suggéra :

« Vous savez, Edmond, Maxime a fait venir le conseiller général, eh bien nous, nous allons solliciter notre député ! L'évêque de Nîmes est au mieux avec lui, je vais lui écrire aujourd'hui même pour lui demander d'intervenir.

– Oh ! Vous savez, le député, il se moque bien qu'il y ait de l'eau à Combesèque… »

Mais cette idée enchantait Nougarède qui s'exclama, enthousiaste :

« Ne croyez pas cela, Edmond ! Cette visite frappera les esprits et le député nous allouera une aide quelconque qui fera attendre les élections sans problème. Vous serez élu, et ensuite vous aurez tout loisir pour réfléchir… »

Valat se sentait un peu désemparé. Il se leva pour prendre congé, doutant qu'un député se déplace en personne à Combesèque. Dans le meilleur des cas il enverrait un sous-fifre dire quelques paroles sans intérêt.

« Si vous croyez que cela peut nous aider... », dit-il avec une moue dubitative.

Tandis que le curé le raccompagnait, il songea tristement que, pour la première fois à Combesèque, le maire ne serait pas désigné par son prédécesseur, en bonne entente avec tout le monde. Et il fallait que cela tombe sur lui !

La mine contrariée, Lucie regardait son fils s'habiller avec des vêtements propres et bien repassés. Sans faire attention à elle, Maxime boucla sa ceinture et s'admira dans la glace. Il eut une moue satisfaite et se lissa une dernière fois les cheveux, qu'il avait copieusement brillantinés. Il était prêt pour son rendez-vous.

« Tu en fais des manières pour aller chez la Gustine ! ronchonna-t-elle.

– Maman, j'étais tout crotté en revenant du jardin...

– En tout cas, tu ne devrais pas t'afficher avec cette femme dans le village !... rétorqua-t-elle, l'air méprisant.

– Et pourquoi ? C'est une brave fille et je lui avais promis d'aller la chercher », lança-t-il distraitement.

Lorsqu'elle était partie chez sa sœur, au Grau-du-Roi, Augustine l'avait prévenu qu'elle reviendrait le mardi, par le car de Nîmes, lui demandant s'il pourrait venir la prendre pour la ramener au village en fin de matinée. Il s'était empressé de promettre, espérant en tirer quelque avantage dont il se réjouissait à l'avance et, pour le remercier, sa passagère l'avait invité à manger avec elle le soir même, ce qui ne plaisait pas du tout à sa mère. Celle-ci insista :

« Aller la visiter le soir, passe. Mais traverser Combesèque, à midi, avec la Gustine sur la selle de ta moto, ça va drôlement faire jaser !...

– Maman, je n'ai fait que lui rendre service. Je me moque de ce que pensent les gens... »

Lucie s'indigna :

« Comment peux-tu parler comme ça, mon fils ? Tu vas te présenter aux élections ! Si tu veux être maire, il faut savoir te tenir !... »

Mais, dans l'instant, Maxime ne pensait qu'à sa soirée et sa mère l'assommait avec ses leçons de morale. Il la prit dans ses bras, la força à faire un tour de valse et s'écria gaiement :

« Maman, pour le moment je ne suis que Maxime Blaquières et je suis libre de m'amuser !... »

Lorsqu'il arriva chez la Gustine, la table était déjà dressée et il remarqua tout de suite la nappe fleurie, la vaisselle et l'argenterie des grandes occasions. La maîtresse de maison avait même mis des verres à pied et un joli bouquet de fleurs sauvages décorait agréablement l'ensemble. Pour couronner le tout, la pièce sentait bon la cire d'abeille et une marmite fumait sur le potager, répandant une odeur agréable. Stupéfait par tant d'attentions, Maxime s'exclama :

« Tu n'aurais pas dû te déranger ainsi pour un si petit service…

– Tu es surpris ? s'écria Augustine, visiblement ravie.

– Oh là là… »

Elle avait une mine splendide qu'accentuait son teint hâlé et sa robe légère. Manifestement, son séjour au bord de la mer lui avait été profitable.

« Tu es magnifique ! » dit-il, sincèrement admiratif. Augustine éclata de rire, tourna sur elle-même pour se faire admirer et le remercia en l'embrassant sur la joue :

« Tu es trop gentil… »

Elle resta silencieuse un court instant, puis ajouta, rêveuse :

« Ça m'a fait du bien de voir ma famille. En fait, je suis heureuse et j'avais envie de faire une petite fête que j'ai voulu partager avec toi…

– Eh bien ! fit Maxime de plus en plus ébahi, je te remercie… » Il jubilait, se disant que si Augustine avait fait tant d'efforts pour le recevoir, elle avait certainement prévu des plaisirs plus agréables encore après le repas. Il suffisait de voir la robe courte et largement décolletée qu'elle avait revêtue pour deviner ses intentions…

Pendant que son hôtesse l'installait à table, il se demanda s'il devait lui parler de la dénonciation que Papillon avait découverte sur le platane de la place et jugea qu'il valait mieux ne rien dire, cela risquerait de ternir sa joie et de gâcher leur tête-à-tête. Maintenant qu'elle était revenue, elle aurait bien le temps d'apprendre les mauvaises nouvelles !

Tandis qu'Augustine s'affairait, il l'observa à son aise. C'était incontestablement une très belle femme sur qui les années semblaient ne pas avoir de prise. Il admira, fasciné, la pureté de son visage aux lèvres pulpeuses, sa longue chevelure épaisse, ses grands yeux noirs si lumineux et profonds et songea que la quarantaine lui donnait une maturité tranquille et épanouie, un rayonnement heureux qui éveillait immanquablement le désir des hommes.

Elle était assez grande, mais sans trop, ce qui convenait parfaitement à l'harmonie générale de ses formes. Mais ce qui attirait le plus le regard des mâles, c'était surtout ce qu'elle ne montrait pas, que l'on devinait sous le corsage et qui tendait le tissu : des seins bien fermes, chauds et doux au toucher. C'était aussi ses hanches rondes et sa taille mince qui avaient gardé la légèreté d'une jeune femme, avec un ventre plat que nulle maternité n'avait distendu. Et lorsqu'elle passait dans la rue, ce qui faisait se retourner les hommes et enflammait leur imagination, c'étaient cette démarche de reine, ces jambes rondes comme des galets, ce nonchalant balancement de la croupe qui se déhanchait, se déhanchait... Voilà pourquoi il n'était pas étonnant que quelques Combeséquois osent braver les médisances de Rosine et la colère de leurs épouses pour passer un moment avec une femme aussi désirable.

Comme Augustine se penchait pour le servir, une irrésistible envie de l'embrasser et de la caresser s'empara de lui. Il la saisit à la taille, tentant de l'attirer à lui, mais elle se dégagea prestement en riant.

« Fais attention, tu vas me faire renverser le plat !... »

Puis, comme elle s'asseyait en face de lui, elle ajouta, d'une voix légère et amusée :

« Ce soir, il nous faut rester sages...

– Ah ! Tu es si belle... », balbutia-t-il.

Voyant sa mine soudain chagrine et dépitée, elle dit, gentiment moqueuse :

« Allons, ne fais pas cette tête. Ce soir, je t'ai réservé une belle fête ! Tu devrais être content...

– C'est que... j'avais imaginé autre chose... », avoua-t-il, sans pouvoir cacher sa déception.

Elle lui caressa tendrement le bras, par-dessus la table.

« Eh bien tu te rattraperas une autre fois, fit-elle, câline. Raconte-moi ce qui s'est passé en mon absence.

– Euh... pas grand-chose, hésita-t-il, embarrassé. Il y a eu l'ouverture de la chasse et puis quelques petits problèmes, comme d'habitude... »

Elle devina sa gêne et lui lança un regard pénétrant.

« Allons, ne tourne pas autour du pot, explique-moi... »

Il commença par évoquer l'initiative qu'il avait prise d'inviter le conseiller général et il avoua s'en être un peu vanté auprès des femmes. Malheureusement, Camplan était venu le samedi même et le conseil municipal n'avait même pas pu discuter de l'affaire, le Cascou s'étant tout de suite mis en colère et ayant quitté la réunion après une mise au point définitive.

« Il m'a menacé de mort devant tout le monde ! Je crois qu'il est devenu fou avec cette histoire !... »

Augustine réfléchissait. Elle finit par dire :

« Mon pauvre Maxime, tu ne t'y prends jamais comme il faut ! Tu avais prévenu Madame Cabanis de ta démarche ? »

Il s'agita sur sa chaise.

« Non, admit-il. » Il s'emporta :

« Depuis qu'elle m'a demandé de me présenter, je ne fais que l'écouter ! Je voulais prendre une décision importante moi-même et...

– … Et malheureusement, ce n'était pas la bonne ! »

Le voyant désemparé, elle se pencha vers lui et expliqua patiemment :

« Il aurait fallu que tu essaies de discuter avec le Cascou d'homme à homme, ou, peut-être, en présence du seul conseiller général : tenter de l'amadouer en t'excusant d'avoir évoqué une expropriation sans réfléchir, lui parler de ses ancêtres qui ont toujours laissé exploiter la source, lui faire miroiter des avantages s'il cédait son terrain… Et, au lieu de cela, tu t'ingénies à le provoquer. Alors il se braque !… C'est Valat qui doit être content… »

Maxime se sentait un peu vexé. Il s'exclama :

« On va l'exproprier, que cela lui plaise ou non ! On ne peut pas laisser le village dans cette situation chaque été…

– Ce ne sera pas facile… Sans parler qu'il vous faudra aussi exproprier Truel et Jonquet. Si vous voulez forcer la main au Cascou, ils prendront son parti.

– Eh bien, alors, je ne sais pas ce qu'il faut faire ! Même Madame Cabanis dit que c'est foutu ! »

Maxime était découragé et se sentait impuissant. Il se rendait compte qu'il était dans une impasse et regrettait amèrement d'avoir écouté l'institutrice. Quelle idée avait-il eue d'accepter sa proposition ! Elle lui avait forcé la main et il se trouvait dans une situation impossible avec le risque de mécontenter tout le monde, à commencer par les femmes ! Tandis que madame Cabanis, elle, se tenait tranquillement à l'abri de toute polémique après avoir tout manigancé et le laissait tomber en prétextant qu'il n'y avait plus rien à faire !

« Elle m'a bien eu !... » s'écria-t-il, amer.

Augustine tenta de le rassurer :

« Allons, ne te décourage pas. Tu auras quand même eu le mérite d'avoir essayé de faire bouger les choses. Et Rosine ? Elle n'a pas cherché à se venger, après notre dispute ?

– C'est que..., fit-il, surpris.

– Tiens ! Elle a encore fait des siennes ? »

Il hésita, mais elle insista tant qu'il décida de tout lui raconter. Il parla du papier découvert par Papillon et de la fameuse scène entre la femme de Gaston Panafieu et le garde champêtre et qui s'était terminée par la gigantesque gifle de Jeanne. Entendant cela, et à sa grande stupéfaction, Augustine éclata de rire.

« Eh bien ! J'imagine que les consommateurs ont dû bien s'amuser ! » s'exclama-t-elle.

Maxime s'était attendu à une explosion de colère, à des promesses de vengeance, des menaces, or Augustine ne paraissait pas du tout affectée par cet incident qui pouvait lui attirer de sérieux ennuis avec la femme de Gaston Panafieu. Sans parler de

Rosine qui l'avait encore une fois dénoncée. Bien au contraire, elle en riait aux larmes ! Il s'étonna, sidéré :

« Ce que je viens de te raconter n'a pas l'air de te contrarier beaucoup ? Je croyais que tu allais être furieuse...

– Et pourquoi donc ?

– Tu connais la Jeanne, elle n'est pas commode ! Elle risque de te faire une scène... »

Augustine haussa les épaules et dit, d'un ton léger :

« Je lui dirai tout simplement que ce n'est pas vrai, puisqu'elle n'a pas de preuve ! Et puis il y a des années que Gaston la trompe quand il va à Ganges pour ses prétendues réunions politiques, et elle le sait. Alors elle n'a pas trop intérêt à passer pour une éternelle cocue ! Si elle m'attrape, je saurai quoi lui répondre...

– Et Rosine ? Elle s'est vengée...

– Rosine, dit Augustine, soudain pensive, c'est une pauvre femme. Elle n'a jamais connu l'amour et mène une existence étriquée, sans joie ni affection. Je la plains et je regrette d'avoir été aussi dure avec elle...

– Ça alors ! s'exclama Maxime, abasourdi. Je suis surpris que tu le prennes ainsi !

– Tu avais tort, dit gaiement Augustine. Ce soir, rien ne peut me chagriner. Tiens, nous allons trinquer... »

Il l'observa, tandis qu'ils buvaient. Elle était radieuse et son regard brillait comme celui d'une femme comblée que rien ne peut contrarier.

« Tu as rajeuni ! s'écria-t-il, sincère. Ce séjour t'a vraiment fait du bien.

– Je suis heureuse, tout simplement… »

Tandis qu'elle éclatait joyeusement de rire, il songea que, décidément, il ne comprendrait jamais rien à la psychologie féminine…

## XIII

## La folie du Cascou

PITANE SE FIGEA BRUSQUEMENT, l'oreille dressée, l'échine allongée. Fouillette fit un signe du bras et ralentit l'allure. Ils marchaient vite aussi Henri, qui le suivait de près, vint buter contre lui. Il demanda :

« Elle a senti quelque chose ?

– Chut… laissons-la faire », chuchota Fouillette.

Ils venaient de parcourir un champ d'aspic, la grande lavande sauvage, puis un terrain planté d'oliviers abandonnés lorsque sa chienne, qui trottinait devant eux, se faufila à travers un champ de *baouco*, cette herbe jaune, blanche ou grise que personne n'a jamais vue verte. Tout à coup, Pitane se mit à couler en direction des barres qui dominaient la combe et Fouillette, prenant son fusil en main, fit signe à son compagnon de le suivre.

La veille, il avait prévenu Maxime et Henri :

« Les gars, demain, c'est jeudi et je sais où il y a une belle compagnie de perdreaux. Si ça vous chante de venir… »

Hormis le jour de l'ouverture, la Diane combeséquoise avait décidé de n'autoriser la chasse de ce gibier qu'un seul jour par semaine jusqu'au mois de novembre, afin de préserver l'espèce. Maxime, qui préparait sa cave en vue des vendanges, avait refusé. Henri, lui, s'était empressé d'accepter l'invitation. Il était rare de revenir bredouille lorsqu'on accompagnait Fernand Mallet.

Les deux hommes étaient partis à l'aube et, après avoir quitté la route, avaient escaladé en silence le raccourci, à peine visible, qui montait vers les Sauzes, jusqu'à se retrouver sur ce plateau accidenté où quelques rares chênes verts disputaient le terrain aux buis et aux cades touffus. Devant eux, Pitane s'était à nouveau arrêtée au bord d'un à-pic. Couchée sur le ventre, elle semblait observer droit devant elle vers les barres qui dominaient la combe. Fouillette s'allongea et, mettant un doigt sur sa bouche pour intimer le silence, fit signe à Henri de l'imiter. Ils rampèrent jusqu'à la chienne, le fusil à bout de bras et regardèrent à leur tour. De l'observatoire où ils se trouvaient, ils dominaient la petite vigne de Truel et la source du Cascou avec, à gauche, un éboulis parsemé de broussailles et à droite, bordant une enfilade de chênes blancs serrés les uns contre les autres, une paroi rocheuse.

Au pied des arbres, une haie de hautes herbes et de genêts constituait une bordure infranchissable. Il n'était que sept heures mais, déjà, un ciel bleu délayé d'un blanc cru s'ouvrait sur un soleil qui s'annonçait brûlant. Tout baignait dans un calme absolu et les deux hommes respiraient à pleins poumons les odeurs épicées qui embaumaient la campagne.

L'attente se prolongeait et Henri avait beau écarquiller les yeux, il ne discernait rien. Il s'impatienta :

« Tu vois quelque chose ? »

Fouillette, qui caressait doucement Pitane pour la calmer, désigna d'un geste discret quelques touffes d'aspic, un peu en contrebas. Henri scruta l'endroit et ne distingua d'abord qu'un bec et un œil rouge sur un collier noirâtre, puis les couleurs fauves d'une magnifique perdrix rouge. Il eut à peine le temps de s'étonner qu'apparurent sept ou huit autres perdreaux qui défilèrent tranquillement sous ses yeux émerveillés. Un peu à l'écart, un coq semblait très occupé à gratter dans la poussière qu'il envoyait du bec sur ses plumes retroussées.

« Qu'est-ce qu'il fait ? souffla Henri.

– Il se *farde*, murmura Fouillette.

– Quoi ?

– Il s'épouille. Cela le débarrasse de tous les petits parasites qui se mettent sous ses plumes…

– Comment pouvais-tu être sûr qu'on allait voir une compagnie de perdreaux à cet endroit ? »

Fouillette sourit et expliqua à voix basse :

« Chaque année, il y a des couples qui pondent ici. Tu penses, ils ont le restaurant sur place ! La vigne leur fournit du raisin pendant deux bons mois, sans parler des buissons où ils trouvent toutes les graines qu'ils veulent. Un peu plus bas, dans la vallée, il y a un champ de blé et un carré de maïs et quand ils ont mangé, ils se faufilent au frais, à l'ombre des chênes, c'est leur salon. Le soir, ils dorment dans la haie de hautes herbes qui leur sert de chambre à coucher et pour boire, ils ont de l'eau à volonté à la source du Cascou, dans le creux du vallon. En plus, ils peuvent se réfugier de l'autre côté de la combe d'un coup d'aile, en cas d'alerte. Ce coin est une bonne auberge, tu peux me croire ! C'est pourquoi il y aura toujours des perdreaux, ici… »

Maintenant, la chienne s'impatientait et Fouillette avait de plus en plus de mal à la retenir.

« Recule, et va te poster vers ma droite, chuchota-t-il à Henri. Quand tu seras arrivé à ce gros rocher, là-bas, je lâcherai Pitane. Ainsi, nous sommes certains de pouvoir tirer tous les deux. Et tâche de bien viser… »

Henri s'éloigna en silence et ne tarda pas à se trouver en place. Fouillette lui fit un signe, puis libéra enfin la chienne qui coula lentement, en suivant la ligne de crête. Au moment précis où elle s'immobilisait à l'arrêt, juste au-dessus de la compagnie et que les deux hommes s'étaient dressés, l'arme épaulée, des coups sourds retentirent subitement au-dessous d'eux, amplifiés par l'écho, et un chien aboya furieusement. Alertés, les perdreaux disparurent brusquement derrière la haie de genêts et, l'instant d'après, s'envolèrent en direction de la colline d'en face, hors de portée de tir, sous les yeux stupéfaits des deux chasseurs. Pitane se tourna vers son maître, l'oreille basse, semblant encore plus dépitée que les deux hommes.

« *Miladiou !* » jura Fouillette.

Le regard furieux, il scruta vers le fond de la combe et ne tarda pas à distinguer un homme qui s'affairait, une masse à la main, légèrement en aval de la source, tandis qu'un chien blanc et noir gambadait à ses côtés.

« Qu'est-ce qui s'est passé ? demanda Henri qui venait de le rejoindre.

– Regarde ! s'exclama Fouillette en pointant son doigt. J'ai peine à croire ce que je vois !... »

Henri suivit la direction que lui indiquait son ami et lâcha, stupéfait :

« Merde alors ! »

Ébahis, les deux hommes observèrent un moment le manège du Cascou. Celui-ci avait déjà planté une vingtaine de piquets autour de la source et continuait sa tâche en longeant le chemin qui descendait vers la route. Devant le bassin, un gros rouleau de fil de fer barbelé indiquait clairement ses intentions : Clovis Liron s'employait à clôturer son terrain !

« Cette fois, il est vraiment devenu jobard ! murmura Fouillette.

– C'est grave, souffla Henri. Il faut vite aller le dire au maire…

– Allons d'abord prévenir Maxime. Il fera ce qu'il voudra… »

Aidé de l'oncle Charles, Maxime était en train de nettoyer sa cuve à grande eau lorsque Fouillette et Henri firent irruption dans sa cave, le fusil à l'épaule, essoufflés par la longue marche qu'ils venaient d'accomplir d'une seule traite. Les deux hommes interrompirent leur tâche, interloqués par l'arrivée intempestive des chasseurs.

« On était aux Sauzes…, bafouilla Fouillette. Pitane était à l'arrêt… Il y avait une dizaine de perdreaux !… Il y a eu du bruit, puis un chien a aboyé et…

– … Et on n'a pas pu tirer ! l'interrompit Henri. C'est ce con de Cascou… Il entoure le bassin avec du fil de fer barbelé !…

– Je ne comprends rien à ce que vous dites, dit l'oncle Charles en posant le seau d'eau noirâtre qu'il tenait à la main. Fouillette, explique-toi calmement… »

Fernand Mallet reprit son souffle et finit par raconter ce qu'ils venaient de voir du haut des Sauzes.

« Je ne sais pas jusqu'où il a l'intention de planter des piquets, conclut-il, mais il ne fait aucun doute que le Cascou est en train de clôturer la source !...

– Nom de Dieu, je vais lui casser la gueule une bonne fois pour toutes !... » rugit Maxime.

Il s'apprêtait déjà à sauter hors de la cuve quand Charles l'arrêta d'un geste, ordonnant, d'un ton sans réplique :

« Toi, tu continues ton travail. Je vais m'occuper de cette affaire moi-même...

– Mais je suis le responsable de l'eau, dans ce village !... protesta Maxime.

– Justement, la situation est suffisamment grave pour ne pas en rajouter. Finis tranquillement ton travail et laisse-moi faire... »

Puis, se tournant vers les deux chasseurs :

« Fouillette, pose ton fusil et remplace-moi. Henri, va prévenir Valat et dis-lui de venir à la mairie, je me charge de Clément. Nous verrons tous ensemble ce qu'il convient de faire... »

L'oncle Charles trouva Clément Granier debout, derrière son bureau. Aidé de madame Cabanis, le maire mettait de l'ordre dans ses dossiers. Après avoir distraitement salué le nouvel arrivant il expliqua, en désignant la table surchargée de papiers :

« Tu comprends, il ne reste plus que trois semaines avant les élections et je veux que mon successeur...

– … Il s'agit bien de cela !… s'exclama Charles en levant les bras au ciel. Pendant que tu tries tranquillement tes paperasses, le Cascou clôture la source avec du fil de fer barbelé !… »

Le maire leva vivement la tête, interloqué.

« Quoi ? » s'exclama-t-il, incrédule.

Il y eut un bruit de galopade au-dehors et Valat fit irruption dans la pièce, le visage empourpré. Habillé d'une chemise et d'un bleu de travail tout crottés, chaussé de bottes, il paraissait ridicule dans cette tenue très inhabituelle pour lui. Il ôta un chapeau cabossé, s'épongea vivement le front et expliqua :

« J'étais en train de préparer mes tonneaux quand ce grand dadais d'Henri est venu me dire que le Cascou faisait encore des siennes !… »

Charles raconta ce qu'il venait d'apprendre à l'instant même de la part de Fouillette et d'Henri, alors qu'il était en train de donner la main à son neveu Maxime, précisant qu'il avait formellement interdit à celui-ci de sortir de sa cave.

« Il s'emporterait et ne ferait que compliquer les choses, conclut-il.

– À la bonne heure, approuva madame Cabanis. Voilà une sage décision… »

Il y eut un silence catastrophé, puis Clément Granier finit par se lamenter :

« Ils me feront devenir fou !… Té, j'en ai marre, j'ai envie de démissionner tout de suite…

– Il n'a pas le droit de faire une chose pareille, s'indigna Valat. Cette source alimente le village depuis toujours…

– Oh que si, il en a le droit! réfuta vivement l'institutrice, la loi est pour lui. Et si ses aïeux ont toujours laissé faire, c'est peut-être parce qu'on ne leur a jamais parlé de château d'eau ni d'expropriation!… »

Puis, fusillant le maire du regard, elle ajouta:

« Cela fait des années que je vous rabâchais que nous aurions des problèmes avec cette source, Clément. Vous ne pourrez pas dire que je ne vous avais pas prévenu… »

Clément baissait la tête, penaud. Il prenait conscience que tout le village risquait de subir les conséquences de son imprévoyance parce qu'il avait eu la faiblesse de ne pas prendre les décisions qui s'imposaient au bon moment. Et cela uniquement pour ne pas s'attirer des problèmes avec le Cascou!

Face au maire, Valat restait muet, songeant que, vraiment, le problème de l'eau était primordial pour le village. Mais il était un peu tard pour s'en rendre compte et la pénurie dans laquelle le village se trouvait depuis plusieurs semaines aggravait la situation. Il se demandait même, avec le mécontentement général qui régnait à Combesèque, s'il n'avait pas déjà perdu les élections. Avec ses rodomontades, Maxime s'était rendu si populaire auprès des femmes!

Il y eut un moment de flottement, chacun se demandant quelle était la meilleure solution pour sortir de l'impasse dans laquelle Clovis Liron engageait le village, puis le maire s'emporta. Tapant violemment du poing sur la table, il jura :

« Nom de Dieu, ce Cascou commence à nous emmerder sérieusement. Eh bien, on va la faire, cette expropriation !...

– Ah oui ? s'exclama madame Cabanis. Mon pauvre Clément ! Dans trois semaines vous ne serez plus maire et vous vous décidez à agir maintenant ?

– Il faut d'abord savoir pourquoi il clôture sa source et essayer de le raisonner, intervint calmement Charles.

– Justement, suggéra Valat, si on demandait à Monsieur le curé de nous accompagner ? Il a l'habitude de...

– ... Ne dites pas de sottises, Edmond, le coupa encore une fois l'institutrice. Vous voulez être maire ? Eh bien, vous allez avoir l'occasion de montrer votre autorité !...

– Ah ?...

– Oui ! Nous avons assez discuté, décréta-t-elle en se levant. Charles a raison, il faut aller trouver Clovis et l'empêcher de faire cette folie... »

À sa suite, ils sortirent de la mairie, Valat fermant la marche, l'air un peu égaré. Avec la tournure que prenaient les événements, il mesurait toute la complexité de sa future charge, s'il était élu. Il faudrait bien en arriver à un arrangement à l'amiable avec le Cascou ou bien à l'expropriation, cela ne faisait plus de doute. Mais d'une façon ou d'une autre, ce ne serait pas facile avec ce fou ! Il ferma machinalement la porte derrière lui, songeant, avec regret, que s'il n'avait pas choisi cette semaine de congés, Clément serait obligé de se débrouiller tout seul tandis que lui-même se trouverait dans son bureau en train de discuter tranquillement affaires avec un client !

Lorsqu'ils débouchèrent sur la place, ils furent accueillis par un concert de lamentations. Après avoir prévenu Valat, Henri s'était évidemment empressé de répandre la nouvelle dans le village. Il n'avait guère eu de peine : il avait trouvé toutes les femmes autour du camion des pompiers qui venait d'arriver. Aussi le quatuor se trouva-t-il vite encerclé par une cohorte de femelles excitées brandissant des cruches menaçantes. Et les invectives ne tardèrent pas à fuser :

« Eh bé, Clément, tu peux dire que tu nous laisses dans une drôle de situation !

– Alors, on n'aura plus d'eau, même quand il pleuvra ? Merci de n'avoir rien fait, c'est une honte !

– Ça sert à quoi d'avoir des élus ? »

Face à l'indécision du maire et de son adjoint qui ne pipaient mot, surpris par la violence de l'assaut, le ton montait :

« Oh ! pauvre, tous des fumistes ! »

Il y eut même une mégère qui s'exclama :

« Vive Maxime ! Lui, au moins, il en a une paire, et elles ne sont pas molles ! »

Disant cela, elle faisait un geste significatif de la main, comme si elle tâtait quelque chose de lourd et de consistant, provoquant l'hilarité générale. Le chahut attirait les passants qui se joignaient joyeusement à ce groupe déchaîné. Sans même savoir de quoi il s'agissait, chacun prenait plaisir à exciter les plaignantes. Diable, ce n'est pas tous les jours que l'on peut se défouler impunément contre ses élus ! Tout à coup, à l'arrière de ce groupe de femmes déchaînées, une voix lança :

« Té, quand je pense que le Valat préfère réparer l'église plutôt que de faire installer l'eau dans son village, eh bé, je risque pas de voter pour lui ! »

Est-ce la tenue ridicule du futur maire désigné, avec son bleu crotté, ses bottes et son vieux chapeau tout cabossé qui le faisaient passer pour le dernier des paysans, lui toujours si élégant ? Est-ce l'anonymat que procurait cette mêlée agitée ou l'exaspération portée à son comble par la pénurie d'eau ? Toujours est-il que cette phrase libéra un flot d'invectives destinées au pauvre Edmond :

« *Espille lou. Es gaïré allifat, yéui, l'assurur !*

– *I arribero quiquon !...*

– *Taïse té, lou curat y faut faïre cé qué bol!*[1] »

Le cercle se refermait sur l'infortuné adjoint qui tentait vainement de protester en agitant les bras. L'oncle Charles se tenait près d'Edmond, prêt à intervenir si la situation dégénérait. Mais en attendant, il laissait faire, se disant que les futures élections étaient peut-être en train de se jouer à cet instant même et, avec elles, le sort de la commune en ce qui concernait l'équipement en eau. Toutefois, quand il vit une cruche menacer dangereusement le crâne de l'infortuné Valat, il s'interposa vivement et hurla, de sa voix de stentor :

« Silence, nom de Dieu ! On va voir le Cascou, laissez-nous passer… »

Surprises et impressionnées par la masse imposante du cordonnier, les femmes se calmèrent un instant et madame Cabanis profita de ce bref répit pour sauver la situation.

« Il s'agit d'un malentendu que nous allons régler tout de suite ! cria-t-elle, l'air assuré. Retournez à la distribution et laissez-nous faire. »

Sur ce, elle fendit la foule d'un air décidé, aidée de Charles qui écartait les gêneuses sans trop de ménagements. Le maire et Valat fermaient la

1. *« Regarde-le. Il est pas très élégant, aujourd'hui, l'assureur !*
*– Il lui arrivera quelque chose !*
*– Tais-toi, le curé lui fait faire ce qu'il veut ! »*

marche, profitant de la brèche ainsi créée, rentrant inconsciemment la tête dans les épaules tant ils avaient peur de prendre un coup sur la nuque! Au moment où le petit groupe se dégageait enfin, Jeanne Panafieu, repoussant ses compagnes de ses bras puissants vint se camper devant le maire, lui barrant le passage. Les mains sur les hanches, elle prévint, menaçante :

« Clément, vous avez intérêt à les faire enlever sans tarder, ces barbelés. Sinon, nous irons les enlever nous-mêmes! Mais avant, on déculottera le Cascou et on lui donnera une fessée dont il se souviendra longtemps, je vous le garantis!... »

Puis, se tournant vers Edmond, elle ajouta :

« Et toi, tu as intérêt à nous faire installer l'eau sinon tu auras des problèmes, c'est moi qui te le dis!... »

Un tonnerre d'applaudissements et des rires moqueurs saluèrent ces fortes paroles qui résonnèrent longtemps aux oreilles du petit groupe qui s'éloignait.

Il était dix heures lorsqu'ils arrivèrent à la source, essoufflés et noyés de sueur d'avoir monté le chemin sous un soleil de plomb. Le Cascou, alerté par les aboiements de son chien, les avait vus venir de loin. Il les attendait, debout au milieu du chemin, les bras croisés, le regard provocant. Dans son dos, deux piquets reliés par du fil de fer barbelé barraient le chemin. Sur l'un d'eux, Clovis Liron avait cloué un morceau de planche où l'on pouvait lire, écrit d'une main malhabile :

« Propriaité Privé. Défensse d'entré sent l'otorisation du propriaitaire »

Le Cascou était un homme brun, sec, mais que l'on devinait d'une robustesse hors du commun et ses yeux noirs, son visage taillé dans le buis n'avouaient pour l'instant qu'une inflexibilité redoutable. Il souleva son béret, salua les arrivants d'un geste ample du bras, de manière exagérée, et suggéra, narquois :

« Vous voulez que j'aille chercher un peu d'eau à ma source ? Vous devez avoir soif, après avoir grimpé jusqu'ici avec cette chaleur ! »

Clément Granier observait les alentours. En fait, Clovis Liron s'était contenté de clôturer les abords immédiats du bassin et de barrer le chemin, une trentaine de mètres plus bas. En tant que maire, représentant de l'autorité, il se sentait le devoir de parler le premier. Il aurait voulu se contrôler, mais à l'idée que tout le village pourrait être privé d'eau à cause d'un imbécile complètement borné, une brusque colère empourpra son visage sanguin. Il désigna les piquets, le barbelé, et tonitrua, l'air furibond :

« Cascou, de tout temps cette source a alimenté le village et ça doit continuer ainsi. C'est une question d'honneur pour le nom des Liron. Enlève-moi ces barbelés tout de suite, c'est le maire qui te parle…

– Laisse l'honneur des Liron tranquille, rétorqua le Cascou, l'air farouche. Je le défends en protégeant mon bien. Je suis ici chez moi et je n'ai pas à t'obéir, tu n'es pas mon chef!

– Justement, je te rappelle à tes devoirs : tu es conseiller municipal, et en cela tu dois penser à l'intérêt général. Tu te couvrirais de honte en coupant l'eau du village!…

– D'abord, je couperai pas l'eau, mais je veux pas qu'on m'*esprorie*. Et toi, tu es comme les autres. Je te croyais un ami alors que tu manigances contre moi avec celui que tu as désigné pour te remplacer. Je le sais… »

Clément rougit sous ce qu'il considérait comme une insulte. Perdant toute contenance, il fit un pas en avant, prêt à bondir. Ses petits yeux rétrécis fixant furieusement Clovis, il gronda, les poings serrés, le souffle court :

« Moi, manigancer contre toi ? Qu'est-ce que tu veux insinuer par là ? »

Valat, qui se sentait injustement visé, s'empressa d'intervenir, l'air outré :

« Tu as perdu la raison, Cascou ! Tu es un élu de longue date et ton expérience me sera précieuse, quand je serai élu. Alors je ne risque pas de comploter contre toi ! »

Ce fut au tour de Clovis de se montrer menaçant. Il avança en direction d'Edmond, le doigt tendu :

« Toi ? Un ami ? Tu es un traître ! rugit-il. Avec ton collègue le curé, vous avez décidé de faire venir le député pour m'embrouiller. On me l'a dit, alors je clôture ! Et puis, je ne veux plus que Maxime vienne par ici… »

La situation se dégradait, menaçant de tourner au pugilat tant les esprits étaient échauffés. Aussi l'oncle Charles intervint encore une fois, s'interposant entre les belligérants.

« Du calme, Cascou, dit-il avec une assurance tranquille. Maxime, je le représente et nous ne sommes pas venus pour nous quereller mais pour discuter de la situation. Il n'y a jamais eu d'histoire au sujet de la source avec aucun de tes ancêtres et vous en avez tiré un avantage librement consenti. Mais si tu installes une clôture, tu vas te mettre tout le village à dos et le meilleur moyen de te faire expulser, c'est de t'entêter comme une mule. Plus personne ne t'adressera la parole et d'une manière ou d'une autre la loi ne permettra pas qu'un imbécile prive d'eau tout un village.

– Un imbécile ? Moi ?

– Parfaitement, un crétin qui ne se rend pas compte qu'il se ridiculise ! »

Le Cascou hésita un instant. Ce n'était pas tant le torse formidable du cordonnier et ses bras puissants qui le faisaient hésiter, mais il ne pouvait décemment pas se battre contre un homme beaucoup plus âgé que lui. Il se lamenta :

« Même toi tu t'y mets ? Alors tout le village est contre moi ! » En arrière des trois hommes, madame Cabanis réfléchissait. En ayant incité Maxime à se présenter comme maire pour servir ses desseins, elle se sentait responsable de cette situation. Bien sûr, elle n'avait pas imaginé que celui-ci se montrerait aussi maladroit en provoquant Clovis de façon outrageuse. Mais, maintenant, on était arrivé à un blocage tel qu'elle se devait d'agir, c'était la raison de sa présence. Toutefois, elle savait qu'elle avait affaire à un sanguin, hargneux et soupe au lait, à qui la menace d'une expropriation avait fait perdre tout sens de la mesure. Elle ne pouvait donc se permettre la moindre erreur. Un échec serait catastrophique pour son autorité morale et le respect que tout le monde lui manifestait à Combesèque. Elle s'avança d'un pas ferme et alla se poster devant Liron qu'elle toisa, l'air furieux :

« Cascou, maintenant ça suffit ! » s'écria-t-elle.

Il y eut un silence stupéfait. Jamais, au grand jamais, madame Cabanis ne nommait une personne par son sobriquet. En faisant une exception à cette règle, elle montrait à Clovis dans quel mépris elle le tenait dans l'instant présent.

« Quoi ? fit celui-ci, interloqué.

– Je t'ordonne d'ouvrir cette barrière tout de suite ! »

Sous le coup de la surprise, le Cascou était soudain décontenancé. Il se sentait capable de se battre contre n'importe qui et était prêt à affronter tous les dangers; il ne craignait personne. Mais comment réagir devant une faible femme envers qui il éprouvait le plus profond respect et qui, de plus, était son ancienne institutrice? Celle-ci laissa volontairement son interlocuteur flotter quelques instants dans ses incertitudes afin que ses paroles puissent bien pénétrer son esprit enflammé. Le temps travaillait pour elle. Plus il tardait à réagir, plus il se montrait ridicule alors qu'elle le narguait en présence de trois hommes. Elle finit par exploser:

« Clovis, c'est une honte! Tu étais pourtant un des meilleurs élèves de ma classe, à l'époque, mais tu sembles avoir oublié tout ce que je t'ai appris!... »

Madame Cabanis changeait de méthode. En appelant maintenant le Cascou par son nom de baptême et en parlant de l'école, l'institutrice faisait preuve d'habileté. C'était comme si, par un singulier raccourci, elle le ramenait à son âge d'enfant et de l'obéissance. Elle continua, sur le ton que l'on prend pour admonester un garnement:

« Je t'ai appris à être droit et honnête, je t'ai répété pendant des années qu'il fallait être poli, généreux et qu'on devait aider son prochain. As-tu oublié tout cela?

– ...

– Je t'ai aussi enseigné l'orthographe, or qu'est-ce que je vois, écrit sur cette pancarte ? »

Le Cascou se tenait coi sous l'avalanche de réprimandes. Les mains croisées devant lui, il avait adopté, sans même s'en rendre compte, l'attitude soumise du petit garçon qui se fait réprimander par sa maîtresse et commençait enfin à réaliser qu'il avait peut-être dépassé les limites. Il tourna piteusement la tête vers la planche que lui désignait son ancienne institutrice d'un doigt accusateur.

« Je ne vois que des fautes d'orthographe, quelquefois deux au même mot, il faut le faire ! Ah ! Ils vont bien se moquer de toi, les gens qui passeront par là ! »

Le Cascou semblait de plus en plus mal à l'aise et, manifestement, il faiblissait. C'est pourquoi derrière l'institutrice, les hommes se gardaient bien d'intervenir. Celle-ci décida qu'il était temps de le pousser dans ses derniers retranchements :

« Allons, Clovis, ne sois pas bête. Je te demande d'enlever cette barrière, je t'en saurai gré et tout le village aussi… »

Apparemment vaincu, le Cascou se dirigea lentement en direction du piquet où il avait fixé son écriteau, hésita, le prit à deux mains, comme s'il s'apprêtait à l'arracher, le lâcha, puis, se redressant, il se tourna vers le petit groupe qui l'observait attentivement et dit, têtu :

« Il faut me promettre de ne pas faire venir le député, Madame Cabanis, sinon je laisse tout en place… »

L'institutrice soupira, excédée.

« Edmond, est-ce que vous pouvez vous engager à faire annuler cette visite ?

– Sans aucun doute ! Je m'arrangerai avec le curé, Cascou, tu peux être tranquille. D'ailleurs, je pensais que ce n'était pas une bonne idée d'inviter ce type à Combesèque…

– Tu as entendu, Clovis ?

– Bon, je vais dégager le chemin, mais je laisse tout sur place, finit par acquiescer le Cascou à contrecœur. Mais si on essaie de me tromper… »

D'un geste rageur il arracha le piquet et eut encore une dernière mimique de la main, en guise de menace :

« Si on essaie de m'avoir… »

# XIV

## Le trouble des Combeséquois

À PARTIR DE CE JOUR, l'opposition se radicalisa définitivement entre les femmes et les hommes de Combesèque. Que ce soit à l'épicerie de Marcelle Cazalet, au ravitaillement du camion des pompiers ou d'une fenêtre à l'autre, les femmes critiquaient ouvertement le Cascou, le maire et surtout Valat dans des termes toujours plus véhéments. Ils étaient le sujet de toutes leurs conversations, de plus en plus animées. Certaines murmuraient même que Liron allait, de bon matin, ouvrir les vannes du bassin afin de gaspiller volontairement le peu d'eau qui s'était accumulée la nuit dans la seule intention d'aggraver leurs tourments.

« Il est devenu marteau ! » concluaient-elles avec des hochements de tête entendus.

Les maris haussaient les épaules, soutenant vivement que le Cascou, s'il avait la tête près du chapeau, était honnête et incapable d'une telle infamie. Ils traitaient les femmes de folasses, acharnées à accuser à tort les trois hommes d'être la cause de toutes leurs difficultés.

« Le Clovis, il ne faut pas s'étonner qu'il s'énerve, on veut l'exproprier ! argumentaient-ils. Quant aux deux autres, ce n'est pas de leur faute s'il ne pleut pas !

– Justement, ce sont des incapables, rétorquaient les épouses. Il y a longtemps que la mairie aurait dû acheter le terrain du Cascou. Mais le Clément n'a rien voulu faire et Valat prend ses ordres chez le curé…

– Ils finiront bien par s'arranger, assurait-on du côté des maris. Quand il sera maire, Edmond trouvera une solution à l'amiable. Il n'y a que lui qui soit capable de résoudre cette affaire…

– Ah oui ? ripostaient les femmes avec véhémence. En attendant, qui fait la lessive, la vaisselle, le ménage et la toilette des enfants avec quatre ou cinq cruches d'eau par jour ? »

Enfin, il y en avait toujours une pour affirmer, péremptoire :

« Maxime, on peut compter sur lui ! On est sûres qu'il fera installer l'eau dans les maisons, il nous l'a promis !… »

À ce moment-là éclataient invariablement des applaudissements frénétiques, ce qui avait le don d'énerver passablement les hommes. Ils commençaient à trouver que leurs épouses avaient un peu trop tendance à chanter les louanges de ce prétentieux depuis que celui-ci avait fait acte de candidature et s'était engagé dans des promesses hasardeuses. Ils réfutaient cette certitude en haussant les épaules avec une moue dédaigneuse :

« Bof… Maxime ? C'est une grande gueule, rien de plus ! Qu'est-ce que vous voulez qu'il fasse, comme maire ? D'ailleurs, tout est de sa faute : s'il n'avait pas provoqué le Cascou, on n'en serait pas là… »

C'était un sujet où la solidarité masculine jouait à fond. D'autant que depuis son retour du Grau-du-Roi, la Gustine tenait obstinément ses volets fermés et ne recevait plus aucun de ses clients habituels, au grand désarroi de ceux-ci. Cette attitude inexplicable faisait beaucoup jaser et alimentait les plus folles supputations. Certains allant même jusqu'à prétendre qu'à son retour elle avait réservé une soirée fine à Maxime avec champagne et petits plats mijotés pour le remercier d'être allé la chercher à Ganges. « Il paraît qu'elle l'a reçu à moitié à poil ! » chuchotait-on entre hommes, la mine dépitée.

« Ah ! Le salaud, il a dû passer une belle soirée !… » Ces propos excitaient évidemment la jalousie des mâles, persuadés que, désormais, ce célibataire attardé qui jouait au bellâtre était seul à bénéficier des charmes de la belle Augustine Suquet.

Pour toutes ces raisons, la situation ne cessait de s'envenimer dans les ménages d'autant que ces chamailleries se poursuivaient à la maison où certaines épouses allaient jusqu'à se soustraire obstinément au devoir conjugal sous les prétextes les plus futiles. Vexés, les maris ne craignaient pas d'affirmer :

« Ah ! Si Maxime était à ma place, tu ne dirais pas que tu as la migraine, ni que tu es fatiguée !... »

Ce à quoi certaines effrontées répondaient vivement :

« En tout cas, si ça devait se faire, je préférerais Maxime que cet empoté de Valat qui se parfume comme une cocotte ! »

On se doute bien que de telles réflexions ne contribuaient pas à restaurer la paix et l'harmonie des foyers...

En attendant, les villageois scrutaient attentivement le ciel tous les matins. Les femmes dans l'espoir d'y découvrir le moindre nuage. Mais il semblait bien qu'après avoir exaucé les vœux des Combeséquois une première fois, le Seigneur avait décidé de les accabler définitivement sous un soleil de plomb. Les hommes, eux, songeaient que les vendanges commençaient le lundi suivant. S'il venait à pleuvoir dans la semaine, ce serait catastrophique car le raisin perdrait du degré et le travail serait arrêté. Or il était temps de rentrer la récolte qui, en cas de pluie, risquerait de moisir sur pied.

Depuis cet épisode qui avait mis en émoi tout le village, le Cascou se tenait à l'écart. Il se rendait bien compte, quand il croisait quelqu'un, qu'une certaine animosité s'était créée contre lui. Pas trop chez les hommes, mais les femmes se détournaient ostensiblement de leur chemin en le voyant arriver. Aussi saluait-il d'un bref signe de tête les gens qu'il rencontrait, l'air préoccupé, et s'éloignait sans plus de manières. Mais il estimait la situation dans laquelle il se trouvait d'autant plus injuste que même Béatrice, sa propre épouse, ne se gênait pas pour lui adresser de véhéments reproches.

Il avait été encore plus déçu lorsqu'il s'était rendu chez Truel et Jonquet, les deux autres propriétaires. Il avait l'intention de s'assurer de leur solidarité et, à son grand désappointement, il avait été reçu assez froidement. Les deux hommes trouvaient que Clovis avait passé la mesure et qu'il était gênant, pour eux, de se mettre tout le village à dos en refusant de donner quelques mètres de colline où ne poussaient que des buis et des cades dans le seul but de faire plaisir à ce maboule de Cascou. De plus, les épouses des deux hommes s'étaient chargées de leur faire la leçon et ils préféraient rester le plus neutres possible dans cette affaire. Clovis avait perçu leur désapprobation non formulée et en avait conçu un vif ressentiment. Dorénavant, il était définitivement persuadé que tout le village se liguait contre lui.

Du côté du presbytère, le curé Nougarède se désolait aussi. Tous les matins, lorsqu'il disait sa messe, il multipliait en vain les prières les plus ferventes afin que le Seigneur n'oublie pas Combesèque dans ses pensées. « Seigneur, je vous en supplie, Veuillez faire tomber la pluie sur notre petit village qui manque cruellement d'eau, je vous le demande à genoux », ne cessait-il d'implorer. Mais, à son grand désespoir, Dieu restait obstinément sourd à ses suppliques. De plus, il se rendait bien compte que les femmes, sur lesquelles il avait toujours eu beaucoup d'influence, lui échappaient de plus en plus. Et il ne pouvait même pas espérer un quelconque secours du côté du député, puisqu'à la demande d'Edmond il avait dû annuler la visite de celui-ci, ce qui le contrariait beaucoup. Aussi avait-il invité Valat à déjeuner le dimanche midi pour faire le point de la situation à quinze jours seulement des élections et il se doutait bien que celui-ci devait être très inquiet. Arriverait-il à le raisonner ?

Devinant son désarroi, Rosine le comblait d'attentions, veillant attentivement à satisfaire le moindre de ses désirs. Cette sollicitude agaçait un peu plus le curé qui, excédé, se montrait parfois brusque avec elle. La bonne en était peinée, car elle faisait tout pour se rendre irréprochable.

Depuis que son maître l'avait soupçonnée, à tort, d'avoir affiché le papier dénonçant les fredaines de Panafieu, elle écourtait volontairement sa tournée nocturne pour nourrir ses chats et évitait soigneusement de colporter la moindre information sur les incartades qu'elle pouvait éventuellement découvrir au cours de ses promenades. Elle prenait même soin d'éviter le porche de la Gustine et, lorsqu'elle allait faire ses commissions chez Marcelle Cazalet, elle se contentait d'égrener sa liste, ne se mêlant à aucune conversation. Pour finir, elle s'abstenait aussi, l'après-midi, d'aller s'asseoir sur un banc à l'ombre des platanes de la place afin de ne pas être tentée de divulguer quelques ragots. C'est pourquoi elle trouvait particulièrement imméritée l'attitude du curé lorsqu'il la rudoyait quelque peu, estimant qu'il la récompensait mal de tous les efforts qu'elle déployait afin d'être irréprochable !

À l'opposé de cette attitude la Gustine s'attardait plus que de coutume dans le village, bavardant gaiement avec l'une ou l'autre lorsqu'elle se rendait à l'épicerie, se mêlant de toutes les conversations le soir, sur la place, riant volontiers à la moindre plaisanterie et affichant insolemment une mine épanouie, ce qui ne cessait d'intriguer tous les hommes du village. Certes, Augustine Suquet n'avait jamais été d'un tempérament chagrin, mais elle se montrait si joyeuse, si insouciante et enjouée au milieu de la morosité ambiante que les hommes supputaient indéfiniment à voix basse sur les raisons de cet entrain alors qu'elle refusait dorénavant toute visite, sauf, peut-être, celle du seul Maxime...

Celui-ci commençait à rêver, lorsqu'il songeait à l'élection toute proche. Après tout, pourquoi ne serait-il pas élu maire comme l'avait été son grand-père avant lui ? Grâce à l'oncle Charles, il ne s'était mêlé de rien dans l'affaire des barbelés et il triomphait puisque le clan des épouses revendiquait de plus en plus ouvertement l'expropriation du Cascou et la construction d'un château d'eau.

Aussi ne pouvait-il s'empêcher de pérorer un peu, au Trouquet, malgré les recommandations de madame Cabanis et de son oncle qui prônaient la prudence. Mais, parfois, c'était plus fort que lui. Lorsque quelqu'un se désolait de la sécheresse il ne pouvait s'empêcher de déclarer :

« Vous voyez ? Depuis le début, j'avais bien dit qu'il faudrait exproprier. La population ne peut s'en remettre au bon vouloir d'un original qui a perdu la raison jusqu'à vouloir clôturer son terrain !... »

Et il était d'autant plus à l'aise pour critiquer Clovis Liron que celui-ci ne se risquait pas, dorénavant, à venir faire un tour au bar lorsqu'il rentrait de ses traversiers. Quant aux hommes, confrontés aux récriminations perpétuelles de leurs épouses, ils se gardaient bien de lui apporter la moindre contradiction. Maxime le savait bien, qui ne se privait pas d'ajouter avec malice :

« D'ailleurs, les femmes le savent bien. Elles me soutiennent depuis le début… »

Ce à quoi Fouillette, toujours présent, s'empressait d'ajouter, admiratif :

« Tu as raison sur toute la ligne, Maxime ! Crois-moi, c'est un *spécialiste* des femmes qui te le dit : sur certaines choses, elles ont plus de jugement que nous… »

Cela provoquait quelques grincements de dents vite refoulés et excitait un peu plus la jalousie masculine envers Maxime. Finalement, la seule chose qui le contrariait, c'était que la Gustine ne le reçoive plus. Il savait bien que les males le jalousaient, persuadés qu'il était désormais le seul à la fréquenter. S'il laissait dire, afin de se glorifier un peu, il était bien placé pour savoir qu'il n'en était malheureusement rien, toutes ses tentatives ayant échoué. D'ailleurs, celle-ci était repartie le vendredi chez sa sœur pour deux ou trois jours, soi-disant pour l'aider à organiser une fête familiale… Mais cette fois, elle ne lui avait pas demandé d'aller la chercher au car de Ganges ! De plus, elle paraissait si heureuse le jour de son départ qu'il se posait des questions à ce sujet.

Madame Cabanis restait indécise. Certes, elle n'ignorait rien de ce qui se disait dans le village, ayant bien conscience que la situation n'avait jamais été aussi favorable envers son protégé. Mais elle hésitait sur l'attitude à tenir. En fait, elle espérait secrètement que Valat serait élu maire, sachant que celui-ci était bien plus capable d'assumer cette charge que Maxime. Elle n'avait poussé celui-ci à être candidat que pour influencer Edmond, en lui faisant prendre conscience que le problème de l'eau était essentiel pour le village. Surtout, elle pensait pouvoir convaincre le Cascou de céder son terrain à l'amiable, avec la complicité de sa propre épouse. Mais, dès le début, la déclaration tonitruante de Maxime avait déjoué tous ses plans et provoqué l'entêtement du Cascou à ne rien céder. Elle pensait que faire élire son protégé pour se trouver tout de suite confrontée à cette situation de blocage exacerbé ne l'enchantait guère. Il lui fallait du temps pour reprendre tranquillement les choses en main, discuter longuement avec Clovis en tête à tête, et, d'abord, convaincre son épouse de recommencer à l'aider en raisonnant son mari. Mais comment pourrait-elle agir de la sorte si Maxime était élu ? Déjà, celui-ci s'impatientait ! Il était venu la voir, lui disant qu'il était temps d'afficher la liste qu'elle avait constituée pour lui. Elle lui avait demandé de patienter encore quelques jours et de ne pas trop parler au Trouquet. Mais malgré ses conseils de prudence, Maxime échappait à son contrôle. Cet imbécile ne doutait plus de rien et ses propos inconsidérés excitaient un peu plus l'impatience des femmes alors qu'il aurait fallu laisser du temps pour apaiser les tensions. Pour toutes ces raisons elle s'interrogeait, se disant qu'il vaudrait peut-être mieux abandonner son projet et laisser Edmond se débrouiller tout seul.

Valat, lui, se demandait avec anxiété si tout n'était pas déjà perdu. La violente réaction des femmes, le jour où Clément et lui avaient été pris à partie devant le camion des pompiers l'avait profondément marqué. « Dire que j'ai entendu fuser des menaces ! » se lamentait-il, réalisant combien sa relation privilégiée avec le curé Nougarède lui portait tort.

Au début, il s'était dit que le prêtre influencerait les paroissiennes en sa faveur. Hélas, la pénurie d'eau de l'été tout à fait exceptionnelle avait provoqué une rébellion de plus en plus agressive et il devait reconnaître que les épouses avaient raison : il fallait l'eau dans les maisons. D'ailleurs, il avait toujours été persuadé de cette évidence. Il savait bien que Combesèque ne pouvait rester indéfiniment le dernier village du canton à n'être pas encore équipé. Mais s'il n'en avait jamais fait publiquement état, même à Clément ou à madame Cabanis, c'est parce qu'il savait bien qu'avant toute chose il serait nécessaire de convaincre le Cascou de céder son terrain et qu'il faudrait faire preuve de beaucoup de diplomatie et de flatteries pour arriver à un accord avec lui. Malheureusement, cet idiot de Maxime était venu perturber ces savants calculs et il était peut-être trop tard, maintenant, pour persuader les femmes de sa bonne foi. De plus, ce dimanche, il devrait avouer au curé que, vu la situation, il faudrait que l'église attende un peu et il se doutait bien que Nougarède ne serait pas content.

## XV

## Une réunion électorale mouvementée

On était à la fin septembre mais il faisait toujours aussi chaud, surtout à la mi-journée. Aussi Henriette et Edmond transpiraient-ils abondamment lorsqu'ils arrivèrent devant le presbytère après avoir marché en plein soleil dans la rue principale du village. Ils prirent le temps de s'éponger le front et de s'éventer un peu, puis Valat sonna, le visage légèrement soucieux. Ce repas le préoccupait car il serait obligé de dire au curé des choses qui risquaient de le fâcher.

Comme d'habitude, le curé Nougarède, prévenu par Rosine, vint accueillir chaleureusement les Valat et les conduisit sous la tonnelle où la bonne avait dressé la table. Ils échangèrent quelques banalités sur la canicule, le manque d'eau et Henriette se plaignit encore de ses migraines et de sa santé fragile, après quoi ils purent enfin s'asseoir pour prendre l'apéritif.

« Auriez-vous fait mauvaise chasse, ce matin, Edmond ? Vous me paraissez contrarié…, dit Nougarède, en remarquant la mine préoccupée de son invité.

– Oh non ! Je n'y suis pas allé. Je vendangerai vendredi et il faut bien que je m'occupe de ma cave et de mes tonneaux… »

Il eut un geste significatif du bras et ajouta :

« … Et puis la chasse, avec les événements… »

Voilà un homme qui a besoin d'être rassuré, songea le curé. Depuis jeudi, il doit ruminer la contestation des femmes et la colère du Cascou. Il doit penser que tout est perdu pour lui…

« Ah ! Cette histoire de clôture a fait beaucoup jaser, concéda-t-il. Heureusement, les vendanges arrivent à point pour changer les idées de nos villageois. Cette semaine, ils auront trop à faire pour penser à la sécheresse ou à la comédie de Clovis…

– Une comédie ? s'indigna Valat. Le Cascou est devenu fou et il faudra maintenant des mois, peut-être même des années avant de le convaincre de céder son terrain à l'amiable. Ou alors ce sera la guerre… »

Il but une gorgée, s'agita sur son siège et finit par ajouter, très vite, la mine tragique :

« … Parce qu'il nous faut l'eau à Combesèque, Monsieur le curé. Vous voyez la situation… Depuis deux mois, les femmes ont une vie infernale… l'église… »

S'il attaque ainsi, c'est qu'il doit être plus inquiet que je ne le croyais, se dit Nougarède. Il ne faut surtout pas le brusquer. Je me débrouillerai avec lui lorsqu'il sera élu.

« Vous avez raison, mon bon Edmond, approuva-t-il. Après un été pareil, je vous le concède, c'est intenable pour nos paroissiennes. Vous devrez tout mettre en œuvre pour faire installer l'eau dans les maisons le plus rapidement possible… »

« Le curé ne manque pas de culot ! s'indigna Valat, suffoqué. Il a déjà oublié qu'il me demande, depuis longtemps, de donner la priorité à l'église et maintenant il affirme qu'il faut faire le contraire ! »

Il objecta, les bras au ciel :

« Installer l'eau, c'est vite dit. Il faut d'abord convaincre le Cascou… »

Le curé faisait mine de réfléchir. Il dit, pensif :

« … Peut-être que si nous n'avions pas annulé la visite du député… »

Il soupira :

« … Enfin, Madame Liron vient souvent à l'église, je vais essayer de lui parler…

– Allons, le député se moque bien des difficultés de Combesèque ! Quant à Madame Liron, il est beaucoup trop tard, son mari est enragé. Tout cela à cause de cet imbécile de Maxime qui risque d'être élu à ma place grâce à ses vantardises !…

– Élu à votre place ? Vous n'y pensez pas, Edmond ! Votre élection est inscrite dans l'ordre des choses, soyez-en certain.

– Plus maintenant, Monsieur le curé. Même les hommes commencent à écouter leurs femmes et me sont moins favorables… »

Nougarède se pencha vers Valat et, d'un geste rassurant, lui mit la main sur le bras. Il dit, d'un ton convaincant :

« Que me chantez-vous là, voyons ! Soyez objectif : Maxime ne comprend rien aux dossiers. Il n'a aucune idée de la complexité et des difficultés qu'entraîne une expropriation et je ne le vois pas capable de négocier une subvention. Il est évident qu'il n'est pas compétent pour exercer la charge de maire et les gens le savent bien… »

Valat réfuta ces arguments :

« Peut-être, mais il a promis l'eau et pour l'instant, c'est ce qui compte aux yeux des gens, surtout des femmes ! »

Le curé accentua la pression de sa main et dit, persuasif :

« Mon bon Edmond, ne doutez pas de vous. Clovis, nous parviendrons à le convaincre d'une façon ou d'une autre et vous savez bien que rien n'est plus facile à manipuler que des électeurs…

– Comment cela ? demanda Valat, interloqué.

– Promettez de faire installer l'eau, montrez que vous êtes le seul à être capable de réaliser ce projet et les gens voteront pour vous…

– Vous allez vite, Monsieur le curé ! D'abord, j'ai toujours laissé entendre que je réparerais l'église en priorité. Il est peut-être un peu tard pour affirmer le contraire… Et puis dans le secret de l'isoloir, on ne sait pas ce qui peut se passer, chacun est libre de faire ce qu'il veut… »

Nougarède prit le ton de la confidence :

« Allons, allons, mon bon ami ! Tenez, vous devriez aller au Trouquet, ce soir. Il y aura foule et vous parlez bien, c'est un grand avantage. Il vous suffira de provoquer un peu Maxime en public en lui posant quelques questions précises. Il sera bien incapable de vous répondre car il n'a réfléchi à rien, j'en suis persuadé. Et soyez l'homme politique que vous devrez être lorsque vous serez élu au conseil général : n'ayez pas peur de faire preuve d'un peu de mauvaise foi. À quinze jours des élections, ce sera une réunion électorale et vous enfoncerez Maxime sans difficulté avant même qu'il n'ait présenté sa liste…

– Vous croyez ?

– J'en suis certain ! »

Valat resta un moment rêveur. Il réfléchissait à cette perspective qui ne lui déplaisait pas. Depuis des mois il étudiait secrètement tous les aspects du problème et il connaissait le dossier à fond. Nul doute que Maxime paraîtrait ridicule s'il pouvait démontrer publiquement que celui-ci n'y connaissait rien. Et s'il y avait deux listes, il faudrait bien que chacun présente ses projets un jour ou l'autre. Une telle confrontation pourrait être décisive... Et lorsqu'il serait maire, il ne ferait qu'une bouchée de ce communiste vieillissant de Camplan aux élections cantonales... Toutefois, il doutait encore.

« Je ne sais pas si...

– ... Mais c'est évident, mon cher, c'est évident ! Les gens se rendront vite compte de la faiblesse de votre adversaire et mesureront mieux vos grandes capacités. Et puis comptez sur moi pour conseiller à mes ouailles de "voter comme il faut".

– Ah ! »

Rosine arrivait :

« Excusez-moi, Monsieur le curé, le repas est prêt...

– Parfait Rosine. Vous pouvez servir, nous allons passer à table. Et vous n'oublierez pas la bonne bouteille que j'ai mise au frais dans le puits... »

Il se leva et entraîna ses hôtes.

« Henriette, installez-vous ici. Edmond, je vous ai sorti un bordeaux dont vous me direz des nouvelles », dit-il en se frottant les mains, l'air réjoui.

Valat jeta un coup d'œil à la cuisine d'où provenait une odeur agréable. Henriette parlait recettes avec Rosine. Il se laissa bercer par cette ambiance sereine, se sentant enfin rasséréné.

« Oh pauvre ! Voilà le Valat qui arrive, on va se régaler ! s'exclama Papillon. Et aujourd'hui, ce sera pas moi la vedette... »

Le Trouquet était bondé en ce dimanche soir quand le garde champêtre, assis à une table de belote, vit arriver le candidat officiel, très élégamment vêtu, la mine réjouie. Lorsque celui-ci passa la porte du bar, saluant à la ronde, les conversations animées cessèrent comme par enchantement. Il faut dire que l'arrivée du futur maire désigné ne risquait pas de passer inaperçue : il avait pris la précaution de se faire accompagner par ses plus fervents partisans, son cousin Eusèbe, Pascal son partenaire de chasse habituel, ainsi que trois conseillers entièrement acquis à sa cause. Dans l'assistance, on fit rapidement le compte : au comptoir, il y avait Maxime, Fouillette et Henri, comme d'habitude à cette heure. Installé face à Papillon se trouvait Gaston Panafieu. On se frotta les mains, il risquait d'y avoir de l'ambiance dans peu de temps !

Edmond posa précautionneusement son chapeau sur un coin du bar, commanda une tournée puis, sans paraître remarquer Maxime et ses amis, mais se sachant observé de tout le monde, il commença à parler de chasse. De notoriété publique, il était la meilleure gâchette de Combesèque après

Fouillette et il savait bien que Maxime, qui avait une piètre réputation en la matière, ne pouvait rivaliser avec lui sur ce sujet. Depuis l'ouverture, il avait déjà tué deux lièvres et quatre perdreaux. Quant aux lapins, il ne les comptait plus. Aussi se sentait-il parfaitement à l'aise sur ce sujet : il n'était même pas obligé de mentir !

Maxime, lui, n'écoutait plus Fouillette qui racontait une invraisemblable histoire de pêche. Il observait son adversaire, très attentif aux faits et gestes de celui-ci, se doutant bien que Valat n'était pas venu boire l'apéritif en compagnie de tous ses amis pour parler uniquement de ses exploits fusil en main. D'ailleurs, il avait bien perçu la légère tension qui s'était installée dans la salle à l'arrivée de son adversaire et il ne se sentait pas trop à l'aise car madame Cabanis, après l'avoir poussé à se porter candidat contre sa volonté, semblait hésitante maintenant qu'il était décidé à aller jusqu'au bout. Il ne savait donc pas très bien à quoi s'en tenir. Pour l'instant, il s'attendait à être interpellé d'un moment à l'autre et se tenait sur ses gardes.

Du côté d'Edmond, chacun remettait sa tournée, tandis que celui-ci, conscient qu'on l'observait à la dérobée, vidait à chaque fois son verre d'un trait pour bien montrer que, si Maxime était costaud, lui-même tenait solidement le coup, ce qui impressionne toujours les hommes. Toutefois, la conversation sur la chasse s'éternisait un peu trop au goût de l'assistance qui s'agaçait de ce bavardage futile, guettant le moment où l'on parlerait enfin de choses sérieuses. C'est pourquoi un certain Gustave Arnaud, un vieux bonhomme à l'esprit retors, finit par tapoter impatiemment le sol de sa canne ferrée et posa la question qui était sur toutes les lèvres :

« Et alors, le Valat, qu'est-ce que tu feras si tu es élu maire ? On aura l'eau, oui ou non ? »

Il y eut quelques soupirs de soulagement dans le public puis il se fit un grand silence. Edmond, qui ne savait trop comment aborder la question, jugea que le moment était enfin venu. Il lança, d'une voix forte :

« Ça, tu peux y compter, Gustave. Mais il ne faut pas s'emballer comme le font certains et prendre le temps de réfléchir... » L'attaque était directe et Maxime ne pouvait l'ignorer. Il rétorqua :

« C'est pour moi que tu parles, Edmond ? C'est vrai que toi, tu n'as aucune raison de t'emballer. Du fait que tu habites Ganges, ta femme va rarement faire la queue au camion !... » Un murmure d'approbation parcourut l'assemblée, on était enfin entré dans le vif du sujet. Au-dehors, les gens assis en terrasse s'étaient levés et se pressaient à l'entrée pour mieux entendre. Surtout que le vieux Gustave insistait :

« Pourtant, il se dit que tu répareras l'église en premier ? ...

– Jamais de la vie ! J'ai toujours dit que la priorité était de s'occuper de l'eau ! D'ailleurs, si on m'avait laissé faire, je me serais entendu tranquillement avec le Cascou et on n'en serait pas là… »

Valat mentait outrageusement. Il taisait sans vergogne les engagements pris de longue date avec le curé et faisait siens les arguments de son adversaire ce qui est, tout le monde le sait, la marque d'un sens politique accompli.

« Eh bien, tu ne manques pas d'estomac ! siffla Fouillette.

– Tu ne dis pas la vérité !… renchérit Maxime. Personne ne t'a jamais entendu dire ça ! »

Il y eut des exclamations diverses dans l'assistance, l'ambiance s'échauffait.

« Si fait ! rétorqua le cousin Eusèbe. Edmond m'a toujours dit que sa priorité serait de s'entendre avec le Cascou. S'il ne s'en vantait pas, c'était pour ne pas braquer Clovis…

– Demandez à mes collègues, je leur ai parlé maintes fois de cette affaire…

– C'est vrai, c'est vrai…, acquiescèrent mollement les conseillers qui l'avaient accompagné.

– C'est la pure vérité », surenchérit plus fermement Eusèbe. Maxime n'en pouvait plus devant autant de mauvaise foi. Il rugit :

« Eh bien vous êtes de sacrés menteurs ! Moi, je suis au conseil municipal depuis deux ans et je n'ai jamais entendu dire quoi que ce soit à ce sujet…

– Moi non plus ! » s'exclama Panafieu, la mine indignée. Les choses prenaient une tournure intéressante. Sur le pas de la porte, les gens se bousculaient et envahissaient la salle petit à petit, malgré les protestations de Marcelle qui ne pouvait plus circuler pour son service.

« Menteur, moi ? » siffla Eusèbe en s'avançant.

Mais Valat le retint d'un geste du bras. Il voulait avant tout rester maître de lui. Cela ne servait à rien de répondre aux provocations.

« Il n'y a pas de menteur ici ! affirma-t-il calmement. Je dis simplement que je voulais m'entendre à l'amiable avec le Cascou et voilà où l'on en est… »

Disant cela, il fixait son adversaire, l'air accusateur.

« La vérité, c'est que Maxime est pour le progrès et toi pour l'église ! tonna Panafieu, le visage rouge de colère.

– Si je me présente, ajouta celui-ci, ravi de cette aide précieuse, c'est pour avoir l'eau le plus vite possible, pas dans dix ans ! C'est ça être moderne… »

Il y eut quelques applaudissements, au grand dam de Valat que l'intervention de son ennemi juré contrariait. Il valait mieux s'en prendre directement à son concurrent.

« C'est bien beau de parler comme ça. Mais comment feras-tu pour convaincre le Cascou de céder son terrain ? Il est fâché contre toi !

– Je l'ai dit, je l'exproprie…

– Ah oui ? Mais est-ce que tu sais qu'il faudra au moins deux ou trois ans de formalités avant d'arriver à un résultat ? Alors seulement tu pourras commencer à faire exécuter des travaux. Comment tu vas t'y prendre ?

– Eh bien on verra…

– On verra quoi ? Il ne suffit pas de dire : j'exproprie et je fais construire un château d'eau ! Il sera nécessaire de sonder la nappe, d'en évaluer la profondeur, de faire effectuer des devis après avoir lancé des appels d'offre, le sais-tu ?

– … »

On entendit des murmures approbateurs qui rassurèrent Valat. Celui-ci se sentait maintenant parfaitement à l'aise, d'autant que Maxime gardait un silence embarrassé. Il ajouta :

« Après il faudra analyser l'eau et amener une ligne électrique jusqu'au bassin pour faire fonctionner la future station de pompage. Tout cela demandera du temps…

– Le conseiller général nous aidera, se hasarda Maxime. Il accélérera les choses…

– Ah oui ? Dis-moi, à qui t'adresseras-tu pour faire étudier le projet ?

– …

– Arrête tes salades, lâcha Fouillette. La vérité, c'est que tu embrouilles tout le monde pour ne pas reconnaître que tu n'es que le larbin du curé !

– Et toi un braconnier ! répliqua Edmond.

– Un buveur de pastis… », renchérit le cousin Eusèbe, méprisant.

Fouillette, furieux, voulut s'approcher mais Henri veillait, sa haute stature bouchant le passage à son frêle ami qui s'écria, par-dessus l'épaule de celui-ci :

– Braconnier peut-être, buveur de pastis, sûrement. Mais moi, je suis un honnête homme et je ne voterai pas pour ton cousin !…

– Et moi, je suis malhonnête ? rugit Eusèbe, la mine courroucée. Répète un peu pour voir…

– Oh pauvre ! Ils vont bientôt se filer des *bouffes*, je me régale », jubila Papillon en se frottant les mains.

Mais Firmin, ayant senti la tension monter dangereusement fit le tour du comptoir et vint s'interposer lui aussi entre les deux groupes.

« Messieurs du calme, du calme, on parlait du problème de l'eau. C'est ça qui nous intéresse…

– *Espille lou Maxime, dis pas res ! Sab pas se parar*[1]… », s'étonna quelqu'un.

Et effectivement, au milieu de toutes ces invectives, Maxime demeurait curieusement muet. En fait, il était assommé par la verve intarissable de Valat et toutes les questions techniques

1. *« Regarde le Maxime, il ne dit rien ! Il ne sait pas se défendre… »*

auxquelles il ne comprenait rien. Il ne pouvait décemment pas avouer que ce serait madame Cabanis qui se chargerait de toutes les démarches et elle n'était malheureusement pas là pour lui donner des réponses! En fait, il prêtait l'oreille à ce qui se disait autour de lui. Il entendait des remarques qui lui était défavorables et cela le troublait: « Valat a raison... », « Sûr que cela ne doit pas être facile... », « *Putaing,* il connaît bien son affaire, l'Edmond!... » Et maintenant, il sentait que ses nerfs commençaient à le lâcher. « Ce salaud a étudié le problème rien que pour venir m'emmerder devant tout le monde... », songeait-il avec rage. Même Panafieu semblait dépassé. Encouragé par ce mutisme, protégé d'un côté par Firmin et de l'autre par Henri, Valat reprit sa démonstration, devinant que la salle lui était maintenant acquise. Il continua:

« Tu as pensé à faire un plan d'amortissement du coût des travaux? Calculé le nombre de compteurs à installer pour savoir comment décider du prix de l'eau?

– Tu me fatigues, avec ton baratin », tenta de dire Maxime, excédé.

La colère montait en lui et il regardait le cou de Valat avec des démangeaisons dans les mains. L'envie lui venait, soudain, d'étrangler ce roquet qui prenait manifestement un grand plaisir à le torturer devant tout le monde en lui parlant sur le ton que l'on prend pour raisonner un enfant attardé. Celui-ci continuait :

« Le malin ? Mais je ne dis que des vérités. Tout ça, il faudra le rembourser...

– ... »

La respiration de Maxime s'accélérait et il sentait d'invisibles forces se fissurer en lui. Il cligna des paupières et, sur sa tempe, une grosse veine se mit à battre avec violence. Henri, qui connaissait bien son ami pour s'être battu à ses côtés dans de nombreuses fêtes, se tenait prêt à le maîtriser. Valat, lui, sentait sa victoire proche. Il voyait bien que Maxime était à bout et il fallait à tout prix lui faire perdre définitivement son sang-froid. Il conclut, impitoyable :

« Et bien moi, j'ai pris la peine d'étudier le sujet à fond au lieu d'aller faire le vantard auprès des femmes devant le camion des pompiers ! »

Il se tourna vers la salle et lança, triomphant :

« En fait, Maxime voudrait faire installer l'eau mais il n'a aucune idée de la façon dont il faudrait s'y prendre et il est fâché avec le propriétaire du terrain ! Ce serait du propre s'il était élu maire ! »

Des applaudissements fusèrent. On entendit quelques exclamations et commentaires admiratifs :

« Il en sait des choses, l'Edmond...

– Oh pauvre ! Comment veux-tu t'en sortir avec tous ces problèmes ? Maxime ne saura pas...

– Moi, je te le dis, il faut qu'un maire soit intelligent pour se *despéguer*[1] de toutes ces embrouilles !... »

Maintenant le menton de Maxime tressautait de colère. Il leva soudain le bras dans un geste excédé, tandis qu'Henri, sentant le danger imminent, se collait contre lui pour tenter de prévenir la bagarre.

« Oh ! Oh ! Oooooh !... Arrête un peu, veux-tu ? »

Dans la salle, on se donnait de grands coups de coude et on entendait des commentaires excités : « *I sens !... Aquobo pétar !... Bas beire !*[2] » Tandis que Valat exultait. « J'ai gagné, se dit-il, il craque !... » Il rigola, singeant Maxime :

« Quoi ? Oh, oh, oooh !...

– Dis-moi ! hurla Maxime, les yeux rivés sur son adversaire, la mine furieuse.

– Je t'écoute !... se moqua Edmond.

– Depuis tout à l'heure, tu joues au maître d'école, tonna Maxime. Et tu sais pas ceci, et tu ignores ça, et comment tu feras ci et comment tu feras ça ? Ça suffit ! Alors, moi, je vais t'en poser une, de question, puisque tu as réponse à tout...

– Vas-y », dit Edmond en croisant les bras, un sourire condescendant aux lèvres.

Chacun retenait son souffle. On attendait impatiemment le moment où Maxime allait perdre

1. *Régionalisme : solutionner quelque chose de compliqué...*

2. *« On y est ! Ça va péter ! Tu vas voir ! »*

définitivement son sang-froid et se jeter sur son adversaire. On s'étonnait même que ce ne soit déjà fait, malgré Henri et Firmin. Mais la tension entre les deux hommes était telle que cela ne pouvait plus tarder.

« Toi qui es si intelligent, vociféra Maxime, les yeux à demi fermés et la tête baissée, manifestement prêt à foncer. Tu le sais, toi, quand une ânesse est en chaleur ?

– Qu'est-ce que tu racontes comme connerie ? demanda Valat, interloqué.

– Je te demande si tu sais quand une ânesse est en chaleur ? réitéra Maxime.

– ...

– Ah ! Tu ne le sais pas ? Eh bien moi je vais t'apprendre une chose : tu es plus con qu'un âne, parce qu'un âne, lui, il le sait quand l'ânesse est en chaleur ! » conclut Maxime, triomphant.

Il y eut d'abord un silence stupéfait, puis Edmond devint écarlate et l'instant d'après il se jeta sur Maxime tandis que dans la salle éclatait un formidable éclat de rire général qui résonna jusque dans les demeures voisines. Heureusement, Fouillette et Henri d'un côté, Firmin et les conseillers de l'autre eurent tôt fait de séparer les deux belligérants. Ses amis entraînèrent Valat qui hurlait à tue-tête :

« Laissez-moi, je vais le démolir ! »

Il était d'autant plus furieux qu'il dut passer au milieu d'une assemblée hilare qui le montrait du doigt en se tapant les cuisses.

Quand Henriette le vit arriver, le visage empourpré et hurlant des imprécations, à moitié porté par son cousin et ses amis qui avaient bien du mal à le maîtriser, elle comprit tout de suite l'étendue du désastre qui avait dû se produire au Trouquet. Elle s'alarma, les bras au ciel :

« Eh bien, que s'est-il passé pour que mon mari soit dans un état pareil ?

– C'est ce con de Maxime, vociféra Edmond dans un langage peu habituel pour lui. Si on ne me l'avait pas enlevé des mains, je le fracassais ! Demande à mes amis… »

Ceux-ci s'empressèrent d'acquiescer avec véhémence et Henriette s'abstint de faire remarquer à son mari que, pour fracasser Maxime, il lui manquait vingt centimètres et des muscles solides. Elle fit asseoir tout le monde et s'affaira dans sa cuisine afin de préparer des boissons, écoutant les hommes qui discutaient avec animation. Edmond semblait maintenant complètement abattu, ne cessant de se lamenter :

« Tout est foutu ! Après les femmes qui m'ont pris à partie, je me suis ridiculisé devant cet imbécile qui sait à peine lire et écrire… »

À quoi les autres répondaient en chœur :

« Jamais de la vie ! Ils se sont bien rendu compte que Maxime était un incapable, allons ! S'ils veulent avoir l'eau, ils savent maintenant que toi seul peux régler ce problème... »

Mais Edmond se lamentait :

« Taisez-vous ! On s'est foutu de ma gueule...

– Ne fais pas une histoire de cette couillonnade. Demain, tout le monde l'aura oubliée..., répétait le chœur.

– Mais enfin, me dira-t-on ce qu'il est arrivé ? » demanda Henriette qui revenait avec un plateau chargé de bouteilles d'apéritif.

On finit par lui expliquer, avec force détails, que son mari avait fait une magistrale démonstration de ses compétences à gérer le problème – combien délicat – de l'eau à Combesèque et démontré toute l'étendue de l'incompétence de Maxime en ce domaine. Celui-ci n'avait pu donner la moindre explication sur la façon dont il comptait s'y prendre pour traiter cette affaire, à part d'affirmer qu'il exproprierait le Cascou ! La foule avait applaudi son mari et approuvé bruyamment son raisonnement, montrant ainsi que les gens lui faisaient entièrement confiance. Et chacun de rajouter un détail qui encensait son mari. Sceptique devant tant d'arguments, Henriette finit par s'exclamer :

« Eh bien ! Après un tel triomphe, je ne comprends vraiment pas comment il se fait que mon mari soit aussi énervé !

– Bof, dit négligemment le cousin Eusèbe, c'est parce que Maxime, se voyant ridicule, a essayé de s'en tirer en sortant une galéjade douteuse sur les ânesses en chaleur… Heureusement qu'on était là, sinon Edmond lui cassait la figure ! »

Quand tout le monde fut parti et qu'Henriette se retrouva seule avec son mari, elle s'installa à côté de lui et, lui mettant la main sur le bras, elle dit tranquillement :

« Alors, mon pauvre Edmond, dans quel pétrin t'es-tu encore fourré ? »

Piqué au vif et peu habitué à entendre son épouse lui parler ainsi, celui-ci réagit vivement. Il se dégagea et lui lança :

« Ah ! Toi, occupe-toi de tes migraines et laisse-moi tranquille !… »

Sans se troubler le moins du monde, Henriette observa la face congestionnée de son époux, secoua la tête, l'air réprobateur, et dit sans s'énerver mais en le fixant dans les yeux :

« Edmond, je te connais bien. Tu es bon dans les affaires, intelligent, brillant dans une conversation. Tu es capable de bien étudier un dossier, d'en cerner toutes les difficultés. Mais, malheureusement, tu ne comprends rien à la mentalité et aux subtilités des gens de ton village natal que tu prétends vouloir administrer et…

– … Je t'interdis…, tenta-t-il de l'interrompre en levant le bras, furieux.

– … Tais-toi ! dit fermement Henriette sans élever la voix, tu m'énerves à t'exciter ! Pour une fois, tu vas m'écouter… »

Vaincu, sidéré par l'assurance de sa femme qu'il n'avait jamais vue dans cet état, elle qui ne lui parlait jamais de politique ou des problèmes du village, il resta coi tandis qu'Henriette lui expliquait :

« Mon cher ami, depuis le début, tu écoutes les conseils de ton ami le curé comme s'il ne te disait que des paroles d'évangile alors qu'il te conduit tout droit à l'échec. Tu le constates toi-même et…

– … Mais je…

– … Et toi qui te crois si clairvoyant, si perspicace, tu ne t'es même pas rendu compte que Maxime avait changé, cet été ! Bien sûr, il se vante un peu, mais il est plus sérieux qu'avant. Il boit moins et je n'ai pas entendu dire qu'il se soit battu dans une fête depuis qu'il a déclaré se présenter comme maire. C'est étonnant, non ? »

Valat lâcha, soudain pensif :

« Ça doit être cette Gustine ! Il se dit qu'elle lui réserve l'exclusivité de ses charmes, depuis son retour de vacances…

– Encore une ânerie que racontent les hommes par jalousie ! s'énerva Henriette. La Gustine ne reçoit plus personne, j'en suis certaine et je me doute de la raison. Enfin…

– Alors quoi ?

– Eh bien, il est évident que Maxime n'est pas fait pour être maire et je suis certaine qu'il n'en a nulle envie. Il faut donc que quelqu'un lui ait demandé de se présenter et réussisse à le convaincre, ce qui n'a pas dû être facile ! Tu ne vois vraiment pas qui ? »

Médusé par cette question qu'il ne s'était jamais posée, Valat regardait son épouse, l'air égaré. Quelqu'un aurait donc demandé à Maxime de se présenter contre lui dans la seule intention de lui porter tort ?

« Je ne comprends pas ! avoua-t-il.

– Réfléchis donc un peu ! dit Henriette, légèrement agacée. Décidément, tu ne comprends rien ! »

Edmond, vexé, regardait son épouse, l'air bête, incapable de penser à quoi que ce soit. Il ne reconnaissait pas cette femme avec qui il vivait depuis maintenant presque trente ans. Elle lui avait donné deux beaux enfants qui faisaient leur chemin, l'un dans l'affaire familiale, l'autre dans l'enseignement mais pour le reste, il l'avait toujours connue superficielle, uniquement préoccupée de ses régimes amaigrissants, de ses crèmes de beauté, de la mode, et ne fréquentant que des personnes aussi légères qu'elle. En fait, il l'avait surtout épousée parce qu'elle était la fille du patron dans le cabinet d'assurances où il avait commencé à travailler comme simple employé. Et voilà qu'Henriette faisait preuve d'une finesse de jugement, d'une sagacité qui le laissaient stupéfait ! Il en était si confondu qu'il n'arrivait vraiment pas à comprendre. Il avoua, piteux :

« Non, je ne vois pas... »

Henriette poussa un soupir excédé.

« Madame Cabanis, voyons ! Il n'y a qu'elle qui soit à la fois assez fine et forte de caractère pour influencer Maxime. C'est elle qui l'a fait élire conseiller municipal ! En fait, c'était pour servir ses desseins et le véritable maire, ce sera elle : l'institutrice connaît les dossiers à fond et sait pouvoir agir discrètement en tant que secrétaire de mairie... »

Valat sursauta. Il mesurait soudain toute l'étendue de sa bêtise. Il ne lui était jamais venu à l'idée, pas plus qu'au curé d'ailleurs, que madame Cabanis pouvait tirer les ficelles en se tenant discrètement en retrait et cela lui paraissait tout à coup si évident qu'il en était anéanti ! Et il fallait que ce soit sa femme qui lui ouvre les yeux !

« Comment n'y ai-je pas pensé plus tôt ! s'exclama-t-il. Elle a dû tout préparer de longue date et a monté les femmes contre moi ! Voilà où est la fameuse liste de Maxime. Je suis foutu !

– Décidément, tu es bien naïf pour quelqu'un qui veut être maire et conseiller général, mon pauvre ami ! Madame Cabanis veut l'eau dans les maisons, pas la mairie. Et toi tu t'affiches sans cesse avec le curé, tu lui fais des promesses pour l'église et tu l'écoutes sans réfléchir...

– ... Tu sais bien pourquoi..., l'interrompit Valat.

– Je le sais, mais c'est une vieille histoire et la vie a changé ! Il serait temps que tu t'en aperçoives si tu veux être élu. Il ne te reste plus beaucoup de jours... »

Valat se taisait. Il s'en voulait cruellement de ne pas avoir su faire preuve du moindre discernement et se demandait s'il était encore temps d'agir. Il se redressa dans son fauteuil, le visage farouche.

« J'irai voir Madame Cabanis !...

– C'est ce que tu aurais dû faire depuis longtemps !...

– Nom de Dieu ! s'exclama-t-il, la mine soudain contrariée. Comment prendre rendez-vous ? Cette semaine il y aura les vendanges, ce ne sera pas facile...

– Ne t'inquiète de rien, dit en souriant Henriette. Je vais rester ici jusqu'aux élections et j'irai faire la queue comme toutes les femmes au camion des pompiers. Comme ça, on ne dira pas que je suis une privilégiée. Et je prendrai soin d'être aimable avec tout le monde. Quant au rendez-vous, je m'en charge...

– Chérie !... s'exclama Edmond en caressant tendrement la main de sa femme, ce qu'il n'avait pas fait depuis bien longtemps, tu es la meilleure des épouses. Et si tu te mets à faire campagne pour moi, alors...

– Oh, je pourrai me passer de mes amies sans peine pour une quinzaine de jours, dit Henriette d'un ton léger. Comme tu me le dis souvent : "ce ne sont que des idiotes !..." Et cela me permettra peut-être de t'empêcher de faire des bêtises... »

d'un ton léger. Comme tu me le dis souvent : "Ce ne sont que des idiots !..." Et cela t'a permis peut-être de t'empêcher de faire des bêtises... »

# XVI

## Les vendanges

DANS UN VILLAGE OÙ la plupart des habitants possédaient une petite vigne afin d'assurer leur propre récolte, il régnait une atmosphère de fête pendant la semaine que duraient les vendanges, couronnement d'une année entière de travail. Elles représentaient à la fois la récompense d'une besogne bien accomplie tout au long des saisons et une angoisse: la crainte qu'une pluie fasse perdre du degré et pourrir les raisins, ou qu'un orage de grêle déchiquette les grappes au dernier moment. Aussi comme toujours il faudrait faire vite pour qu'on puisse enfin respirer, une fois la récolte à l'intérieur! Par chance cette année-là, avec la sécheresse et la chaleur accablante, on n'aurait pas la quantité mais le degré serait plus élevé et tout se présentait sous les meilleurs auspices. Le but étant de faire la « soudure » d'une année à l'autre, comme on disait alors, car personne n'aimait acheter du vin, même si celui que l'on produisait dans ces vallées cévenoles ressemblait à de la piquette.

On s'était organisé longtemps à l'avance et, d'année en année, on s'entraidait entre amis, voisins ou parents. Une journée suffisait généralement à rentrer la récolte d'un propriétaire. Quelquefois moins, rarement plus, aussi allait-on naturellement d'une vigne à l'autre. « On a fini chez toi ? Eh bien on va aller commencer à mon Clauzet, ce n'est pas loin... », entendait-on. Et chacun de partir dans la bonne humeur avec son propre matériel.

Tôt le matin, le village était en émoi : on entendait les grincements des essieux et le hennissement des chevaux qu'on attelait aux charrettes, les cris et les rires des enfants courant en tous sens, les appels, les joyeuses embrassades ; tout cela créait une ambiance de fête !

Dès la veille, on avait préparé les seaux, les serpettes et les *banastes*[1] et depuis des jours les caves étaient prêtes, les fouloirs en place, les cuves récurées, les tonneaux soigneusement nettoyés et « mis

1. *Corbeilles en osier où l'on versait les seaux pleins de raisins. Les hommes les transportaient ensuite sur leur dos jusqu'à la charrette ou à la cave.*

à gonfler[1] », le pressoir prêt à recevoir la *raca*[2], les grappes écrasées gorgées de jus qui donneraient le vin de presse.

Les femmes, les enfants et les personnes âgées coupaient les raisins. Les hommes vidaient les seaux et transportaient les corbeilles pleines sur leur dos jusqu'à la cave en se ménageant des pauses de place en place, toujours au même endroit. Le porteur avait sur sa tête un *cabussau*, une espèce de coussin rempli de paille pour se protéger le cou et la nuque parce qu'une corbeille pesait facilement ses trente-cinq kilos. Pour les vignes les plus éloignées du village, on faisait appel aux propriétaires possédant une charrette qui accomplissaient un ou deux voyages dans la journée. Car en ce temps-là on était solidaires, autant dans le travail que dans les plaisirs. Il pouvait y avoir des zizanies, des fâcheries dans le village mais, lorsqu'il s'agissait de s'entraider, la fraternité primait sur tout!

Le premier soir, les coupeurs ne sentaient plus leurs reins, les porteurs leur cou et le videur ses bras. Les jours suivants on s'habituait et il le fallait bien parce que tant que les vendanges ne seraient pas terminées on irait chez l'un ou l'autre « pour aider

*1. Opération qui permet, après avoir dressé le tonneau, de verser de l'eau sur le dessus pour resserrer les douelles afin que la futaille soit bien étanche, lorsqu'on la remplit de vin.*
*2. Régionalisme.*

à finir ». Mais cela se faisait dans la bonne humeur générale. Dans les vignes, ça plaisantait, ça chantait et tant pis pour la jeune fille qui oubliait une grappe, les jeunes gens se chargeaient de la « farder ». La coupable essayait de fuir, criait, se débattait mais elle avait beau faire, elle était barbouillée de raisin. Et puis le soir, on dressait de grandes tables et tous ceux qui avaient travaillé ensemble partageaient un repas excellent et copieux que la maîtresse de maison veillait à réussir.

Pendant tout ce temps, il flottait sur le village une bonne odeur de vin et de jus sucré qui s'échappait des caves grandes ouvertes. Enfin, le dimanche, une petite fête avec un banquet commun pris sur la place clôturait les vendanges. Jeunes et vieux s'amusaient, dansaient, buvaient un petit coup de trop et on terminait la nuit un peu *ganarre*[1] mais le cœur en joie.

C'est dire si, le lundi matin, Clément Granier était optimiste en se rendant à sa vigne en compagnie de ses amis.

« Cette semaine, personne ne viendra m'emmerder ! lança-t-il gaiement. Les gens auront autre chose à penser qu'à la sécheresse ou aux élections ! »

Il se frotta les mains et ajouta, la mine réjouie :

« Et dans quinze jours, je ne serai plus maire !... »

1. *Ivre.*

Henriette Valat, elle, pensait bien profiter de cette semaine pour s'activer. Elle s'était mis en tête d'aider son mari, afin de lui prouver qu'elle savait réfléchir et n'était pas aussi superficielle qu'il voulait bien le dire.

À la demande du maire, les pompiers avaient adapté les horaires de leurs ravitaillements à ceux des vendangeurs. Ils venaient entre midi et quatorze heures et tard le soir. À ces heures-là, cela permettrait à l'ensemble des femmes ou des jeunes filles de se précipiter pour venir remplir leurs cruches et Henriette avait l'intention de ne rater aucune distribution, en prenant bien soin de s'habiller le plus modestement possible pour ne pas détonner au milieu de ces vendangeuses aux mains tachées, mal fagotées dans leurs habits de travail tout *pégueux*[1] de raisins écrasés.

Dès le lundi midi, elle se présenta au camion, deux gros *orjols*[2] à bout de bras. Elle se mêla à la foule de ses compagnes, s'attardant volontairement, ayant un mot gentil et un sourire pour chacune. Elle savait bien qu'on l'observait avec curiosité, elle que tout le monde avait surnommée la « bourgeoise ». Mais Henriette faisait comme si de rien n'était et veillait à compatir discrètement

1. *Collants, poisseux…*
2. *Cruches.*

avec les villageoises quand l'une d'elles se plaignait de la situation, ne manquant jamais de glisser, la mine déterminée :

« Vous avez raison ! Si mon mari est élu, je veillerai à ce qu'il s'occupe de l'eau en priorité... »

Évidemment, ce militantisme tout dévoué à son mari ne passa pas inaperçu et les commentaires moqueurs fusèrent dans le village. Surtout que l'après-midi Henriette poussa le zèle jusqu'à passer devant les vignes de Germain Cabanis où elle savait trouver la *colle*[1] en train de vendanger. Elle arriva en milieu d'après-midi, pas trop tôt pour ne pas avoir l'air de s'imposer, mais pas trop tard afin d'avoir le temps d'aider un peu, comme s'il était naturel, pour une femme que l'on n'avait jamais vue à la vigne de son mari, de venir aider chez un étranger ! C'est dire si Germain était stupéfait. Jamais, au grand jamais, il n'aurait imaginé la « bourgeoise » en train de couper des raisins, encore moins dans sa propre vigne ! Et pourtant, c'est ce qu'elle était en train de faire depuis déjà une demi-heure sous ses yeux ébahis !

Il était aux environs de quatre heures quand il l'avait vue apparaître, s'amenant par la route du bas comme si elle se promenait innocemment dans la campagne. Elle avait salué gaiement tout

*1. Régionalisme. Ensemble des vendangeurs qui travaillent pour le propriétaire des vignes.*

le monde depuis le chemin puis s'était approchée, souriante, complimentant le maître des lieux d'avoir de si belles vignes. Enfin, à l'ébahissement de tout le monde, elle avait sorti une serpette de la poche du vieux pantalon qu'elle portait et s'était mise au travail sans plus de manières à la même rangée que madame Cabanis, jetant les grappes dans le seau de celle-ci.

« Ça va me rappeler ma jeunesse !... » s'était-elle exclamée en éclatant de rire.

Bien sûr, les commentaires à voix basse s'étaient multipliés, sans parler des coups de coude et des clins d'œil entendus. Mais Germain, tout en se doutant que cette visite n'était pas tout à fait fortuite, avait pensé qu'il eût été malpoli d'empêcher Henriette de travailler et qu'un petit coup de main ne se refuse pas.

Pendant un long moment, Alice et Henriette se contentèrent de travailler en parlant de futilités tout en s'observant attentivement à travers le rideau des feuilles de vigne qu'elles écartaient pour couper les grappes. Chacune cherchait à deviner sur le visage de l'autre un reflet de ce qu'elle avait au fond du cœur. Sans être le moins du monde fâchées, les deux femmes s'ignoraient, n'ayant pas souvent l'occasion de se croiser. Mais un étrange lien les unissait dorénavant. L'une voulant aider son mari à être maire alors qu'il se trouvait dans une situation délicate, l'autre souhaitant secrètement la même chose, mais ne pouvant avouer toutes les manœuvres cachées qu'elle avait entreprises, allant jusqu'à embrigader des femmes pour se présenter sur une liste dans la seule intention de favoriser l'installation de l'eau courante à Combesèque !

Ce fut Henriette qui fit naturellement le premier pas. Elle s'assura d'abord que nulle oreille indiscrète ne pouvait l'entendre, car elle voyait bien que l'on chuchotait en lui jetant des regards furtifs, puis elle souffla à travers le feuillage :

« Mon mari désirerait vous voir en tête à tête…

– Quand cela ? » demanda madame Cabanis sur le même ton.

Cette fois, la conversation allait dans le sens que désiraient les deux femmes. Toutefois, Alice restait sur ses gardes, attendant que la visiteuse dévoile ses intentions. Mais Henriette, qui avait à peu près tout deviné des intrigues de l'institutrice et de l'impasse où ses démarches l'avaient plongée, décida de parler clairement. Elle dit :

« Le plus tôt possible. Je crois que vous auriez intérêt à vous entendre pour les élections, mon mari et vous. Edmond a beaucoup de choses à vous expliquer… »

Alice était surprise de tant de spontanéité de la part de son interlocutrice. En fait, elle se sentait soulagée, se disant qu'une conversation franche et directe permettrait peut-être de dissiper tous les malentendus qui s'étaient créés depuis le début de l'été et de trouver une solution profitable aux deux parties. Elle décida de répondre aussi sincèrement :

« Cela me paraît difficile en ce moment, tout le monde vendange ! Mais on pourrait se voir samedi soir, à l'heure de l'apéritif ? »

Henriette réfléchissait. Il ne pouvait rien se produire dans la semaine qui pourrait infléchir les choses d'une manière ou d'une autre. Le Cascou ne changerait pas brusquement d'avis et les gens étaient trop occupés pour s'intéresser aux élections. Edmond lui-même vendangeait le vendredi. En revanche, il valait mieux que la rencontre ait lieu avant la fête. Ensuite, il resterait encore un peu de temps jusqu'au dimanche suivant pour régler d'éventuelles difficultés. Elle répondit :

« Soit. Cela me paraît une bonne idée... »

Les deux femmes travaillèrent un bon moment sans parler, chacune restant plongée dans ses propres pensées. Tout en vidant les seaux, Germain les observait sans rien dire, intrigué, se doutant bien qu'une entente secrète était en train de se conclure.

« Vous ne voulez pas vous reposer un peu, Henriette ? demanda-t-il en s'approchant. Vous n'avez pas l'habitude... » Celle-ci éclata joyeusement de rire et s'exclama à haute voix :

« Cela me fait le plus grand bien de vendanger un peu, Germain. J'ai décidé de rester au village et de prendre un peu d'exercice, pendant quelque temps. Il faut que je maigrisse... » Mais dès que celui-ci se fut éloigné, elle ajouta, fixant Alice :

« Vous savez, je crois que vous aurez des problèmes avec Maxime, il faudra que vous vous occupiez de tout... »

Elle hésita un instant, puis dit encore, dans un souffle :

« Mon mari est quand même plus capable que lui... Et puis le Cascou est si remonté contre votre protégé !

– Je suis bien d'accord avec vous..., soupira Alice. Vous direz à votre mari que la seule chose que je désire, c'est l'eau courante à Combesèque. »

Il y eut un silence, pendant lequel les deux femmes s'activèrent. Enfin, madame Cabanis osa avouer ce qui la tracassait :

« Mais quand même, Henriette, je trouve que votre mari se laisse trop influencer par Monsieur le curé...

– Je suis entièrement d'accord avec vous, je lui ai déjà fait la leçon à ce sujet et je veillerai à ce que cela change, à l'avenir. » Elle se redressa, prit le seau à demi plein de raisins pour le poser sous une nouvelle souche tandis que madame Cabanis caressait ses reins douloureux. Maintenant, les deux femmes se trouvaient face à face. Henriette lâcha, le visage grave :

« Edmond est un homme droit, Alice. Il attache beaucoup d'importance au fait de respecter certains engagements, même s'ils sont très anciens et n'ont plus aucun sens... Je m'efforcerai de le lui faire comprendre. Quant à l'eau, c'est notre affaire à nous, les femmes. Nous avons intérêt à nous entraider, si nous voulons arriver à quelque chose... »

Elle se tut. Un vendangeur passait à proximité.

« J'écouterai attentivement votre mari, murmura Alice dès qu'elles furent à nouveau seules. Je suis certaine que nous nous entendrons, Edmond et moi... »

Les deux femmes se sourirent. L'essentiel était dit, elles s'étaient comprises à demi-mot. Madame Cabanis eut une pensée pour Maxime. Comment ferait-elle pour expliquer à celui-ci qu'elle ne désirait finalement pas d'une deuxième liste, au cas où Valat et elle trouveraient un compromis ? Elle haussa les épaules, se disant qu'on verrait bien. Soudain, un cri éclata. Deux garçons, une grappe à la main, couraient derrière une jeune fille qui tentait de leur échapper. Tout le monde s'arrêta de travailler pour assister à ce spectacle réjouissant : une fille en train de se faire « farder ». En cet instant, l'institutrice ne pensait plus à Maxime.

On se doute bien que les deux heures passées par Henriette à la vigne de Germain furent abondamment commentées dans le village. On supputait sur une entente secrète entre les deux femmes pour les élections, une initiative osée pour convaincre le Cascou de céder son terrain à l'amiable ou encore une manœuvre destinée à contourner les désirs du curé au sujet des travaux de son église. On les observait attentivement toutes deux sans rien pouvoir deviner de leurs intentions réelles, ce qui exaspérait tout le monde et faisait dire les pires absurdités. Ainsi les gens se perdaient en conjectures sans trouver de réponse satisfaisante, d'autant que chacun s'étonnait de voir Henriette venir à chaque distribution d'eau modestement vêtue. De plus, son attitude aimable et, surtout, ses promesses souvent répétées d'influencer son mari pour qu'il installe l'eau surprenaient. Mais chacun était très occupé et comme Henriette passait pour une femme superficielle, les uns et les autres finissaient toujours par retourner à leurs tâches en faisant un geste du doigt sur la tempe qui signifiait : « Elle est toquée. »

Malgré tout, cette rencontre entre madame Cabanis et Henriette avait fâché Maxime qui se posait beaucoup de questions. D'autant que l'institutrice, rencontrée au hasard d'un chemin, n'avait rien voulu lui dire.

« Est-ce que je dois toujours me préparer à être candidat ? » avait-il demandé discrètement, l'air soucieux. « Nous verrons cela dimanche, Maxime. Il n'y a rien qui presse… », lui avait glissé Alice avant de s'esquiver prestement pour rejoindre son groupe de vendangeurs. Il était resté planté au milieu du chemin, perplexe, et cette désinvolture de l'institutrice l'avait tellement contrarié qu'il alla rendre visite le soir même à l'oncle Charles afin de lui exprimer ses doutes :

« Madame Cabanis me force à me présenter comme maire alors que je ne voulais pas, avait-il expliqué. Elle monte soi-disant une liste dont je ne connais que deux noms sous prétexte que nous avons le temps jusqu'à la veille des élections pour la déposer. Et maintenant que nous arrivons au but, et alors que j'ai enfoncé Edmond l'autre jour au Trouquet, elle manigance avec Henriette je ne sais quelle machination en me laissant dans l'incertitude la plus totale. Comprenne qui pourra ! »

L'oncle Charles était certain que les deux femmes étaient en train de s'entendre sur le dos de son neveu. Toutefois, celui-ci était jeune et n'avait pas encore fondé un foyer. De plus, son inexpérience et le fait que l'institutrice l'ait lancé dans une aventure pour le moins hasardeuse, surtout depuis sa grave fâcherie avec le Cascou, représentaient un gros handicap. Pour convaincre celui-ci de céder son terrain, les femmes seraient plus efficaces que les menaces d'expropriation, vu la tournure des événements. Il convenait cependant de ne pas décourager Maxime, sait-on jamais… Il répondit prudemment, après un long moment de réflexion :

« L'important c'est d'avoir l'eau à Combesèque, Maxime, et si les femmes s'y mettent, il vaut mieux les laisser faire. Ce sont elles qui mènent le monde…

– Mais les femmes sont pour moi, tonton et l'Edmond, je lui ai rivé son clou au Trouquet, l'autre soir !

– Bien sûr, bien sûr, mon fils. Mais le Cascou est remonté contre toi. Peut-être qu'il faudra laisser un peu agir les autres si tu veux qu'il se calme… »

Puis, voyant la mine dépitée de Maxime, il ajouta très vite :

« Surtout ne sois pas vexé, c'est grâce à toi si la situation s'est débloquée. Ce n'est pas rien tout de même !

– Mais jusqu'à maintenant tu me conseillais de me présenter, tonton ! protesta Maxime. Et j'ai l'impression que tu changes d'avis, toi aussi ? On se fout de moi !… »

L'oncle Charles leva une main apaisante et ajouta, en tapotant l'épaule de son neveu :

« Allons, allons, je n'ai pas changé d'opinion, mon garçon. Je te demande seulement de rester tranquille jusqu'à dimanche. Nous verrons bien à ce moment-là ce qu'il convient de faire une fois que Madame Cabanis t'aura parlé… »

Maxime rentra directement chez lui sans même passer par le Trouquet, l'esprit encore plus troublé qu'avant sa visite. Alors qu'il croyait toucher au but, avec le soutien des femmes et après l'affrontement verbal au cours duquel il avait ridiculisé Valat, il se demandait s'il ne se tramait pas une conspiration pour l'écarter. Il avait le sentiment très vif qu'on le manipulait de tous bords et cela l'énervait terriblement.

Le mercredi fut une journée particulièrement chaude. Aussi Henriette qui, vers midi et demi, montait la rue escarpée menant à la cave de son mari suffoquait-elle en portant à bout de bras les deux cruches d'eau qu'elle venait de chercher au camion. Elle posa sa charge et s'épongea le front en songeant que, décidément, elle faisait beaucoup d'effort pour Edmond ! Lui en serait-il reconnaissant ? Elle s'en moquait, voulant simplement lui montrer qu'elle n'était pas la femme légère et idiote qu'il imaginait.

Celui-ci avait sorti deux tonneaux de cinq cents litres et les avait dressés devant le portail, dans la ruelle où se trouvait la cave, afin de les mettre à « gonfler ». Il fallait les arroser au moins deux fois par jour et, d'habitude, c'était le cousin d'Edmond qui se chargeait de cette corvée. Mais cette année, Henriette, dans le souci d'être agréable à son mari et de se montrer active aux yeux des villageois, y compris dans les corvées les plus dures, avait insisté pour le faire elle-même. En se baissant pour reprendre ses deux *orjols*, elle soupira, se demandant si elle ne faisait tout de même pas un peu trop de zèle ! Toutefois, elle pouvait se montrer satisfaite. Oh ! Elle savait bien qu'on se moquait dans son dos et que chacun se gaussait de ses initiatives. Peu lui importait. On la voyait à l'œuvre, les femmes elles-mêmes commençaient à lui sourire gentiment et son mari, à qui elle avait annoncé la bonne nouvelle par téléphone, était heureux d'avoir un rendez-vous le samedi soir avec l'institutrice.

Arrivée devant le portail, Henriette posa ses cruches, s'essuya une dernière fois le front et commença à arroser doucement les tonneaux. Au moment où elle levait le bras pour remplir le fond, quelque chose l'intrigua et elle se figea. Son mari avait disposé des sacs de jute soigneusement tendus sur les futailles. Ce procédé permettait de garder l'humidité pendant longtemps tout en économisant l'eau. De plus, les fûts gonflaient plus vite. Or l'empilement était légèrement soulevé alors que le matin même il était encore bien tendu ! Henriette fronça les sourcils. Un gamin était-il passé par là ? Il fallait qu'elle en ait le cœur net. De son bras libre elle souleva les épaisseurs de toile et ce qu'elle vit lui fit lâcher la cruche d'eau qui se renversa. Elle poussa un cri et, sans réfléchir, partit en courant. Il lui fallait prévenir le maire de toute urgence…

Henriette savait trouver celui-ci chez son fils aîné, François, pour qui il vendangeait ce jour-là ; elle surgit alors que la *colle* était en plein repas. La course lui avait fleuri les joues, ébouriffé les cheveux et son corsage s'agitait au rythme de son souffle court. C'est dire si l'arrivée intempestive de la « bourgeoise » au milieu des rires et des discussions animées fit sensation ! À voir sa mine effarée, Clément comprit qu'un grave problème avait encore surgi. Dans le silence qui s'était soudain installé, il s'était à demi dressé de sa chaise, les sourcils froncés, les bras levés au ciel. Il commença par se lamenter :

« Je ne serai donc jamais tranquille, à dix jours seulement des élections !...

– Clément il faut venir, vite !... cria Henriette, l'air tragique.

– Quoi encore ? rugit Clément, excédé. Les pompiers ne veulent plus venir ? C'est pour un adultère ? Un incendie ? Un assassinat ? Je démissionne ! »

Mais Henriette s'était approchée et le tirait par la manche.

« C'est à la cave d'Edmond ! On a commis un grave forfait...

– À la cave ! » s'écria Clément en écartant vivement sa chaise. Déjà il s'élançait, talonné par Henriette, sans même avoir pris le temps de dénouer la serviette qu'il avait autour du cou tandis que son fils et les quatre hommes qui se trouvaient dans l'assistance suivaient le mouvement, aiguillonnés par le souci de prêter main-forte si cela s'avérait nécessaire autant que pour satisfaire une curiosité poussée au paroxysme.

« C'est grave ! On n'a jamais vu ça à Combesèque, dit Clément.

– C'est grave !... » confirmèrent les hommes d'une seule voix. La petite troupe entourait le tonneau débarrassé de ses sacs de jute tandis qu'Henriette, un peu à l'écart, se lamentait.

« Vous vous rendez compte, Clément ? Qu'avons-nous fait, Edmond et moi, pour mériter une telle méchanceté ? »

Les hommes acquiesçaient en silence, contemplant, atterrés, la barrique dressée devant eux. C'était une belle futaille en chêne de cinq cents litres dans laquelle Edmond mettait directement le vin soutiré de la cuve afin qu'il finisse de s'y bonifier. Elle ne servirait plus à rien, désormais. Une main malveillante avait fendu le fond d'un vigoureux coup de hachette, celle-là même qu'Edmond accrochait à un clou à l'entrée de la cave grande ouverte et que l'on avait abandonnée sous la pile de sacs !... Le malfaiteur avait dû passer plusieurs fois devant la porte, repérer l'outil, puis profiter d'un moment où il était à peu près certain de ne trouver personne pour accomplir son forfait... Or, à Combesèque, si on pouvait se fâcher pour une poignée de cerises cueillies sur l'arbre du voisin, pour un arbre abattu sur une limite ou un droit de passage, il y avait une règle absolue que chacun respectait scrupuleusement, c'était de ne jamais s'en prendre au matériel ou à la propriété d'autrui. Un paysan pouvait oublier sans crainte une pioche ou une faux sur un traversier, plusieurs jours après il la retrouvait au même endroit si, entre-temps, personne n'avait pris la peine de la lui rapporter à la maison ! Et voilà qu'un des leurs avait commis la faute suprême : fracasser un fût de cinq cents litres, un tonneau certainement plus que centenaire, une barrique héritée des ancêtres !... Clément résuma l'opinion générale d'une phrase catégorique :

« C'est plus grave qu'un crime !

– Vous êtes certaine que ce matin il n'y avait rien, Henriette ? demanda le fils du maire.

– Je vous l'assure ! Je suis venue à huit heures verser la cruche que j'avais laissée sur place, hier au soir, et tout était normal », gémit-elle en se tordant les mains.

Il y eut un silence, puis Marcel Pagès, un des hommes qui avaient suivi, remarqua :

« N'empêche, celui qui a fait ça en plein jour a pris de sacrés risques !

– Bof, presque tout le monde vendange ! fit remarquer un autre. Il n'y a personne dans les rues, au milieu de la matinée... »

Ils étaient tous si consternés qu'ils restèrent un moment silencieux, perdus dans leurs pensées. Puis François osa dire, à voix basse :

« Le Cascou est devenu fou…

– Tais-toi, malheureux ! dit vivement son père. On ne peut pas accuser sans preuve et Clovis est incapable de faire une chose pareille. J'en mettrais ma main au feu…

– Nom de Dieu, regardez ça ! » rugit Marcel Pagès.

La curiosité l'avait poussé à entrer dans la cave, pour voir s'il n'y avait rien d'anormal quand son regard avait été attiré par un chiffon noir tombé au pied de l'établi d'où l'on avait détaché la hachette. Et en se baissant pour le ramasser, il venait de s'apercevoir qu'il s'agissait en fait d'un foulard de femme ! Ils se précipitèrent, au comble de la stupéfaction, chacun voulant prendre l'objet en main.

« Une femme ? s'exclama Clément en mettant la main dessus. Comment imaginer ?

– Mon mari a reçu des menaces, l'autre jour, au camion ! s'écria Henriette. C'est cette rombière de Jeanne Panafieu qui aura fait le coup !…

– Elle est forte comme un homme !… s'exclama Pagès.

– Arrêtez, malheureux ! C'est de la diffamation…

– Et pourtant, c'est vrai qu'elle a menacé Edmond, insista François…

– Ça suffit, intima Clément. Jeanne est soupe au lait et elle est parfaitement capable de mettre une gifle à quelqu'un sur un coup de colère, fût-il un homme solide. Mais si elle a quelque chose à dire, elle le fait en face. Ce n'est pas une traîtresse ! »

Il examina attentivement le triangle d'étoffe. Il s'agissait d'un fichu dont les femmes se couvrent les épaules ou la tête. Il était propre et en bon état. Il ne s'agissait donc pas d'un chiffon.

« Je me demande comment une femme a pu perdre son châle sans s'en apercevoir, dit-il, pensif. Il n'est pas à vous, Henriette ?

– Cette horreur ? Jamais de la vie ! s'indigna celle-ci.

– Elle devait avoir peur de se faire surprendre et a dû s'affoler… », supputa Pagès.

Clément réfléchissait, profondément préoccupé. Il se trouvait devant un problème grave qui le navrait au plus haut point. Et il fallait que cela arrive en pleine période des vendanges ! Il redoutait la décision qu'il avait à prendre, mais comment faire autrement ? Cette affaire le dépassait et il fallait frapper un grand coup afin de ramener le calme à Combesèque, si c'était encore possible ! Il se tourna vers Henriette et dit tristement :

« Prévenez Edmond, Henriette ; quant à moi, je vais appeler les gendarmes. Il faut en finir avec toutes ces histoires… »

## XVII

## La fureur de Fouillette

L'ADJUDANT-CHEF RAYNAUD SOUFFLAIT COMME un phoque en montant le raidillon conduisant à la cave d'Edmond. Il faut dire que c'était un homme lourd et lent, bâti comme un Gaulois dont il avait les épaisses moustaches, et le large ceinturon sanglant son uniforme faisait ressortir les bourrelets de graisse qui tressautaient à chaque effort. Derrière lui venaient le gendarme Gonzalès, un grand sec, au nez courbe, aux traits aigus, et l'inévitable Papillon qui peinait autant que Raynaud. Suivaient le maire, Edmond Valat venu exprès de Ganges et madame Cabanis.

Arrivé devant le tonneau, le gradé soupira longuement. L'effort l'avait épuisé. Il souleva son képi, épongea son visage rougeaud tandis que son regard observait attentivement le fût saboté. Il passa la main sur la brèche, réfléchit, fit demi-tour, entra dans la cave et s'arrêta enfin devant l'établi où l'on avait trouvé le foulard. Gonzalès le suivait de près. Raynaud demanda, pensif:

« Donc hier, vers huit heures du matin, il ne s'était rien passé et à midi, l'affaire était faite?

– C'est ce que ma femme a constaté, acquiesça Edmond, l'air outré. Franchement, je n'aurais pas cru qu'un scélérat soit capable de faire une chose pareille à Combesèque!

– Ou une scélérate..., fit remarquer Gonzalès, puisqu'on a retrouvé un foulard sur les lieux. »

L'adjudant-chef était sceptique:

« Oh! Le ou la coupable peut avoir trouvé ce foulard et l'avoir mis là pour détourner les soupçons... »

La veille, Clément Granier avait prévenu la gendarmerie de Ganges et les pandores étaient arrivés de bonne heure à la mairie où il les attendait en compagnie de son adjoint et du garde champêtre. Quant à l'institutrice, elle avait argué de sa qualité de secrétaire de mairie pour imposer sa présence. En fait, cette affaire l'inquiétait au plus haut point et elle voulait savoir exactement de quoi il s'agissait. Après les salutations d'usage et dans un souci de précision, Clément avait raconté en détail toutes les histoires qui se succédaient depuis le début de l'été. Les mystérieuses dénonciations anonymes, les jalousies, les fâcheries en tout genre qui entraînaient un mauvais climat dans le village. Enfin, il avait terminé par le plus grave: le manque d'eau qui exacerbait toutes les rancœurs, l'entêtement du Cascou à ne pas céder son terrain et, à présent, ce grave forfait qui touchait directement le futur maire !

« On n'a jamais vu un délit pareil à Combesèque, avait-il conclu. C'est pire qu'un crime !...

– C'était un fût plus que centenaire, avait renchéri Valat, indigné. Si je tenais le salaud qui a fait ça !... »

L'adjudant-chef Raynaud avait enregistré la plainte de la victime, examiné attentivement le foulard et maintenant il était là, sa lourde silhouette plantée devant l'établi, manifestement dubitatif. Il s'empara de la hachette que Valat avait remise à sa place. C'était une herminette toute simple comme il y en avait beaucoup dans les caves. On s'en servait généralement pour élaguer les arbres ou pour couper du petit bois. Il passa le pouce sur le tranchant et sifflota, puis, sous le regard attentif des personnes présentes, il s'avança vers le tonneau et fit le geste de frapper.

« C'est vrai qu'une femme aurait pu faire le coup ! laissa-t-il tomber. Il ne faut pas beaucoup de force pour fendre une barrique avec un outil aussi bien aiguisé... »

Edmond n'avait pas dormi de la nuit et il tournait autour de l'adjudant-chef, visiblement très énervé. Il se lamenta, les bras levés au ciel :

« Je vendange demain. Où je mettrai mon vin quand je vais décuver ? »

Clément s'empressa de le rassurer :

« Ne t'inquiète pas ! J'ai une pièce de six cents litres dont je n'ai pas besoin, je te la prêterai... »

Mais Edmond était furieux. Il donna un coup de pied rageur dans la barrique fendue et laissa éclater son amertume :

« Je me dévoue pour le village, je suis aimable avec tout le monde, je veux m'investir pour améliorer le bien-être de chacun et voilà le résultat, on me hait ! Les femmes m'insultent, me menacent, les hommes se sont moqués de moi au Trouquet et maintenant on s'attaque à mon bien le plus précieux : celui de mes ancêtres, c'est injuste !

– Allons, allons, tempéra madame Cabanis, n'exagérez pas ! Les femmes en ont marre de la sécheresse et de devoir se débrouiller avec quelques cruches d'eau par jour depuis un bon moment. Pourtant, je ne pense pas qu'elles soient remontées contre vous. Il suffirait d'une promesse qui leur laisse de l'espoir, au sujet de l'eau... »

Mais Valat était désabusé. Pensif, il caressa les douelles fracassées, songea tristement qu'il pouvait sans problème supporter les insultes, les affrontements de toutes sortes et les méchancetés ordinaires. Mais que quelqu'un ait assez de haine pour venir en plein jour détruire un bien provenant de ses aïeux, il ne pouvait le supporter ! Il haussa les épaules et dit, avec une moue amère :

« J'en ai assez ! De l'eau, de cet imbécile de Cascou et de ce fanfaron de Maxime qui ne connaît rien à rien et ne cesse de se vanter auprès des femmes ! Finalement, j'ai bien envie de tout laisser tomber puisqu'on me veut du mal…

– Qu'est-ce que tu racontes ? s'exclama Clément, brusquement inquiet. Je comprends ta colère, mais nous allons te soutenir parce que cette triste affaire va indigner tout le monde ! Nous avons besoin de tes compétences…

– Bof, mes compétences, mes clients aussi en ont besoin, laissa tomber Valat. Aujourd'hui, j'avais des rendez-vous importants et j'ai dû les annuler à cause d'un fou, ou d'une folle ! Après tout, les Combeséquois n'ont qu'à se démerder… »

C'était au tour de madame Cabanis de s'alerter. Elle avait pensé s'entendre avec Edmond et laisser tomber Maxime en expliquant à celui-ci que vu la situation et sa fâcherie avec le Cascou, il valait mieux qu'il se retire de la compétition. Une place d'adjoint adoucirait sa déception. Mais si Edmond se mettait dans la tête de ne plus vouloir se présenter, où allait-on ? Faute d'avoir deux candidats en concurrence, on risquait maintenant de n'en avoir aucun ! Le problème était qu'elle ne pouvait pas trop s'avancer avant d'avoir parlé avec Valat et qu'elle ne voulait surtout pas dévoiler leur rendez-vous devant plusieurs témoins. Elle suggéra, sans se compromettre :

« D'ici samedi, je pense que la situation se décantera, Edmond. On finira bien par découvrir le coupable…

– J'en doute…, soupira celui-ci. Je trouve même que les choses s'aggravent singulièrement ! »

Puis, se tournant vers l'adjudant-chef qui fouinait dans le garage en compagnie de Gonzalès à la recherche d'un éventuel indice, il ajouta :

« Que comptez-vous faire, mon adjudant ? » Celui-ci s'approcha, l'air indécis.

« Eh bien, on ne peut pas convoquer tous les Combeséquois pour prendre les empreintes et demander aux femmes si elles n'ont pas perdu un foulard…

– Pour l'instant nous ne savons rien et ce fichu ne signifie pas grand-chose…, ajouta Gonzalès. Et puis il n'y a pas eu mort d'homme, tout de même !… »

Cette remarque indigna Edmond :

« Permettez-moi de ne pas avoir la même opinion que vous quant à la gravité des faits ! siffla-t-il. Si je comprends bien, vous n'allez rien faire et moi… »

L'adjudant-chef n'aimait pas que l'on mette en doute ses compétences ni son autorité. Il leva la main, coupant l'envolée d'Edmond :

« … Du calme, Monsieur Valat. Nous viendrons tous les jours exercer une surveillance dans le village jusqu'aux élections. Espérons que notre seule présence suffira à calmer les malveillances. Et puis, qui sait ? Il arrive souvent qu'un témoin inattendu se manifeste discrètement. Surtout si notre présence quotidienne le rassure…

– Quant à toi, ajouta Clément en se tournant vers Papillon, je veux te voir traîner dans le village toute la journée. Et tâche d'ouvrir l'œil ! »

Valat n'était guère convaincu de l'efficacité de ces bonnes intentions. Il soupira :

« Bon, je vendange demain et j'ai du travail à finir à Ganges. Je vous quitte. »

Il tourna les talons et s'éloigna d'un pas vif sous les yeux de la petite compagnie, montrant ainsi son exaspération.

Les gendarmes patrouillèrent toute la matinée, s'attardant ostensiblement ici ou là, observant les moindres faits et gestes des rares Combeséquois qui se trouvaient présents dans le village en cette période de vendanges. L'après-midi, ce fut Papillon, sanglé dans son magnifique uniforme de garde champêtre et le képi vissé sur son énorme crâne qui les remplaça, vérifiant tous les recoins, les plus petites ruelles et pénétrant dans plusieurs caves où se trouvaient parfois des hommes en train de mouliner les raisins. Le but n'était pas tellement de trouver des indices ou de chercher un coupable, mais plutôt d'impressionner les gens en montrant que chacun se trouvait sous une surveillance vigilante.

Après le forfait perpétré au détriment de Valat, Clément avait craint que la venue des pandores ne produise l'effet d'une bombe et que ces rondes n'indisposent les gens. Mais chacun était bien trop occupé à sa tâche pour se soucier des allées et venues de la maréchaussée. D'ailleurs, les villageois étaient lassés de toutes ces histoires mystérieuses qui assombrissaient la bonne entente de leur village, surtout dans cette période d'entraide et de joie. Aussi le crime dont Edmond avait été victime avait-il profondément indigné tout le monde. La présence d'hommes en uniforme rassurait donc les Combeséquois et laissait espérer que le coupable serait enfin démasqué. Les malintentionnés n'avaient qu'à bien se tenir!

L'adjudant-chef Raynaud organisa un roulement avec le garde champêtre. Ils feraient des rondes à tour de rôle le matin et l'après-midi. Ce jour-là, les gendarmes resteraient à Combesèque jusqu'en début d'après-midi, le garde champêtre prenant le relais. Ainsi il y aurait toujours quelqu'un en uniforme dans les rues jusqu'aux élections. Papillon, ravi de la mission qu'on lui confiait, avait poussé le zèle jusqu'à promettre de veiller discrètement, le soir venu, prétextant que les méfaits se produisent souvent la nuit. Il voulait aussi s'assurer que Rosine restait dans le droit chemin, lorsqu'elle faisait sa tournée des chats… Clément Granier se sentait un peu plus tranquille : il espérait enfin arriver aux élections sans qu'une nouvelle histoire ne vienne attiser les rancunes…

Le jeudi soir, vers dix-neuf heures, le garde champêtre se dirigea tranquillement vers le camion des pompiers arrivé un peu plus tôt. De nombreuses femmes étaient déjà là, pressées de se faire servir. Il était bientôt l'heure de manger et les vendangeurs étaient affamés.

Papillon salua à la ronde, puis s'assit au bout du banc d'où il avait l'habitude d'écouter les bavardages, espérant toujours entendre une confidence qui pourrait lui être utile. Tout en débouclant son ceinturon qui le serrait un peu, il soupira d'aise. Les tournées qu'il effectuait sans relâche le fatiguaient et il avait mal aux pieds. Il s'apprêtait à allonger les jambes lorsque sa chaussure buta contre quelque chose de dur et il grimaça de douleur. Surpris, il se baissa. Il venait de heurter du pied une grosse pierre et il se demanda comment elle était arrivée là alors qu'à midi elle ne s'y trouvait pas ! Comme il la prenait en main pour la poser contre le mur, afin que personne ne s'embronche, il fut étonné de trouver un petit papier plié en quatre calé sous le caillou. Intrigué, il se baissa et se saisit du billet qu'il déplia. Un bref message était inscrit et ce qu'il lut lui coupa le souffle. Il mit vivement le papier dans sa poche et se dressa aussi vite que ses cent dix kilos le lui permettaient. Puis, sous l'œil étonné des femmes qui l'observaient, il s'éloigna à grands pas en direction de la maison du maire. Cette fois, il ne ferait pas l'erreur d'aller montrer sa trouvaille au Trouquet, ce qu'il venait de découvrir était trop grave !

Arrivé chez Clément, il tambourina violemment à la porte puis, n'attendant pas la réponse, il ouvrit celle-ci avec fracas, franchit l'entrée où il faillit s'étaler après avoir donné un coup de pied dans un seau à vendange malencontreusement posé sur son passage et qui alla valdinguer contre le mur dans un vacarme épouvantable ; il pénétra vivement dans la salle à manger où Clément et Marcelle, sa femme, s'étaient dressés, alarmés par ce tintamarre.

« Nom de Dieu, qu'est-ce que c'est ce bordel ? rugit Granier. Tu ne pourrais pas être un peu plus poli ? »

Sans s'excuser, Papillon, visiblement très ému et au bord de l'évanouissement, se laissa tomber lourdement sur une chaise qui gémit sous l'épreuve. À bout de souffle, il hoqueta :

« Regarde ce que je viens de trouver ! »

Il tendait le papier qu'il venait de sortir de sa poche. Le maire lut et blêmit.

« Merde alors ! s'exclama-t-il. C'était où, cette saloperie ?

– Caché sous une grosse pierre... à l'endroit où je m'assois tous les jours pour surveiller la distribution de l'eau..., expliqua Papillon par saccades.

– Alors on l'avait placé là intentionnellement! estima Granier Il était inévitable qu'à un moment ou un autre tu y donnes un coup de pied... »

Il réfléchit puis ajouta:

« Et la personne qui a fait ça est maligne. En posant ce papier sous un caillou, elle évitait le risque de se faire attraper en l'épinglant sur un platane alors qu'il y a des rondes en permanence!...

– Mais enfin de quoi s'agit-il? » s'impatienta Marcelle. Clément lui tendit le billet.

« Mon Dieu, s'exclama-t-elle, ce n'est pas possible!... »

Sur une feuille détachée d'un cahier d'écolier, quelqu'un avait écrit un message bref, mais édifiant, à l'aide de lettres découpées dans un journal:

Cé Fouillette qui a fait le coup!

« Tu vas encore appeler les gendarmes? » demanda Marcelle. Clément réfléchit un moment, indécis.

« Non, finit-il par dire. Cette dénonciation, c'est de la provocation! Je ne peux pas suspecter Fouillette. En dehors du fait qu'il braconne un peu, c'est le plus honnête des hommes!

– Mais la personne qui a fait ça risque de recommencer ! fit remarquer Marcelle.

– Il y a des chances. C'est pourquoi je vais aller voir Fouillette et discuter avec lui. À cette heure-ci, il est forcément au Trouquet. Viens, Papillon.

– Sois prudent, s'inquiéta Marcelle, Fouillette est peut-être honnête, mais il a souvent un pastis de trop dans le nez… »

Clément ne s'était pas trompé. Comme à son habitude, le braconnier se trouvait au comptoir, mais il était seul. Maxime et Henri, ses amis inséparables, devaient être occupés à leur cave. D'ailleurs, en cette période de vendanges, le bistrot était presque désert et le maire en fut soulagé. Ce serait plus facile de parler avec Fouillette.

« Tiens, s'exclama celui-ci en le voyant entrer, notre maire et son garde champêtre ! J'espère que pour une fois que tu viens, tu vas payer ta tournée ?

– Avec plaisir, sourit Clément. Sers-nous trois pastis, Firmin. »

Puis, apercevant un panier de figues plein à ras bord sur le comptoir, il demanda ;

« Elles sont à toi ? »

Le braconnier était un homme généreux. Il lui arrivait souvent d'aller porter un perdreau à un couple de vieux esseulés dans le village ou de donner un lapin des champs à une veuve. Il proposa spontanément :

« Oui, j'ai ramassé ça à mon Anglade. Prends-en, si tu en veux...

– Surtout pas ! refusa Clément. Marcelle, ça la rend malade !

– Alors, dommage, parce qu'elles sont bonnes... »

Firmin avait servi et les trois hommes burent en silence. Puis le braconnier sourit et laissa tomber :

« Enfin, pas autant que celles de mon collègue de Sète...

– Ah ? s'étonna poliment Clément.

– Oui, c'était un ami qui habitait un village des environs, dans une maison un peu isolée. Et il avait un figuier qui produisait les meilleures figues de tout le Midi !...

– Rien que ça ? rigola Clément. J'étais venu te voir...

– ... Attends, que je te raconte », le coupa Fouillette.

Le maire était contrarié. Il était venu parler de choses graves au braconnier et il savait déjà que celui-ci allait se lancer dans une de ces histoires interminables dont il avait le secret. Mais comment l'arrêter ?

« ... Oui, un arbre énorme, reprit celui-ci, qui avait poussé juste devant sa maison... »

Il jeta un regard circulaire pour bien s'assurer qu'on l'écoutait, puis, satisfait de son examen, il continua :

« Eh bien figurez-vous qu'il y avait un grave problème, mon ami ne pouvait jamais goûter une figue !...

– Comment ça ? rigola Papillon. Il ne les aimait pas ?

– Oh que si ! Seulement elles étaient si bonnes que tous les oiseaux du département s'en étaient rendu compte et dès qu'une figue était mûre, ils se précipitaient pour venir la picorer. Je ne vous dis pas la colère de mon collègue ! »

Fouillette se retourna pour boire un coup et resta un moment pensif, accoudé au comptoir sans plus s'occuper de ses interlocuteurs. Il savait leur curiosité piquée au vif et prenait un malin plaisir à les faire patienter.

« Et alors ? Qu'est-ce qu'il a fait ? » finit par demander Papillon.

Le braconnier prit le temps de terminer tranquillement son verre puis, satisfait de savoir tout le monde attentif, il lâcha :

« Eh bien un jour, à la saison des figues, il en a eu marre. Alors il est allé à la ville acheter un énorme bidon de glu, puis il a fait venir ses enfants, ses frères, sa sœur, enfin toute la famille quoi ! Ils sont montés dans l'arbre et ils ont badigeonné toutes les feuilles. Ça leur a pris la journée entière ! »

Il y eut un silence que Fouillette laissa volontairement se prolonger, puis il reprit :

« Quand ils sont allés se coucher, ils étaient fatigués, vous pouvez me croire ! Mais au beau milieu de la nuit, ils ont entendu un bruit affreux qui les a réveillés en sursaut. Mon collègue s'est précipité à la fenêtre et il a vu une chose incroyable !...

– ...

– Il y avait tant d'oiseaux collés sur les feuilles, des centaines et des centaines et ils battaient tellement des ailes qu'ils ont fini par déraciner le figuier et l'emporter avec eux ! »

Un silence stupéfait succéda à ces fortes paroles, puis Fouillette conclut, l'air tragique :

« Et depuis ce jour-là, mon collègue n'a plus mangé de figues !... »

On s'esclaffa, à commencer par Papillon qui avait oublié la dénonciation anonyme. Clément laissa passer un petit moment puis s'approcha du braconnier et lui dit à voix basse :

« Fouillette, je voudrais te montrer quelque chose. Tu peux venir avec moi ?

– Ah ? s'étonna celui-ci, de quoi s'agit-il ? Explique-moi, je n'ai rien à cacher !...

– Je ne peux pas te le dire ici, hésita le maire, ennuyé. Il me faudrait ton avis, viens voir... »

Il s'était retourné et commençait à se diriger vers la porte sous le regard curieux de l'assistance. Fouillette hésita un peu, puis finit par suivre Clément. Tout juste demanda-t-il :

« On va loin ?
– Non, non, on va juste faire un tour à la mairie…
– À la mairie ? Pour quoi faire ?
– Je te l'ai dit, pour te demander ton avis. Il y en a pour une minute… »

À son grand soulagement, le braconnier finit par le suivre tandis que Papillon fermait la marche.

« Quoi ? » rugit Fouillette en se redressant comme un ressort de la chaise où il était assis.

Ils s'étaient installés tous les trois dans la mairie et Clément venait de lui montrer le papier accusateur. Dans son geste, le braconnier avait à demi renversé la table surchargée de papiers et Clément tentait vainement de mettre un peu d'ordre dans ses documents. Quand il leva les yeux il vit Fouillette qui le fixait durement ; l'heure n'était plus aux plaisanteries ! Celui-ci posa les deux mains sur le bureau, se pencha en avant jusqu'à ce que les têtes des deux hommes se touchent presque. Derrière lui, Papillon se tenait prêt à intervenir. Il s'exclama :

« Tu me connais, Clément, mon seul vice c'est le pastis et la braconne. Et encore, je distribue souvent mes prises à des vieux, tu ne l'ignores pas. Je veux savoir si tu crois cette sale dénonciation ? »

Clément Granier n'avait pas baissé les yeux. Il répondit calmement :

« Je te sais parfaitement honnête, Fouillette, sinon j'aurais déjà prévenu les gendarmes. Et nous ne dirons rien à personne, Papillon et moi. Mais c'est inquiétant et il fallait bien que je t'en parle… »

Maintenant complètement abattu, Fouillette se rassit.

« Tu me fais plaisir de dire ça, Clément. Mais une injustice pareille, ça me détruit!… »

Sous ses airs hâbleurs et fanfaron, sa faconde avérée de raconteur d'histoires, le braconnier était en fait un homme de principes et très sensible. Il ne supportait pas l'injustice, et ce d'autant moins qu'il était généreux. Aussi ne comprenait-il pas qu'on veuille lui faire du mal. Le voyant affaissé sur sa chaise, tête baissée, Clément le consola :

« Allons, Fouillette, ne te désespère pas comme ça. On finira bien par trouver le coupable… »

Le braconnier leva brusquement la tête, les yeux soudain brillants. Il s'exclama :

« Ah ! Ça, je l'espère bien ! D'ailleurs, je trouve ces dénonciations insupportables. Té, j'ai envie de tuer quelqu'un… »

Disant cela, il s'était dressé et, avant que Clément ou Papillon n'ait eu le temps de dire un mot, Fouillette s'était précipité dehors comme un fou, incapable de maîtriser son élan.

« Qu'est-ce qu'on fait ? demanda Papillon, vaguement inquiet.

– Bof, il est tard et j'en ai assez de toutes ces histoires, dit Clément, fataliste. Fouillette a bu un pastis de trop. Il va aller siroter deux ou trois verres de plus au Trouquet et ne se souviendra plus pourquoi il est en colère… »

Il se leva péniblement, les reins cassés par sa journée de vendange.

« Viens, ajouta-t-il. On va rentrer chez nous manger la soupe. Ça suffit pour aujourd'hui. »

Fouillette marchait vite et son esprit tracassé, légèrement embrumé par l'alcool, lui faisait imaginer les pires choses. Sa colère montait parce que plus il réfléchissait, plus cette dénonciation anonyme devenait déshonneur. Il avait confiance en Clément : pour cette fois, celui-ci ne dirait rien et imposerait le silence à Papillon. Mais la personne malveillante recommencerait puisqu'elle avait raté son coup ! D'ailleurs, qui sait si d'autres papiers n'avaient pas déjà été cachés dans le village ? En tout cas, les choses étaient claires, quelqu'un lui voulait du mal ! Qu'avait-il fait pour mériter cette méchanceté ? « *Miladiou, si passara pas coma aquo*[1] *!* », jura-t-il en levant le bras, poing fermé.

Il traversa la place et passa en trombe devant le Trouquet sans tourner la tête. Il n'oserait plus jamais aller faire son tour au bistrot, désormais ! On le regarderait de travers en se donnant des coups de coude. Il voyait déjà les hommes en train

*1. « Cela ne se passera pas comme ça ! »*

de murmurer dans son dos : « *Té, es Fouillette quo esclapar la bota dé Valat, lou sabiès*[1] *?...* »

Et que diraient ses amis, Maxime et Henri ? Dans son délire, le braconnier en rajoutait. Lorsqu'il irait à Sète voir son fils, lui, l'ancien cheminot qui avait prêté serment devant le juge quand il avait été titularisé, aurait le rouge de la honte qui lui monterait au front, s'il rencontrait un ancien collègue de travail !...

Il était maintenant arrivé au bout de la rue et il accéléra le pas. La nuit était tombée, calme et pleine de chants d'oiseaux, mais Fouillette n'entendait rien. Bien au contraire la proximité de sa maison le sortit de son cauchemar pour le plonger dans la réalité de sa ruine prochaine. Comme il ouvrait sa porte, il cria :

« Louise, mon fusil, nom de Dieu, je vais tuer quelqu'un ! » Il pénétra en trombe dans la cuisine. Le couvert était mis et Louise Mallet attendait patiemment son homme en lisant un article du *Chasseur français*. Surprise par l'arrivée intempestive de son mari en fureur, elle ne se s'affola pas.

« Fernand ! Tu as encore bu un pastis de trop et tu t'es querellé ! » reprocha-t-elle.

Sans répondre, Fouillette s'avança jusqu'à la table, s'empara de la bouteille de vin et but

1. *« Té, c'est Fouillette qui a fendu le tonneau de Valat, tu le savais ? »*

longuement à la régalade. Toutes ces émotions lui avaient donné soif. Il s'essuya la bouche d'un revers de main et hurla :

« Mon fusil, je te dis. J'ai un compte à régler ! »

Louise n'était pas de ces femmes qu'un cri, surtout de son mari, effarouchait. Elle le savait capable de colères aussi soudaines que brèves, particulièrement lorsqu'il avait un peu forcé sur le pastis, ce qui semblait être le cas. Et la large rasade de vin qu'il venait de boire au goulot n'arrangeait pas les choses. D'ailleurs autant Fernand était maigre, autant avait-elle un physique qui dégageait une grande sensation de force, avec un large fessier, des mollets puissants et des épaules de bûcheron. Elle dit calmement :

« Fernand, cesse de faire l'intéressant et viens manger...

– Je te dis qu'il faut que je tue quelqu'un ! » cria-t-il encore. Mais Louise connaissait bien son homme.

« Alors là, il n'y a pas grand danger ! affirma-t-elle sans se démonter.

– C'est ce que nous verrons !... » clama Fouillette.

Avant que sa femme ait eu le temps de réaliser ce qui se passait, il avait décroché son fusil du râtelier, pris deux cartouches dans la poche de sa veste de chasse et s'était précipité au-dehors.

Lorsqu'il déboucha sur la place en vociférant des menaces et des insultes, les premières personnes présentes venues « prendre le frais » refluèrent prestement dans la ruelle, à l'abri du Trouquet. Au comble de l'exaspération, Fouillette était impressionnant à gesticuler, le fusil à bout de bras.

« Espèce de corbeau, sale dénonciateur ! hurlait-il. Viens ici si tu l'oses, que je te fasse péter la gueule ! »

Ces vociférations attiraient du monde et, peu à peu, de nombreuses personnes accouraient de toutes parts, mais à distance raisonnable du forcené car chacun savait Fouillette fin tireur et on ne savait pas si l'arme était chargée ou non. Toutefois, si on redoutait le plomb perdu, on se réjouissait de ce spectacle gratuit dont l'acteur principal était un personnage important dans le village. Enfin un vrai scandale au grand jour ! Les gens étaient exaspérés d'avoir à supporter le manque d'eau depuis deux mois et toutes les manigances secrètes qui se tramaient traîtreusement dans le village duraient depuis trop longtemps. Il était temps de vider l'abcès ; le « coup de sang » de Fouillette y contribuerait certainement. Maintenant, les gendarmes seraient bien obligés d'agir au lieu de se promener tranquillement dans le village. Là-bas, le braconnier gueulait de plus belle :

« Il faut que je tue quelqu'un ! Qu'il y vienne, ce lâche, cette *bordille*, ce sale *cropatas*[1] *!...* »

---

*1. Corbeau.*

Par chance, Papillon arrivait, revenant de sa tournée nocturne. Lorsqu'il découvrit ce spectacle, il réfléchit rapidement. Il n'avait pas le temps d'aller prévenir le maire, mieux valait réagir le plus rapidement possible avant que cet imbécile de Fouillette ne blesse accidentellement quelqu'un ? Et puis en tant que garde champêtre, c'est lui qui représentait la loi dans le village et il ne pouvait tolérer de tels débordements ! N'écoutant que son courage, il enfonça son képi sur sa tête, ajusta son ceinturon, puis franchit courageusement le barrage des curieux et fonça droit sur le fauteur de troubles.

« Au nom de la loi, Fernand Mallet, je t'ordonne de me donner ce fusil ! Pose ce fusil ! cria-t-il.

– Je ne pose rien du tout ! répondit le braconnier. J'attends quelqu'un pour lui faire “sauter le caisson” et si c'est toi le mouchard, dis-le tout de suite ! »

Le garde champêtre tendit le bras pour tenter de s'emparer de l'arme, mais Fouillette s'écarta, brandissant dangereusement son fusil. Dans la foule, il y eut des petits cris où se mêlaient la peur d'un accident tragique et l'excitation fébrile d'assister à un spectacle divertissant. Chacun notait chaque détail de la scène dans sa mémoire pour la répéter, en l'exagérant, à ceux qui n'y auraient pas assisté.

Papillon ne se laissait pas impressionner. Tout en essayant de se saisir de l'arme, il hurla :

« Tu perds la raison, Fouillette ! Je te le redis : au nom de la loi, donne-moi ce fusil ! »

Mais, dans son délire, le braconnier suivait une idée fixe qui le tracassait soudain.

« Après tout, vociféra-t-il, soupçonneux, c'est toi qui l'as trouvé, cette saleté de papelard !... Je me demande si tu ne l'aurais pas écrit toi-même, des fois ? »

C'en était trop ! Papillon mit la main sur les canons et les deux hommes luttèrent un moment. N'eût été le fusil, la scène aurait été désopilante à voir ces deux hommes enlacés, un gros et un maigre, en train de danser la gigue sous un réverbère. Mais à force de se cramponner à son arme, Fouillette finit par appuyer sur la détente et le coup partit, énorme et d'autant plus terrible que le fracas fut accentué par le lampadaire qui avait volé en éclats, au-dessus d'eux. Il y eut des cris de stupeur dans la foule et, dans le silence profond qui s'ensuivit, on entendit Papillon bégayer une dernière fois :

« Au nom de la loi... »

Mais Mallet, brusquement dégrisé, avait enfin lâché son arme et regardait le garde champêtre, d'un air hébété. La déflagration avait calmé net sa colère et il s'étonnait lui-même d'avoir pu se trouver dans la rue à cette heure tardive, un fusil à la main. Rassurée, la foule s'était enfin approchée et Fouillette regardait tout le monde, l'air interrogateur, comme s'il attendait qu'on lui explique ce qui s'était vraiment passé. Il réalisait soudain la gravité de son geste. Dans un village où les armes étaient strictement réservées à la chasse et où il ne serait jamais venu à l'idée de personne, même ivre mort, de tirer un coup de fusil, serait-ce en l'air, il se rendait compte combien son inconséquence était contre nature !

Par bonheur, Louise, venue aux nouvelles parce qu'elle avait fini par s'inquiéter, arrivait sur la place. Elle réalisa tout de suite la situation. Fendant vivement la foule, elle vint se planter devant son mari et dit, catastrophée :

« Eh bien, mon pauvre Fernand ? Tu en as fait, du propre ! »

Fouillette baissait la tête, l'air complètement perdu. Alors Louise le prit par le bras et l'emmena sans un mot, comme un enfant turbulent qui vient de désobéir et qui, se sachant fautif, n'ose pas se rebeller.

# XVIII

## Les élections compromises…

L'ÉMOTION QUE PROVOQUA L'ÉCLAT DE FOUILLETTE fut énorme. Clément Granier, que l'on avait fini par prévenir, arriva en catastrophe après l'incident en tenue débraillée, les cheveux en bataille. Il faut dire qu'on l'avait tiré du lit et son air égaré laissait deviner qu'il était complètement dépassé par les événements.

Au milieu des cris et des exclamations, on lui expliqua la scène qui venait de se dérouler. Tout le monde parlait en même temps et il finit par hurler pour réclamer le silence. Le calme revenu, il demanda à Papillon ce qui s'était passé exactement. « Eh bien ! Qu'est-ce que je vais pouvoir dire aux gendarmes ?… » laissa-t-il tomber, catastrophé, quand il sut tous les détails de l'affaire.

Et devant l'émoi général, il fut bien obligé de parler de la vile dénonciation anonyme qui avait provoqué le « coup de sang » de Fouillette. À peine renseignés, les spectateurs s'empressèrent d'aller colporter cette information stupéfiante de porte en porte en y rajoutant la scène épique à laquelle ils venaient d'assister entre le braconnier et le garde champêtre. Et pour l'occasion, on n'hésitait pas à réveiller les couche-tôt. Des appels s'échappaient par les fenêtres ouvertes :

« *Dé quès aquo ? Ô espétar quicom ?*

– *Es Fouillette ! A fa péta un cop dé fusilh !*

– *Ô tuar qualqu'un ?*

– *Se'en manquet pas de gaire qué tuè Papillon*

– *Oh paure ! Tot aquo finira mal…*[1] »

Après quoi, on s'empressait de descendre dans la rue pour s'agglutiner aux nombreux petits groupes qui s'étaient formés et qui commentaient la nouvelle avec animation. Les bruits les plus invraisemblables couraient.

On parlait d'un esprit malin, un sorcier qui aurait jeté un sort sur le village, empêchant la pluie de tomber et s'ingéniant à semer la zizanie. À quoi certains répondaient :

« La sorcière, pas besoin d'aller chercher loin, c'est la Rosine !…

---

1. « *Qu'est-ce que c'est ? Quelque chose a explosé ?*

– *C'est Fouillette ! Il a fait péter un coup de fusil !*

– *Il a tué quelqu'un ?*

– *Il s'en est manqué de peu qu'il tue Papillon.*

– *Oh pauvre ! Tout ça finira mal !* »

– C'est pas possible ! contestaient les sceptiques. Elle ne tient pas debout et fait ses coups la nuit !… »

On s'en donnait à cœur joie. Les médisances les plus farfelues se répandaient d'un groupe à l'autre :

« Moi, je vous le dis, persiflait-on ici, la Jeanne Panafieu, elle porte pas Edmond dans son cœur. L'autre jour, elle l'a menacé. Alors…

– Non ! réfuta un voisin de Panafieu. Donner un coup de hache en traître dans une barrique, elle ne le ferait pas ! »

Un peu plus loin Angèle, une vieille commère, émettait à voix basse une hypothèse scabreuse :

« Je me demande si le Valat n'a pas fait *esclaper*[1] son tonneau par Henriette…, osait-elle suggérer. Il était mal placé pour les élections et, maintenant, tout le monde le plaint ! »

Des exclamations indignées fusèrent :

« Ce n'est pas possible ! Il est quand même pas capable de ça !…

– Et pourtant sa femme court partout, cette semaine ! D'ailleurs, cette barrique, il paraît qu'elle était pourrie… »

On protesta :

« Tu y vas trop fort, Angèle !

– Té, ricana la mégère, Edmond est pas bête. Avec cette histoire, il passe pour une victime et va s'attirer la sympathie de tout le monde !

1. *Fendre.*

– On ne peut pas croire qu'il soit aussi faux!...

– Alors comment se fait-il que personne n'ait rien vu puisque l'affaire s'est faite en plein jour? triompha la matrone. Henriette était la mieux placée... »

La graine était semée. Une fois le calme revenu, le doute s'insinua dans quelques esprits tordus. Le seul point d'accord indiscutable entre tous ces petits attroupements, la certitude absolue, que chacun affirmait fortement avant de changer de groupe: Fouillette était trop honnête pour s'être rendu coupable d'une telle infamie et son geste pouvait s'excuser par une juste indignation!

C'est dire si les discussions animées s'étaient prolongées tard dans la nuit et si l'on avait eu du mal à trouver le sommeil après toutes ces palabres déconcertantes!

Le vendredi matin, le réveil fut pénible. Les têtes étaient lourdes de sommeil et les esprits encore embrumés des bavardages de la veille. Il manquait à chacun deux ou trois heures de repos et la fatigue se faisait sentir après une dure semaine de vendanges. Par chance, celles-ci étaient presque terminées, à part Valat qui avait attendu la fin de semaine à cause de son travail. On pouvait enfin respirer et prendre un peu son temps. Dans la plupart des familles, il ne restait qu'à nettoyer les caves et le matériel que l'on pourrait ranger jusqu'à l'année prochaine.

Mais à la mairie, Clément Granier s'arrachait les cheveux et madame Cabanis, venue aux nouvelles, n'était guère plus rassurée. Le maire était arrivé de bonne heure pour attendre les gendarmes lorsque Edmond surgit brusquement. Son apparition fut tonitruante et sa présence brève. Il ouvrit la porte à la volée, resta sur le seuil, comme quelqu'un qui ne fait que passer, visiblement très pressé, et déclara tout de go d'une voix forte :

« Clément, tu peux me rayer de la liste, je ne me présente plus !…

– Tu… Tu… tu plaisantes ? bégaya le maire, incrédule. Et pourquoi ça ? »

Edmond avait l'air excédé et ses yeux bouffis témoignaient d'une mauvaise nuit. D'une voix que l'indignation faisait trembler, il débita d'un trait :

« Hier soir, quelqu'un est venu me rapporter que des bruits couraient dans le village. Il se raconte que ma barrique était pourrie et que je l'aurais moi-même volontairement fait fendre par Henriette pour m'attirer la sympathie des gens en me faisant passer pour une victime ! Je suis dégoûté…

– Mais ce ne sont que de vilains racontars ! s'exclama Clément en se dressant de sa chaise.

– Je m'en moque ! En plus, on en arrive à tirer des coups de fusil sur la place à cause de cette histoire, c'est un comble ! Nous vivons dans un village de fous, qu'ils se démerdent ! »

Et avant que Clément n'ait eu le temps de dire un mot de plus, il ajouta en tournant les talons :

« Bon, on m'attend à ma vigne, n'oublie pas de me rayer... » Le maire avait eu à peine le temps de s'asseoir que la porte fut ouverte à nouveau. Cette fois, c'était Maxime, manifestement très énervé.

« J'arrive de chez Fouillette, lança-t-il, véhément. Il n'a pas dormi de la nuit et Louise est inconsolable. Elle a même préparé une petite valise avec du linge !...

– Attends, on n'en est pas encore là ! s'exclama Clément.

– Justement, je viens de lui promettre que tu allais "arranger le coup" Tu ne vas pas laisser embarquer mon ami Fouillette, quand même ?

– Que veux-tu que j'y fasse si les gendarmes veulent l'amener à Ganges ? s'écria Granier.

– Comment ? Est-ce que tu serais le seul dans le village à le croire coupable d'avoir fendu ce tonneau ?

– Je suis le premier à dire que ce n'est pas lui, bougre d'imbécile ! » fulmina le maire. Mais il n'avait pas besoin de tirer un coup de fusil sur la place au risque de tuer Papillon !... Pour prouver quoi ?

Maxime balaya l'objection d'un haussement d'épaules, le regard courroucé :

« Si tu le crois innocent, tu dois le protéger. En tant que maire, tu es officier de police judiciaire ! C'est l'oncle Charles qui me l'a dit à l'instant…

– Je suis peut-être ce que tu dis mais je ne commande pas les gendarmes !… » réfuta Clément.

Maxime hésita un instant, l'air furibond, puis prévint l'institutrice :

« Madame Cabanis, je vous ai toujours écoutée mais maintenant je vais vous dire une bonne chose : l'honneur de mon ami Fernand Mallet passe avant tout ! »

Disant cela, il levait devant le visage de l'institutrice une main toute noire d'avoir nettoyé des outils tachés de raisins, un battoir énorme qui vous aurait étranglé un homme comme on l'eût fait d'un poulet et, faisant mine de jurer il ajouta solennellement, tandis que l'institutrice, surprise, ne pouvait réprimer un mouvement de crainte :

« Mon ami n'est pas coupable du crime dont on l'accuse et comme le maire ne veut pas le défendre, sachez que je ne me présente plus aux élections, quoi qu'il arrive, même comme simple conseiller !…

– Calme-toi, Maxime, nous ferons tout pour sortir Fernand de ce mauvais pas… », bafouilla l'institutrice, impressionnée.

Mais Maxime n'écoutait pas, il était déjà parti comme une flèche, plaquant là ses deux interlocuteurs catastrophés. Le maire se laissa retomber sur sa chaise et lâcha, dans un profond soupir :

« Cette fois, nous y voilà, Alice ! Après avoir eu deux candidats, Combesèque n'en a plus aucun ! Edmond devait rester au village, la semaine prochaine… »

Il était en effet de coutume, les jours qui précédaient une élection, que les candidats au fauteuil de maire occupent leur temps à aller de maison en maison en recommandant aux gens de « voter comme il faut ». Même s'il n'y avait qu'un compétiteur en lice, c'était une question de courtoisie. Et puis il était de bon ton que le futur maire soit celui qui obtienne le plus de voix sur la liste qu'il avait montée.

Ainsi celui-ci faisait du porte à porte et il devait avoir un mot gentil pour chacun, savoir caresser la tête des enfants en les couvrant de compliments, entrer sans broncher dans une bergerie empuantie par l'odeur du fumier et du suint des bêtes, et boire, sans grimacer, la piquette que les gens offraient de bon cœur, secrètement ravis que le futur maire leur ait rendu visite. À l'occasion il devait aussi être capable de raconter une histoire osée ou d'échanger un regard complice avec les femmes. Dès le départ du candidat, les administrés faisaient des commentaires du genre : « Té, notre futur maire n'est pas fier, il boit son canon comme les autres et on peut discuter avec lui ! Il saura se débrouiller… »

« C'est une catastrophe, gémit Clément. En tout cas, qu'on ne compte pas sur moi pour me représenter ! À mon âge, et dans cette pétaudière !…

– Je fais confiance à Henriette pour motiver son mari. Nous avons rendez-vous demain soir et c'est elle qui est venue jusqu'à ma vigne solliciter une entrevue. »

Elle s'interrompit. Les gendarmes venaient d'arriver, accompagnés de Papillon qui leur avait déjà tout raconté.

« Il s'agit d'une injustice, s'exclama Clément en se dressant sur sa chaise. Vous n'allez pas l'embarquer, tout de même ?

– Bien sûr que si ! trancha l'adjudant-chef.

– Mais c'est un brave homme…

– Je ne veux pas le savoir ! »

Raynaud n'avait que faire des protestations du maire. Il y avait eu un grave méfait, il fallait que la loi ait le dessus ! Toutes ces histoires commençaient à l'énerver et pour une fois qu'il tenait un coupable, il n'était pas question de le lâcher ! Il leva le bras pour réclamer le silence et dit, péremptoire :

« Monsieur le maire, il y a eu un délit qui aurait pu avoir des conséquences dramatiques et vous m'avez raconté que depuis plusieurs semaines des incidents, des dénonciations se produisaient régulièrement. Nous sommes là à votre demande pour mettre un terme à tout cela. C'est pourquoi il faut un exemple, venez avec moi !

– Vous vous rendez compte, s'il y avait eu mort d'homme ? » renchérit Gonzalès.

Lorsque les gendarmes, accompagnés du maire et de Papillon, se présentèrent devant la maison de Fernand Mallet, Maxime et Henri sortirent à leur rencontre :

« Messieurs, mon ami n'est pas coupable..., commença Maxime.

– C'est vrai, essaya d'intervenir Papillon. Fouillette ne voulait pas me faire de mal, c'est un accident !... »

Mais l'adjudant-chef coupa court à ces récriminations. Il intima, la mine sévère :

« Allez chercher le délinquant et dites-lui que je l'attends ! » Un instant plus tard Fouillette sortit de chez lui, la mine fière, consolant Louise qui se tamponnait les yeux. L'arrivée des pandores, qu'il avait vus venir par la fenêtre, lui avait tout à coup redonné l'envie impérieuse d'être digne, quoiqu'il arrive. Il écarta Maxime et Henri qui voulaient encore s'interposer et se présenta devant Raynaud, la tête droite et le regard clair.

« Vous vouliez me voir, Monsieur l'adjudant-chef ? » demanda-t-il d'une voix nette.

Le chef fronça les sourcils, estimant que le contrevenant avait une attitude provocante. Il se racla la gorge et dit, d'un ton sans réplique :

« Monsieur Fernand Mallet, vous avez menacé la population avec votre fusil chargé. Vous devez donc me suivre. »

Fouillette expliqua qu'il avait agi sous le coup de la colère et qu'il le regrettait. Il n'avait jamais eu l'intention de tuer quelqu'un, et surtout pas Papillon qui était son ami. Mais la dénonciation anonyme dont il avait été victime lui avait fait perdre son sang-froid parce qu'il était innocent, tout le village le savait. Et il ajouta fièrement que son honneur était d'avoir travaillé trente-huit ans dans le noble métier de cheminot sans jamais avoir reçu le moindre blâme!

« Moi, ce que je veux, conclut-il, c'est vivre ma retraite en paix et avec toutes ces méchancetés qui se multiplient, ce n'est plus possible d'être tranquille, vous comprenez?

– Je vous répète que vous devez me suivre! fit l'adjudant sans broncher, conscient de l'autorité que lui conférait son uniforme.

– Mais vous suivre où?

– Vous allez nous suivre jusqu'à notre voiture. Ensuite nous irons à Ganges, et lorsque nous vous aurons interrogé, on vous gardera en attendant de voir ce que décidera le juge du tribunal d'instance!... »

Louise poussa un cri et Maxime s'empressa de la soutenir.

« En prison? Comme un criminel? »

La colère montait en lui mais cette fois il pensa qu'il valait mieux se maîtriser. Il se tourna vers sa femme:

« Louise, va chercher ma valise », dit-il calmement.

Puis, se tournant vers les gendarmes, il demanda, les bras tendus :

« Vous voulez me mettre les menottes ?

– Si vous vous tenez tranquille ce ne sera pas nécessaire, Monsieur Mallet, dit Raynaud en tournant le dos, venez avec nous. »

En arrivant à la voiture ils y trouvèrent le curé. Dans des circonstances aussi graves, celui-ci s'était senti obligé de venir apporter son soutien à l'une de ses ouailles, même si celle-ci ne venait jamais à l'office, hormis une fois l'an faire ses Pâques.

Il se planta devant l'adjudant-chef au moment où Gonzalès ouvrait l'arrière de la voiture pour y faire monter Fouillette.

« Cet homme est innocent ! affirma-t-il d'une voix forte.

– Ne vous occupez pas de ça, Monsieur le curé, dit le chef d'un ton conciliant.

– Je le connais bien. Il est incapable de faire le moindre mal ! insista Nougarède…

– Je vous en prie, rentrez chez vous, et laissez-nous faire notre travail. »

Comme Gonzalès poussait Fouillette sur la banquette arrière de l'automobile, celui-ci embrassa sa femme, prit la main du prêtre dans la sienne et le remercia chaleureusement :

« Vos paroles m'ont fait du bien, Monsieur le curé. Je m'en souviendrai !… »

Puis, juste avant que la portière se ferme, il hurla : « Voilà ce qu'on fait aux honnêtes gens ! Voilà, on les emprisonne et pendant ce temps les coquins sont bien tranquilles ! » L'instant d'après, la voiture démarrait sous les yeux de tous les témoins atterrés.

Un peu à l'écart, le curé Nougarède resta un instant songeur. Depuis le matin, un bruit étonnant courait dans le village. Une nouvelle incroyable que le maire venait malheureusement de lui confirmer, ce qui l'avait laissé perplexe. Valat, affligé par l'attentat dont il avait été la victime et scandalisé qu'on le soupçonne d'avoir demandé à sa femme de fendre elle-même sa barrique, ne voulait plus se présenter à la mairie !

Il s'éloigna, pensif, puis s'arrêta brusquement au milieu de la rue. Et s'il téléphonait à monseigneur l'évêque de Nîmes pour lui demander à nouveau l'aide de ce fameux député ? Bien sûr, le prélat le prendrait pour un fou. Après avoir sollicité la visite de l'homme politique, puis l'avoir annulée, voilà qu'il rappelait pour le faire intervenir à nouveau ! Il entendait déjà l'évêque s'exclamer : « Vous ne savez pas ce que vous voulez, Nougarède ! Croyez-vous que l'on dérange ces gens-là pour un oui ou pour un non ? » Mais l'enjeu valait bien le fait de passer pour un imbécile. Si le parlementaire arrivait à faire libérer rapidement Fouillette, lui-même pourrait se charger de laisser entendre, dans le village, que c'était à la demande expresse d'Edmond qu'il avait réclamé l'intervention de ce haut personnage de l'État. En agissant ainsi, il ferait coup double. Il restaurerait auprès des femmes un prestige quelque peu terni par les problèmes d'eau et ferait partager ce regain d'estime à son ami Valat, ce qui obligerait celui-ci à revenir sur sa décision !

Il accéléra le pas et réprima un sourire. Cela aurait été une faute de se montrer joyeux le jour où l'emprisonnement d'un Combeséquois attristait tout un village, mais il savait ce qu'il avait à faire et cette perspective le réjouissait.

## XIX

## La Gustine mène le jeu

Au quotidien, l'existence d'un village se déroule comme une puissante vie de groupe où, toutefois, l'individu prend entièrement sa valeur. Les villageois vivent en commun, s'entraident, font la fête, s'espionnent ou se chamaillent, mais il suffit qu'une seule personne soit dans la difficulté, malade ou attristée par un drame pour que tout le village en porte l'inquiétude et la douleur.

C'est toute cette vie en communauté qui entretient, dans chaque habitant, un vivace esprit de solidarité car la bourgade est un petit monde complet, une minuscule humanité, pressée et serrée sur un coin de terre, dense et stable à force d'être énergiquement groupée. Surtout dans les petites agglomérations des vallées cévenoles où les maisons se touchent et se serrent les unes contre les autres. Les toits se joignent, les murs sont mitoyens, les cours sont communes. On vit foyer contre foyer, ménage contre ménage et porte contre porte. On voisine à outrance et le ragot circule à pleine rue. Mais cette malicieuse surveillance des uns ou des autres tourne vite à la dignité lorsque les choses s'aggravent, car le village est un être sain et fraternel dont le rire est heureux plus qu'il n'est méchant.

C'est dire si la tristesse était grande à Combesèque, en ce vendredi accablé de chaleur! Sur le coup de midi, Maxime stoppa sa moto devant le Trouquet où se forma immédiatement un attroupement. Le maire descendit du tan-sad, la mine grave. On attendait impatiemment les deux hommes partis à Ganges peu après les gendarmes avec l'espoir d'arranger les choses pour Fouillette et lui montrer le soutien de tous les Combeséquois. Clément mit pied à terre et son regard fit lentement le tour de l'assistance. Le maire paraissait abattu. Il lâcha, l'air résigné :

« On n'a rien pu faire. Ils l'ont gardé dans la cellule de la gendarmerie ! »

On entendit des soupirs et des lamentations, puis quelqu'un s'exclama :

« Eh bien ! La pauvre Louise va devenir folle !...

– Je vais aller la prévenir en compagnie de ma femme, répliqua Clément, l'air préoccupé. Marcelle restera avec elle, cet après-midi. Il ne faut pas la laisser seule... »

Puis il tourna les talons et s'éloigna, les épaules basses. Il n'y avait plus rien à dire. Chacun rentra chez soi en songeant tristement qu'en ce jour funeste leur ami Fouillette, un homme admirable et généreux, un joyeux drille qui animait le Trouquet de ses histoires truculentes, un chasseur et un pêcheur hors pair qui faisait volontiers don aux nécessiteux d'une partie de ses prises, se trouverait emprisonné dans une cellule isolée comme un vulgaire malfaiteur ! Et chacun se demandait avec angoisse s'il ne serait pas la prochaine victime du sorcier ou de la sorcière qui plongeait chaque jour Combesèque un peu plus dans le malheur !

Vers quatre heures de l'après-midi, la Gustine ouvrit une porte donnant sur l'arrière de sa maison et jeta un coup d'œil alentour. Ne voyant personne, elle referma vivement et quitta le village en empruntant un sentier escarpé longeant le lit du ruisseau desséché. Malgré les branches de sureaux, les broussailles et les herbes hautes qui entravaient ce chemin peu utilisé, retardant son avance, elle se hâtait, voulant s'éloigner le plus vite possible de Combesèque sans être vue. Elle avait pris toutes les précautions pour cela. Ses cheveux étaient cachés sous un fichu noué sous le menton et une vieille blouse délavée, boutonnée jusqu'au cou, cachait sa tenue, la protégeant des buissons épineux qui s'accrochaient à elle par endroits. Après environ cinq cents mètres, le sentier s'élargit enfin et déboucha sur un chemin charretier qui s'enfonçait dans un bois de chênes verts. Arrivée là, elle jeta un bref coup d'œil en arrière et fut rassurée, il n'y avait personne sur la place ! Maintenant, la marche était aisée et elle accéléra l'allure.

Quelques instants plus tard, la route vira brusquement vers le nord, en direction d'une combe ombragée et la Gustine se trouva hors de vue. Elle s'arrêta enfin et prit le temps de souffler. Après quoi elle se débarrassa de son châle, libérant sa magnifique chevelure et elle s'empressa de déboutonner la blouse. Elle avait chaud d'avoir marché vite mais elle était heureuse. Elle était sûre que personne ne l'avait vue s'éloigner ! Certes, il lui faudrait encore faire quelques détours pour arriver à l'endroit où elle voulait se rendre mais elle avait tout son temps, maintenant. L'essentiel était de ne pas avoir été repéré en sortant du village…

Elle réfléchit un instant, jeta un regard alentour, puis se dirigea sans hésiter vers un bouquet de buis qui bordait le chemin. Elle se pencha, écarta les branches et cacha soigneusement les affaires qu'elle venait de quitter après les avoir soigneusement roulées en boule. Enfin, elle se releva et hocha la tête, l'air satisfait. Un éventuel passant ne verrait rien et elle n'aurait pas de mal à retrouver ses vêtements, à son retour. À présent, elle pouvait se concentrer entièrement sur la mission qu'elle s'était imposée. Elle reprit sa route, l'air déterminée.

Le Cascou allongea délicatement dans le panier posé à ses pieds la grappe de chasselas qu'il venait de couper, replia sa serpette et la glissa dans sa poche. Les deux corbeilles qu'il avait emportées étaient pleines, il reviendrait demain pour terminer son travail.

Clovis Liron se trouvait dans ses terres du Péreirol, trois traversiers isolés plantés d'oliviers qui lui fournissaient sa provision d'huile. S'il était un des rares habitants de Combesèque à n'avoir pas de vignes, Clovis avait planté ici, sur les *razes*[1] de ces lopins de terre, quelques cépages de chasselas et de raisin muscat qu'il pendait ensuite sur des fils tendus dans son grenier. Ainsi, ils se conservaient longtemps et fournissaient jusqu'à Noël des fruits savoureux que sa femme et lui adoraient déguster.

Il fallait couper chaque grappe avec beaucoup de soin et éliminer ensuite les grains abîmés avec la pointe d'un ciseau avant de les allonger sur un lit de feuilles. C'était un travail très délicat auquel il prenait habituellement un grand plaisir. Mais cette

1. *Régionalisme: bordures des traversiers où les paysans plantaient souvent des cépages de raisins de table. Ce procédé avait deux avantages: fournir des fruits savoureux parce que bien exposés au soleil et retenir la terre lors des violents orages, fréquents en Cévennes, au cours desquels l'eau emporte tout sur son passage.*

année, si Béatrice n'avait pas insisté, il ne serait même pas venu ramasser sa récolte!

Clovis soupira, l'air accablé, et s'assit sur le bord du traversier, jambes pendantes. Il se sentait malheureux et abandonné. Pour la première fois depuis son enfance, personne ne lui avait demandé de l'aide pour vendanger! Il était exclu de la fête, lui, le Cascou, qui ne refusait jamais un coup de main! Comment avait-il pu en arriver à être ainsi tenu à l'écart?

Il serra les poings et jura à voix basse. Tout était de la faute de ce vantard de Maxime et de sa menace d'expropriation. À partir de ce jour-là, il s'était laissé emporter par la colère et les choses étaient allées de mal en pis! Et maintenant il se sentait rejeté par la communauté et se surprenait à changer de chemin pour éviter de croiser quelqu'un, lorsqu'il se rendait dans ses terres! Quelle honte!

Même Béatrice, sa propre femme, l'accablait de reproches, lui cornant sans cesse aux oreilles qu'il ne servait à rien de s'entêter ainsi et que, de gré ou de force, il faudrait qu'il cède son terrain un jour ou l'autre! Diable, il le savait bien qu'il devrait en arriver à s'entendre avec la mairie! D'ailleurs, ces quelques arpents de terre inculte il voulait les donner, même pas les vendre, car, n'eût été la source, ils n'auraient eu aucune valeur! À condition, toutefois, qu'on y mette les formes, qu'on le flatte un peu en disant que le Cascou était un bienfaiteur de la commune. Enfin il aurait aimé obtenir quelques faveurs en échange, comme il est de coutume... Or, rien ne s'était passé ainsi ! Maxime l'avait provoqué et il s'était entêté jusqu'à se trouver dans une impasse dont il se demandait comment il pourrait bien sortir et maintenant sa gêne allait croissant. Il regrettait amèrement ses accès de colère qui l'avaient conduit à des gestes coupables. Mais comment faire marche arrière, dorénavant ?

Et Fouillette qui se trouvait en prison ! La situation était devenue incontrôlable et il avait bien conscience d'en être largement responsable, songeant tristement qu'il y a une grande sottise à s'imaginer capable de lutter seul contre tout un village. Il s'était cru le plus fort alors qu'il ne s'agissait que d'un excès de fierté ! Et à présent il ne pouvait plus changer les choses ! Comment faire puisqu'il était banni de Combesèque depuis l'affaire des barbelés ? Ce jour-là il aurait dû écouter Charles, lorsque celui-ci l'avait prévenu que tout le monde le tiendrait à l'écart.

« Tiens, songea-t-il, je n'irai pas au banquet du dimanche, j'aurais trop honte !... »

Il jura, le bras levé au ciel. Il s'avisait avec amertume que non seulement il n'était plus rien dans une commune où il était né il y avait quarante-huit ans, mais que, en plus, il risquait un grave déshonneur ! En ce moment même, il se sentait à l'égal d'un mendiant aveugle traînant sa misère à l'écart de tous et son crâne était comme une salle vide et froide un soir d'hiver!

Il en était là de ses sombres pensées lorsqu'il lui sembla apercevoir, au loin, une silhouette blanche qui se déplaçait au milieu du chemin. Il fronça les sourcils et sursauta. On venait! Pris de panique, il se levait pour fuir, ses deux paniers à la main, lorsqu'il se rassit, médusé par ce qu'il voyait. Il n'en croyait pas ses yeux! Il distinguait parfaitement la mince silhouette de la Gustine qui venait d'apparaître au loin entre les arbres, et sa première pensée fut qu'il recevait la visite d'un ange car la belle veuve était tout de blanc vêtue!

Là-bas, la Gustine souriait, enfin rassurée: elle avait trouvé Clovis Liron et celui-ci venait de l'apercevoir! Depuis deux jours déjà elle épiait Béatrice et, le matin même, alors qu'elle s'était assise sur un banc de la place afin de surveiller les allées et venues, elle avait vu l'épouse du Cascou se diriger vers l'épicerie de Marcelle Cazalet. Elle s'était précipitée à sa suite et s'était arrangée pour l'accompagner un moment, une fois leurs emplettes faites. Lorsqu'elles s'étaient retrouvées seules dans la rue, à l'écart des oreilles indiscrètes, elle avait demandé, innocemment:

« Et votre mari? On ne le voit plus… »

Béatrice l'avait observée, méfiante, mais la Gustine avait pris son air le plus compatissant et l'épouse du Cascou, rassurée, s'était laissée aller :

« Oh ! Ne m'en parlez pas, je crois que mon mari est devenu fou ! Si vous saviez… ce n'est pas facile. Il est invivable en ce moment, je n'en peux plus !… »

Elle avait gentiment passé son bras sur les épaules de Béatrice et l'avait serrée contre elle, dans un geste de réconfort.

« Je vous plains, Béatrice ! Entre femmes… »

Mise en confiance par cette attitude compréhensive, Béatrice avait ajouté, exaspérée :

« Si vous saviez ! Il se tient à l'écart de tout le monde et devient dépressif ! Tenez, si je ne le forçais pas, il ne ferait rien de la journée ! Alors, cet après-midi, je vais l'envoyer à notre Péreirol vendanger les *razes*, nos raisins vont finir par pourrir s'il tarde encore à les ramasser !…

– Ah ! Ces hommes… », avait-elle compati.

Ensuite, elle avait laissé Béatrice se débonder, tant celle-ci semblait heureuse de trouver une oreille complaisante. Sachant ce qu'elle voulait apprendre, elle avait tout son temps…

Et maintenant, totalement sûre d'elle, elle s'avançait vers le Cascou de sa démarche la plus sensuelle, certaine de son effet.

Le Cascou, lui, n'en croyait pas ses yeux ! La Gustine n'était plus qu'à une cinquantaine de mètres et elle s'avançait vers lui avec ce lent balancement des hanches et ce port de reine qui le fascinait! Il en était tétanisé! Lui qui se sentait complètement désespéré était troublé au plus profond de lui. Il croyait rêver! Il lui semblait soudain que le feuillage des arbres, les touffes vivaces, les buissons épineux et même les pierres du chemin s'émerveillaient ensemble dans un recueillement de prière naïve devant tant de beauté! Il ressentait avec une incroyable intensité tout ce qui lui était étranger quelques instants plus tôt: la nature baignait dans un soleil resplendissant et un petit air léger lui apportait tous les parfums de la campagne environnante. Les buis répandaient leurs odeurs pénétrantes d'église à laquelle se mélangeaient les arômes poivrés des cades touffus et celles, plus capiteuses encore, de l'aspic, la grande lavande sauvage. C'était un de ces rares instants magiques de paix, de charme et de silence où l'on voudrait que le temps s'arrête.

Cependant, la Gustine approchait, et ce que découvrait le Cascou l'affolait au plus haut point. L'arrivante portait une courte robe de tissu blanc qui ne cachait rien de ses charmes tant elle était transparente dans le contre-jour de ce bel après-midi. Ainsi habillée, elle était plus nue que nue! Le cœur de Clovis cognait, menaçant de s'arrêter et sa respiration faisait un bruit de râpe. Une douleur aiguë traversa soudain sa poitrine et l'étouffa lorsque la Gustine s'arrêta à ses pieds, les seins offerts à la vue tant le corsage était échancré.

Celle-ci se rendait bien compte de l'effet qu'elle produisait sur le Cascou, elle avait tout fait pour cela et en rajoutait en lui lançant des regards pleins de promesses. Elle dit, avec son plus beau sourire :

« Bonjour, Clovis, je vous cherchais…

– Bo… bo… bonjour, bafouilla celui-ci. Vous… vouliez me voir ? »

Il avait souvent rêvé de tenir cette femme dans ses bras et de se présenter chez elle, un jour où les volets étaient ouverts. Après tout, d'autres le faisaient régulièrement ! Mais un peu par crainte de Béatrice, qui était jalouse comme une tigresse, un peu par timidité et surtout parce qu'il savait que la Gustine sélectionnait soigneusement ses amants d'un soir et en limitait le nombre, il n'avait jamais osé. Toutefois, il s'était maintes fois imaginé se présentant chez elle, inventant ses répliques, imaginant des caresses, rêvant à des étreintes voluptueuses.

Et maintenant qu'elle était à ses pieds et alors qu'il lui aurait suffi d'allonger la main pour se saisir d'un sein doux et ferme, il restait paralysé ! Il se sentait tout à coup laid et pitoyable avec sa tenue de paysan maculée de terre, son béret minable, ses mains calleuses et ses joues mal rasées. Il se jugeait indigne de tant de beauté !

« Cette fois ça y est, il ne sait plus où il en est ! » songea la Gustine qui prolongeait à dessein sa position provocante. Alors, prenant sa voix la plus sensuelle et coulant vers le Cascou un regard aguichant, elle demanda, avec beaucoup d'innocence :

« J'espère que je ne vous dérange pas, Clovis ? »

Revenant enfin à lui et reprenant ses esprits, celui-ci parvint à bégayer:

« Euh… Pas du tout… Augustine… Je suis simplement surpris de vous voir par ici !… »

Elle sourit et, le regardant bien dans les yeux, mentit effrontément :

« En fait, je voulais… J'ai un service à vous demander, Clovis…

– Un service ! À moi ? »

Sa voix était de miel quand elle expliqua :

« Oui, figurez-vous que je voulais faire un jardin pour y cultiver quelques légumes. Tout est si cher ! Alors je me demandais si vous ne voudriez pas m'aider ? Il faudrait défricher un traversier que je possède, pas loin du village. Je vous paierai et… Aïe… »

La Gustine s'était reculée d'un pas et venait de trébucher sur une motte. Comme elle vacillait, il fit un bond et, l'instant d'après, il la tenait solidement dans ses bras sans qu'il sache comment cela s'était passé. Ils restèrent ainsi enlacés jusqu'à ce que le Cascou, les sens enflammés, réalise confusément que la belle ne cherchait pas à se dégager. Bien au contraire, elle s'appuyait contre lui, se laissant aller de tout son corps. Alors, des vagues de tremblements emportèrent Clovis et, sans trop savoir ce qu'il faisait, il allongea la Gustine sur l'herbe. Ils roulèrent ensemble dans un tourbillon d'ombres et de lumières, puis s'empêtrèrent en gémissant dans leurs vêtements. Clovis s'empara des cuisses blanches et tièdes dans le tumulte de la jupe retroussée et les seins haletants bondirent, aussitôt saisis comme des proies. Dans un dernier sursaut de lucidité, le Cascou eut encore un scrupule. Il souffla, soudain figé :

« C'est que je n'aurai pas des sous pour payer !...

– Mais qui te parle de payer, imbécile ! » répondit-elle en l'attirant sur elle.

Ils s'étaient maintenant rhabillés et, tandis que la Gustine mettait de l'ordre dans sa tenue froissée et brossait ses cheveux emmêlés, le Cascou, assis dans l'herbe, le dos calé contre le mur, l'observait, encore abasourdi par ce qui venait de se passer. Il éprouvait des sentiments contradictoires où se mêlaient la jubilation enivrante d'avoir possédé ce corps splendide fait pour les voluptés les plus raffinées et une vague inquiétude : pourquoi cette femme que tous les hommes désiraient et qui se faisait payer pour accorder ses charmes en choisissant soigneusement ses amants était-elle venue s'offrir à lui dans ce lieu isolé ? Augustine Suquet voulait-elle le discréditer un peu plus aux yeux de la population ? Enfin, il n'osait imaginer ce qui se passerait si Béatrice venait à apprendre son incartade ! Il ne manquerait plus que ça, alors qu'il avait déjà tout le village à dos ! La Gustine l'observait du coin de l'œil, lisant dans ses pensées comme dans un livre ouvert. Elle sourit et dit :

« Ne vous faites aucun souci, Clovis. Vous savez que je suis réputée pour ma discrétion. Dans ma situation, je ne peux guère faire autrement… »

Il était si troublé qu'il se méprit :

« Si c'était pour le jardin… Il ne fallait pas… »

Elle haussa les épaules et dit d'un ton léger, en s'installant près de lui :

« Ne parlons plus de cela, Clovis. Nous avons eu un coup de chaleur, voilà tout… »

Ils restèrent un moment silencieux, épaule contre épaule, puis la Gustine jeta un bref coup d'œil à cet homme torturé qui devait se sentir injustement banni et eut un élan de compassion. Elle mit une main sur le genou du Cascou et le secoua doucement. C'était un geste sans équivoque où se mêlait la douceur maternelle et la commisération qu'on apporte à quelqu'un dans la peine.

« Je trouve qu'on a été injuste avec vous », Clovis, dit-elle, l'air convaincu.

Elle hésita un instant, puis ajouta :

« Ce terrain de la source, je suis certaine que vous le donneriez si on y mettait les formes ? Mais Maxime a parlé de vous exproprier et tout est parti de là. Et puis il y a eu cette pénurie d'eau exceptionnelle, les femmes qui se sont exaspérées, l'affaire des barbelés… Alors les gens se détournent de vous et vous ne savez plus que faire… »

Il la regarda, médusé qu'elle ait pu deviner sa pensée intime avec une telle exactitude et à la fois soulagé que quelqu'un le comprenne ! Le Cascou resta un moment sans rien dire puis, les poings serrés et le regard furieux, il lança :

« S'il ne s'agissait que de moi ! Mais on manque de respect à mes ancêtres qui ont travaillé ces quelques arpents de terre, même s'il n'y pousse pas grand-chose. Et puis il y a l'eau, quand même ! On pourrait me le demander poliment, ce terrain…

– Vous avez raison, Clovis. Je me mets à votre place… », compatit-elle avec gravité.

Il explosa :

« Ils sont tous contre moi alors que j'ai toujours laissé exploiter ma source pour le bien de la commune !

– C'est bien vrai… », approuva-t-elle.

Il y eut un instant de silence, puis elle ajouta d'une voix douce :

« Et maintenant, il y a toutes ces affaires inquiétantes qui font régner une mauvaise ambiance dans le village. Dire qu'un homme comme Fouillette est en prison ! »

Elle sentit que Clovis se crispait soudain, mais il resta muet, le regard perdu au loin. Elle l'observa à la dérobée. Malgré les efforts qu'il déployait pour paraître calme, elle pressentait qu'il avait sur l'estomac un poids qui l'encombrait. D'ailleurs, ses mains parlaient pour lui ! Elles s'acharnaient sur son malheureux béret, le tordaient comme s'il s'agissait de tresser une corde et n'en finissaient plus de chercher leur place. En fait, les idées se bousculaient dans la tête du Cascou et il ne savait plus que faire. La Gustine et lui étaient seuls, ils avaient fait l'amour et il se sentait bien. Aussi l'envie de se débarrasser de son fardeau le tenaillait mais la crainte d'être démasqué était la plus forte. Augustine Suquet devinait ce qui se passait à cet instant dans l'esprit tourmenté de Clovis Liron et savait que le moment était venu de crever l'abcès. Mais elle hésitait encore. Pourtant, son intuition féminine ne pouvait la tromper ! Elle se décida, enfin. Se tournant vers lui, elle mentit tranquillement, avec, dans la voix, toute la conviction qu'elle pouvait y mettre :

« Clovis, c'est vous qui avez donné un coup de pied mal placé à Henri, sous mon porche ! Je guettais son arrivée de ma fenêtre et quand j'ai entendu crier, je vous ai reconnu lorsque vous vous êtes enfui… »

Ce disant, elle ne le quittait pas des yeux, le fixant intensément. Il sursauta, comme piqué par une guêpe et son regard affolé évita de croiser le sien. Sa voix trébucha tandis qu'il protestait :

« Ce n'est pas… Qu'est-ce que vous dites ?

– Ça restera un secret entre nous, Clovis », s'empressa de le rassurer Augustine d'une voix apaisante.

Il était comme tétanisé. Elle insista, certaine de ne pas s'être trompée :

« D'ailleurs, si je l'avais voulu, j'aurais déjà pu vous dénoncer…

– C'est-à-dire…, bredouilla le Cascou.

– C'est-à-dire, reprit Augustine, que vous vouliez vous venger de Maxime après sa menace d'expropriation en plein conseil municipal et, pour cela, vous vous en êtes pris à un de ses amis !

– Eh bien… »

Sidéré, le Cascou regardait cette femme si belle qui devinait tout comme si elle avait agi à sa place avec la mine consternée de celui qui se sent découvert. « La Gustine aurait-elle un pouvoir de divination ? » se demandait-il avec angoisse. Maintenant sûre d'elle, celle-ci continua :

« Mais tout de même, Clovis, le papier dénonçant Gaston Panafieu et qui a provoqué ce scandale entre la Jeanne et Papillon, au Trouquet, ce n'est pas vous quand même ? »

Le Cascou se tortillait de plus belle. Une démangeaison semblait avoir gagné tout son corps. « Il n'est vraiment pas tranquille, je suis dans le vrai », songea la Gustine. Clovis lâcha enfin, l'air outré :

« C'est à cause de cette sorcière de Rosine !… »

*Nous y voilà ! songea Augustine.*

« La Rosine ?… insista-t-elle.

– Ce soir-là, cette garce donnait à manger à ses chats dans le coin, avoua-t-il. Elle m'a vu m'enfuir en courant et quand elle a su ce qui s'était passé, elle a fait le rapprochement…

– Et alors ?

– Elle est venue me voir quelques jours plus tard pour me proposer un marché…

– Un marché ?

– Cette diablesse voulait se venger de la Jeanne qui l'avait rudoyée, un jour, chez Marcelle Cazalet. Alors elle m'a demandé de clouer un papier dénonçant Gaston sur un platane de la place !

– Et comme elle menaçait de vous dénoncer, vous l'avez fait ! »

Maintenant que les mots avaient pris la pente, le Cascou était pressé d'en finir.

« Elle savait qu'elle serait automatiquement soupçonnée et que le curé l'interrogerait. Elle m'a dit : "Je ne veux pas mentir en confession, je serais damnée ! Mais vous, personne ne vous soupçonnera…" Qu'est-ce que je pouvais faire ? Elle me tenait !…

– Mon Dieu ! s'exclama la Gustine, horrifiée, alors elle vous a forcé à fendre le tonneau d'Edmond !

– Non, non, non ! s'écria le Cascou. Ça je ne l'ai pas fait, je le jure ! »

Il s'était à demi redressé et tendait les mains devant lui, comme pour repousser un cauchemar. Il expliqua :

« Le lendemain du jour où j'avais mis les barbelés, elle est revenue me voir et m'a affirmé que contrairement à ce que Valat avait promis, il s'était entendu avec le curé pour faire venir le député afin qu'il les aide à m'exproprier...

« Elle savait que j'étais très en colère et pensait que je me laisserais influencer. Alors elle m'a dit qu'il fallait que je me venge en allant fendre le tonneau de Valat...

« Mais moi, jamais je ne pourrais détruire le bien d'autrui, jamais! Vous m'entendez? Et la Rosine devenait infernale. Alors, quand elle m'a parlé de ça, j'ai refusé tout net. Je lui ai dit que si elle me dénonçait, je soutiendrais qu'elle était une menteuse et qu'avec sa mauvaise réputation, on me croirait... » Il y avait un tel accent de sincérité dans sa voix et Clovis paraissait si bouleversé qu'elle le crut. Elle demanda:

« Mais pourquoi le tonneau de Valat qui est un allié du curé?

– Elle ne me l'a pas dit, mais j'y ai réfléchi. Je crois qu'à travers Edmond elle voulait se venger du curé. Elle lui est dévouée corps et âme mais depuis quelque temps, elle m'a dit que plus elle était gentille avec lui, plus il se montrait bourru et la brimait. Elle a l'impression qu'il ne la supporte plus et elle trouve cela injuste, avec tous les efforts qu'elle fait pour lui être agréable. Alors...

– ... Alors, elle est allée fendre elle-même le tonneau au moment où elle savait tout le monde dans les vignes et a laissé sur place un foulard qu'elle a dû trouver pendant sa tournée des chats, conclut la Gustine. Probable qu'une femme l'a perdu et celle-ci doit être terrorisée à l'idée qu'on pourrait l'accuser ! Et pour achever de brouiller les pistes, elle a dénoncé Fouillette ! Cette femme est devenue complètement folle !... » Il y eut un silence pendant lequel chacun resta perdu dans ses pensées. Enfin le Cascou se mit à rire, mais d'un rire amer qui craquait comme une poutre de chêne qui se fend. Ses épaules s'affaissèrent lorsqu'il dit tristement :

« Voilà, vous savez tout. Maintenant, vous pouvez me dénoncer, si vous le voulez... »

Sa voix se brisa. Il ajouta dans un souffle :

« ... Et entraîner Béatrice avec moi dans la honte. La pauvre, elle n'est pour rien dans tout cela... »

Puis encore, après un grand soupir :

« Vous pouvez même faire de moi un pestiféré rejeté de tous... Je serai obligé de quitter mon pays... Quelle honte ! »

Clovis Liron était à la fois soulagé d'avoir parlé et angoissé par les possibles conséquences de ses aveux. Et dans son désespoir, il en exagérait les conséquences. Mais le visage de la Gustine resplendissait de joie. Le prenant aux épaules, elle jubila :

« Vous vous méprenez, Clovis ! Bien au contraire, je vais faire de vous un sauveur de Combesèque

que l'on saluera bien bas! Vous avez été victime d'une diablesse qui perd la tête à force de méchanceté. Elle a abusé de vous!

– Vous croyez?

– J'en suis certaine et je vous soutiendrai, en cas de besoin… »

Tandis qu'elle réfléchissait à ce qu'elle allait faire, le Cascou la regardait, incrédule.

« Clovis, finit-elle par dire, l'air excité, promettez-moi de vous entendre avec Edmond pour lui vendre votre terrain, une fois qu'il sera élu maire. En échange, je vous obtiendrai une place de premier adjoint et une belle fontaine sur la place du village avec une plaque commémorative à la mémoire de Clovis Liron!… »

Tout à sa réflexion, elle plissa les yeux et ajouta:

« Et sur cette plaque, on ajoutera le nom de tous vos ancêtres! En plus, il me semble raisonnable que vous-même et vos descendants ne paient pas l'eau, en tant que bienfaiteurs de la commune… »

Le Cascou était ahuri et n'en croyait pas ses oreilles.

« Vous croyez que c'est si simple? demanda-t-il, encore hésitant.

– J'ai mon plan, Clovis! Faites-moi confiance, demain soir, tout sera réglé… »

Maintenant, le regard de Clovis Liron brillait. Il y avait une telle certitude dans les yeux de la Gustine qu'il voulait y croire. Il se voyait déjà aller librement boire un coup au Trouquet, faire une belote, se promener à nouveau en paix dans le village…

« Ça alors ! Ce serait bien aimable à vous si ça se passait comme ça ! »

Il ne savait comment la remercier. Parce qu'il s'embarrassait avec les mots et qu'il se faisait tard, il se leva. Il avait brusquement envie de faire confiance à cette femme et de la laisser agir à sa guise.

« Faites comme vous dites, Augustine, vous avez ma parole ! Il va falloir que je songe à rentrer, Béatrice va se faire du souci… »

Il se dandinait d'un pied sur l'autre. Brusquement, il lui prit la main et la serra longuement. Une pierre dégringola dans son gosier et il toussa, pour la faire passer.

« Merci, Madame Suquet, dit-il gravement. C'est bien brave à vous d'être venue me voir, vraiment… »

Il n'en finissait plus de lui secouer la main. Il hésita, mal à l'aise :

« Euh… J'ai un peu profité… »

Elle le regarda bien en face, l'air grave :

« Allons… Je vous ai provoqué. Il le fallait bien, pour vous mettre en confiance ! Ce sera notre secret…

– Ça, vous pouvez y compter, Madame Suquet. Merci pour tout…, insista-t-il encore une fois.

– Vous pouvez être tranquille, Clovis, dit-elle, émue. Personne ne saura ce que vous m'avez raconté…

– Je le sais ! » s'exclama-t-il, sincère.

Comme il allait tourner les talons, elle lui mit la main sur le bras et le retint un instant.

« Vous savez… Maxime est un peu impulsif, mais ce n'est pas un mauvais garçon. Il vous faudra bien faire la paix, un jour ou l'autre. Je vous y aiderai… »

Il balança un peu la tête, indécis, puis il acquiesça, vaincu :

« Ce sera comme vous voudrez, Madame Suquet… »

Puis il s'en alla brusquement et elle l'observa, tandis qu'il s'éloignait. Le Cascou paraissait un autre homme et, malgré les deux paniers de raisins qu'il portait à bout de bras, il marchait la tête haute et d'un pas décidé. Juste avant de disparaître, au détour du chemin, il se retourna et lui fit un grand signe.

Elle agita la main, lui souriant de loin. Elle avait réussi le plus difficile. Augustine Suquet resta un moment immobile, à réfléchir, puis elle huma l'air ensoleillé de cette fin d'après-midi, le trouva d'une douceur plus fringante qu'à l'ordinaire et en eut le cœur envahi d'allégresse. Alors, elle se mit en marche lentement, l'esprit heureux. Elle savait exactement ce qu'elle allait faire le lendemain et ne doutait pas d'arriver à ses fins. Elle songeait depuis si longtemps à cette affaire d'élection et de terrain qu'il ne lui manquait plus qu'à appliquer son plan. De plus, elle savait comment se trouver une alliée…

## XX

## La malice du curé Nougarède

EN CE SAMEDI MATIN, Combesèque était dans la peine. Cela se voyait à la façon dont les gens se traînaient dans les rues, l'air désœuvré, alors qu'on aurait déjà dû commencer les préparatifs du banquet. On se saluait tristement, on bavardait un peu, mais les conversations ne duraient guère. Après quelques mots échangés, chacun haussait les épaules et restait perdu dans ses pensées. Pourtant, les vendanges étaient terminées et la récolte, bien que modeste en quantité, serait excellente. Mais il manquait Fouillette et cette absence, ressentie par tous comme une grande injustice, tourmentait les esprits. La fête en serait gâchée et l'on se demandait même si une autre histoire n'éclaterait pas d'un moment à l'autre, ternissant davantage l'ambiance morose du village.

Au Trouquet, les clients se faisaient rares. Il n'y avait guère qu'à l'épicerie de Marcelle Cazalet où l'on trouvait un peu d'animation. Diable, il fallait bien faire quelques achats en vue du repas du lendemain. Mais on n'entendait nul éclat de rire et les bavardages, d'ordinaire si animés, se limitaient à quelques phrases banales. Chaque épouse choisissait les articles dont elle avait besoin avant de rentrer chez elle sans s'attarder, et les rues, à peu près désertes, pouvaient laisser supposer que la plupart des habitants se terraient chez eux.

Pour finir, la présence des gendarmes, revenus faire des rondes, n'arrangeait rien à l'affaire !

Vers dix heures du matin, Augustine Suquet traversa la place, se dirigeant droit sur l'église, suivie par le regard intrigué de quelques hommes désœuvrés. Cette visite à l'improviste était surprenante, la Gustine n'étant pas une paroissienne très assidue. Surtout que la belle veuve avait pris soin de s'habiller avec toute l'apparence d'une fidèle se rendant à l'office : elle portait une robe noire et un foulard de la même couleur noué sous le menton cachait soigneusement ses longs cheveux. Or il n'y avait pas de messe ce matin-là et les rares témoins se demandèrent ce que la Gustine pouvait bien aller faire en allant voir Nougarède vêtue comme une pénitente, ce qui n'était guère dans ses habitudes !

Devant le portail, Augustine ouvrit doucement la porte et laissa son regard s'habituer à la pénombre. Elle distingua enfin le curé qui, aidé de Rosine, décorait l'autel avec des bouquets champêtres que la bonne avait dû cueillir le matin même. Le jour de la fête des vendanges, le prêtre, sachant que son église serait bondée, aimait donner à la cérémonie un décorum particulier. Et cette année, il avait l'intention de faire un sermon particulièrement long, en se promettant de tancer sévèrement le ou la coupable qui perturbait si gravement la vie des Combeséquois.

Tout à leur besogne, ni Nougarède ni Rosine n'avaient remarqué l'arrivante et plutôt que de se manifester, celle-ci s'avança de quelques pas, s'assit sur un banc au bord de l'allée centrale et se mit à prier, tête baissée, dans une attitude pieuse et toute d'humilité. L'homme d'Église finirait bien par s'apercevoir de sa présence, songea-t-elle ; il lui suffisait de patienter…

L'attente fut longue, et la confession aussi, si bien qu'il était près de midi lorsque Augustine Suquet ressortit de l'église.

Le hasard voulut qu'elle croise Maxime. Celui-ci revenait de chez le maire afin de savoir s'il avait des nouvelles de Fouillette.

Depuis le dernier séjour de la Gustine chez sa sœur, au Grau-du-Roi, et le succulent repas qu'elle lui avait offert, Maxime n'avait pas eu l'occasion de voir son ancienne amante en tête à tête.

Il vait même l'impression qu'elle l'évitait un peu, puisqu'elle était retournée au Grau-du-Roi mais ne lui avait pas demandé de venir la chercher au car de Ganges, comme la première fois…

« Bonjour, Augustine, dit-il, étonné de sa tenue, on dirait que tu viens de la messe ? »

Il l'observa un instant, surpris par l'expression de son visage. Il sentait qu'une joie profonde la soulevait, celle de ces joies d'enfance qui vous font éclater de rire sans raison lorsqu'on pense naïvement avoir trouvé la clef du monde.

Augustine hésita un instant, puis l'envie de se confier l'emporta. Elle voulait qu'il sache tout du bonheur qu'elle éprouvait en cet instant, chercha les mots pour vraiment le dire, et ne sut que murmurer gravement :

« Je me suis débarrassée de tous mes péchés et maintenant j'ai beaucoup d'espoir… »

Une certitude assaillit soudain Maxime. Il demanda, ému par cette femme qu'il croyait bien connaître, en la voyant à la fois si solennelle et si profondément ravie :

« Tu es amoureuse ! Tu vas partir de Combesèque ? »

Les yeux brillants, elle dit simplement :

« Oui. »

Puis elle expliqua, avec une sorte d'exaltation dans la voix :

« Ma vie était vide ici ! J'ai longuement parlé avec le curé et ça m'a fait beaucoup de bien. C'est bizarre, c'est comme si j'étais morte et revenue au monde ! J'ai envie d'être bonne et de rendre un homme heureux !

– Ah ? »

Il avait failli dire : « Alors je ne te tiendrai plus dans mes bras ? » mais préféra se taire, impressionné par la calme certitude qui illuminait le regard d'Augustine. Il ne reconnaissait plus la belle maîtresse insouciante et gaie qu'il avait aimée si souvent, les jours fastes où il allait la retrouver chez elle. Devant son air ahuri, elle voulut lui confier toute la joie qui la transportait. Elle avoua :

« La dernière fois que je suis allée chez ma sœur, au Grau-du-Roi, elle m'a présenté un brave garçon. Un artisan maçon qui a mon âge. Il est veuf, comme moi, et il a deux enfants de quatorze et seize ans. Ils sont adorables...

– Ah ? » fit-il encore, interloqué.

Elle lui mit la main sur le bras et s'exclama, enthousiaste :

« Tu te rends compte ? Moi qui n'ai pas pu être mère je vais avoir deux enfants à m'occuper ! J'aurai beaucoup d'amour à leur donner... »

Il osa enfin parler, demanda, incrédule :

« Alors on ne te verra plus ? Il vient te chercher quand ? » Il y avait une telle tristesse naïve dans sa voix qu'elle lui caressa la joue, maternelle.

« Ce soir ! Il arrivera tard, après son travail. Je veux que tout le village le voie, demain, afin qu'on sache que la Gustine, c'est bien fini. Je vais être la plus honnête des femmes, dorénavant. Et puis, ne fais pas cette tête, j'étais trop vieille pour toi et il faut que tu fasses ta vie... »

Et devant son air renfrogné elle éclata de rire, enfin :

« Tu n'es pas fait pour être maire, Maxime. Tu es trop jeune pour ça. Il faut d'abord que tu fondes une famille. Aussi... »

Elle avait pris un air mystérieux. Il demanda, intrigué :

« Aussi ?... »

Elle eut un petit sourire énigmatique et dit, taquine :

« J'aurai une belle surprise pour toi, demain. Tu verras...

– Ah ! »

Il était si troublé qu'il répétait sans cesse la même exclamation.

« Mais il faut que tu me promettes une chose. Je veux que tu fasses la paix avec le Cascou, sinon je ne partirai pas tranquille... »

Il protesta :

« Mais je ne lui en veux pas, c'est lui qui est fâché contre moi !

– Eh bien, maintenant, ce n'est plus le cas... »

Et comme il vit qu'elle allait s'esquiver, il la retint par le bras :

« Et cette surprise ? »

Elle prit du plaisir à le laisser s'impatienter un moment et il se fâcha :

« Tu te moques de moi !... »

Elle redevint sérieuse et dit, très vite :

« Je me suis arrangée pour que Jean, c'est mon ami, vienne avec ses enfants et sa sœur. Florence a ton âge et si elle n'est pas mariée ce n'est pas parce qu'elle n'est pas charmante, bien au contraire, mais uniquement parce qu'elle s'est sacrifiée pour s'occuper de sa mère. Celle-ci, gravement malade, vient de décéder. Maintenant, Florence est libre. À toi de te débrouiller...

– Ah ! s'exclama-t-il bêtement une dernière fois. Mais... » Voyant son air ahuri, elle éclata de rire, fit une pirouette et s'en fut, légère comme une grive, le laissant planté au milieu de la rue, complètement interloqué, l'esprit assailli de mille questions.

En début d'après-midi, le maire, Clément Granier, prit une grosse colère. Habituellement, le samedi après-midi, les hommes venaient spontanément aider à mettre en place des tables improvisées avec des tréteaux et des plateaux pour le banquet du lendemain. On disposait des bancs, on montait même une petite estrade de fortune que l'on décorait avec des branches de buis et sur laquelle Gaston Panafieu et Papillon s'installaient après le repas pour faire danser les convives. Tout cela se faisait au milieu des cris et des rires des enfants qui couraient en tous sens et cela créait une joyeuse animation. Or, ce jour-là, il ne trouva en arrivant que le garde champêtre et quelques hommes inoccupés qui attendaient en discutant, assis sur un banc.

« Où sont les autres ? » demanda-t-il, l'air soupçonneux.

Et comme chacun écartait les bras en signe d'ignorance, Papillon expliqua vaguement :

« Il y en a beaucoup qui ne veulent pas faire la fête parce que Fouillette est en prison... Alors on t'attendait...

– Nom de Dieu ! rugit Clément. Alors ce n'est pas assez d'un malheur ? Il faut en rajouter un autre ? »

Et comme tous le regardaient, l'air ahuri, il décréta, d'un ton sans réplique :

« Papillon, viens avec moi, on va chercher les conseillers et...

– ... Clément !... Clément !... »

Un gamin arrivait en courant, venant de l'église, agitant frénétiquement les bras. Surpris, le maire tourna la tête. Le garçon vint buter contre lui et lâcha, tout essoufflé :

« Fouillette est sorti de prison, il va arriver !...

– Quoi ? s'exclama Clément, stupéfait. Comment tu sais ça, toi ? »

Le garçon s'embrouilla :

« C'est maman… Elle m'avait envoyé à l'église porter un bouquet de fleurs… On vient de téléphoner à Monsieur le curé… »

Mais Nougarède arrivait à grandes enjambées, arborant un sourire éclatant.

« Figurez-vous qu'Edmond m'avait demandé s'il ne serait pas possible de faire intervenir le député, mentit-il. J'avoue qu'après avoir annulé sa visite une première fois, j'ai hésité ! Et puis j'ai pensé à Fouillette… Alors, j'ai téléphoné à l'évêque de Nîmes et… »

Il n'avait pas fini de parler que Clément ordonnait au gamin :

« Cours vite dans le village annoncer la nouvelle à tout le monde ! »

Une heure plus tard, une foule dense se pressait sur la place dans l'attente du député qui avait promis de ramener le « prisonnier » dans sa voiture personnelle. C'est dire si la nouvelle s'était répandue comme une traînée de poudre et si les commentaires étaient animés.

Quand l'auto apparut et que l'on vit Fernand Mallet agiter le bras à travers la vitre baissée, un cri de joie jaillit de la populace. Il y eut des applaudissements spontanés tandis que les cloches sonnaient à toute volée. Quelques instants plus tard, Fouillette tomba dans les bras de Louise qui pleurait de joie.

Henri Bancillon, le député, attendit quelques instants afin de laisser l'émotion générale s'exprimer librement. Enfin, il consentit à sortir de son véhicule et fut acclamé comme un sauveur.

Âgé d'une soixantaine d'années, cet homme élégant avait la prestance avantageuse des grands bourgeois qui n'aiment pas trop se mélanger au peuple, sauf en période de campagne électorale quand il s'agit de conseiller aux paysans de « faire preuve d'intelligence » en votant « comme il faut... ». Le reste du temps, il se rendait très rarement dans sa circonscription, préférant rester dans ses luxueux bureaux de Nîmes ou se rendre à Paris, où il aimait faire bonne chère dans les restaurants jouxtant l'Assemblée nationale. La seule ambition de ce conservateur traditionaliste était de durer. Les confortables émoluments de la députation, quelques avantages en nature et beaucoup de loisirs lui permettaient d'assouvir sa passion d'historien et cela suffisait à son bonheur. Il écrivait beaucoup, ne consacrant à la politique que le temps strictement nécessaire. Ce qui ne l'empêchait pas d'avoir de l'expérience et d'être fin connaisseur de l'âme humaine. Or il s'était rendu compte que son adversaire communiste lui avait créé pas mal de difficultés aux dernières législatives. C'est pourquoi, après avoir été tenté de refuser poliment la requête de l'évêque, il s'était ravisé. Cette affaire facile aurait un certain retentissement dans une région qui ne lui était guère favorable et il en tirerait bénéfice, surtout si Edmond Valat était élu puisqu'il était de droite.

Il s'avança au milieu de la terrasse du Trouquet et, aidé de Clément et de Fouillette, monta sur une chaise afin que tout le monde le voie. Le silence se fit. Alors Henri Bancillon leva triomphalement vers la foule le verre que Firmin lui tendait avant de l'avaler d'un trait, car il connaissait la valeur symbolique de chaque geste dans les campagnes où l'on observe les gens de la ville avec beaucoup de défiance et où l'on a tendance à faire un peu plus confiance à quelqu'un capable de boire un coup sans façon.

« Mes amis, dit-il, magnanime, je n'ai pas voulu vous laisser dans la peine à la veille de votre banquet annuel ! Quand on m'a expliqué l'affaire, j'ai tout de suite pensé qu'il était insupportable que Monsieur Mallet, un honnête cheminot à la retraite, soit injustement emprisonné à la suite d'une honteuse dénonciation… »

Il désigna Fouillette et continua :

« Cet homme intègre et généreux a certes commis une petite bêtise, mais il avait des excuses : il était atteint dans sa dignité ! »

Il s'interrompit un instant et un murmure d'approbation parcourut la foule. Puis le député poursuivit, le visage grave :

« Quand monseigneur l'évêque de Nîmes m'a appelé, à la demande de votre curé et de Monsieur Valat, je n'ai pas hésité une seconde… »

Ce disant, il désignait Edmond avec un sourire bienveillant. Celui-ci, abasourdi et confondu d'apprendre à l'instant cette nouvelle se tourna vers Nougarède qui lui fit un geste de complicité amusé signifiant : « c'est un péché louable… » Mais l'heure n'était pas aux justifications, Henri Bancillon reprit :

« Je ne pouvais donc laisser se prolonger plus longtemps la pénible épreuve de Monsieur Mallet, de son épouse, et de tous les Combeséquois. Aussi j'ai décidé d'intervenir personnellement. J'ai vu le juge de première instance et les gendarmes. Ils ont accepté que je me porte caution morale. L'incident est clos… »

Alors, levant les bras au ciel tel César annonçant la victoire sur le champ de bataille, il conclut, d'une voix forte :

« Je vous rends votre ami et je vous souhaite un joyeux banquet pour demain ! »

Une ovation suivit ces fortes paroles et tandis que le député descendait de sa chaise, les Combeséquois se précipitèrent pour complimenter un curé rayonnant et un Valat embarrassé qui protestait mollement.

C'est ragaillardi par la déclaration du député que Valat sonna chez madame Cabanis, le samedi soir. Il était d'autant plus ravi que Maxime venait à l'instant de se désister tout en s'excusant. Lorsqu'il avait traversé la place, celui-ci était en train de construire l'estrade des musiciens en compagnie de quelques hommes. Edmond s'était approché du groupe, afin de dire un mot gentil et on l'avait encore congratulé d'être à l'origine de la libération de Fouillette. Il s'était contenté de remercier avec un sourire faussement modeste. Certes, il savait bien que les Combeséquois étaient bernés puisqu'il n'était pas intervenu !

Mais il n'avait pas menti, le député et le curé Nougarède ayant manœuvré pour le mettre en valeur. Alors quel mal y avait-il à profiter de la situation ?

Au moment où il s'éloignait, Maxime l'avait rejoint.

« Je ne suis plus candidat, Edmond, avait déclaré celui-ci. Je me suis rendu compte que j'étais moins compétent que toi et je suis trop jeune. »

Puis il avait hésité avant de lâcher, très vite :

« En fait, je n'ai jamais eu envie d'être maire. On m'a forcé la main pour que je monte une liste, mais l'idée n'était pas de moi…

– Je le sais, Maxime ! N'en parlons plus… »

Ensuite Maxime lui avait tendu la main et, en le regardant bien droit dans les yeux, il avait ajouté, sincère :

« Excuse-moi pour l'autre jour, au Trouquet, Edmond. Je me suis moqué de toi, je le regrette… »

Ils s'étaient longuement serré la main et, pour ne pas être en reste, Edmond avait lui-même avoué :

« Je te rends tes excuses. En fait, j'étais venu pour te provoquer et ce n'était pas très gentil de ma part ! »

Ils s'étaient tout dit et s'étaient quittés sur un sourire entendu.

C'est ce que Valat expliqua à madame Cabanis dès qu'ils furent installés sous la tonnelle où elle avait reçu Maxime deux mois auparavant, pour le forcer à se présenter à l'élection de maire. Ils s'observèrent un instant, tandis que Germain servait l'apéritif. L'institutrice était soulagée. Elle avait déjà prévenu les personnes concernées qu'il valait mieux ne pas faire une deuxième liste, précisant qu'elle allait conclure un accord avec Valat, car c'était la meilleure solution pour espérer avoir l'eau dans les maisons. Mais elle s'inquiétait pour Maxime. Comment lui expliquer les raisons qui la forçaient à lui demander de se retirer après avoir tant insisté pour le prier d'être candidat contre son gré ?

Valat devinait son raisonnement. Il remarqua :

« Je serai donc élu sans difficulté, surtout après l'intervention du député. Mais cela ne changera pas beaucoup notre problème : comment pourrons-nous convaincre le Cascou de céder son terrain ? Maintenant il se tient à l'écart et évite tout le monde ! Je me demande même s'il viendra au banquet, demain…

– Il nous faudra être patients, Edmond. Nous laisserons passer un peu de temps ; il finira bien par recommencer à vivre normalement. Demain, je verrai Béatrice à la messe. Il faut absolument qu'ils soient présents à notre petite fête, sinon ce sera une catastrophe… »

Une question la taraudait.

« M'expliquerez-vous, Edmond ? finit-elle par dire. Tout le monde sait que vous aviez promis au curé de lui réparer son église en priorité et je reconnais qu'elle a besoin de travaux. Mais on n'a pas idée de prendre de tels engagements alors que tout un village souffre cruellement du manque d'eau ! »

Valat se défendit :

« En fait, je comptais mener les deux affaires de front, et pour le terrain je voulais surtout m'arranger tranquillement avec le Cascou, en tête à tête. Mais votre protégé a mis les pieds dans le plat, et vous connaissez le résultat… »

L'institutrice réfléchissait. Elle observa :

« Oui, mais cette amitié intangible… On dit qu'il vous souffle toutes vos décisions ? Cela vous porte tort ! »

Edmond se tortillait sur sa chaise, visiblement mal à l'aise. Il finit par avouer :

« Ce n'est pas vrai, il me conseille quelquefois, mais c'est tout. En fait, je suis son obligé...

– Son obligé ?

– Oui. Vous vous souvenez du décès de mon père, avant-guerre ? »

Et comme elle hochait la tête, il continua :

« Le malheureux a terriblement souffert d'un cancer pendant des mois et des mois. À la fin, c'était devenu insupportable... »

« Alors une nuit, il a avalé une boîte de somnifères et, quand nous nous sommes levés, il était mort depuis longtemps...

– Ah ?

– Oui. C'était un suicide et lorsque le docteur est venu, il a bien compris ce qui s'était passé. Mais il n'a rien dit et a signé le certificat de décès sans sourciller. C'était un homme bon et généreux. Malheureusement, ma mère était très croyante et, quand le prêtre est venu, elle a avoué ce que son mari avait fait, par souci d'honnêteté.

« Le curé de l'époque, un nommé Carlier, avait des principes mais pas de cœur ; il a carrément refusé d'enterrer mon père religieusement !... Cela arrivait, à l'époque, mais pour une famille, c'était le déshonneur et la honte assurés pour longtemps... »

Au récit de ces pénibles souvenirs, Edmond s'interrompit un instant, le regard lointain.

« Ma mère était désespérée ! reprit-il. Alors un ami m'a dit qu'à Ganges il y avait un jeune abbé aux idées modernes, un nommé Nougarède... Je suis allé le voir, afin de lui expliquer la situation, et il s'est occupé de tout...

« Le jour de l'enterrement, le curé a accepté de se déclarer souffrant et Nougarède est venu le remplacer. L'honneur de la famille était sauf...

« Voilà ! conclut Valat. Alors, quand celui-ci a été nommé curé de Combesèque...

– Je suis désolée, Edmond, je ne voulais pas... »

La cloche du portail sonna et ils se regardèrent, surpris. L'institutrice se tourna vers son mari :

« Veux-tu aller voir, Germain ? Dis que je ne peux pas être dérangée, pour l'instant... »

Ils entendirent une vive discussion et Germain ne tarda pas à revenir, accompagné d'Henriette et de la Gustine. Madame Cabanis et Valat s'étaient levés, stupéfaits par cette intrusion. L'épouse d'Edmond paraissait très excitée. Elle expliqua à son mari, avec beaucoup de déférence dans la voix :

« Madame Suquet est venue te voir à la maison. Je lui ai dit que tu étais ici et je l'ai accompagnée, car j'ai eu peur qu'elle soit éconduite si je ne l'accompagnais pas là... Elle a des choses importantes à vous dire... »

Et, comme tous les regards étaient tournés vers elle, la Gustine commença :

« Figurez-vous que hier après-midi, en allant ramasser du thym, j'ai croisé par hasard Clovis Liron qui revenait de vendanger ses *razes* du

Péreirol. Comme je considère que c'est un brave homme et que je le voyais en peine, j'ai discuté avec lui et il s'est complètement laissé aller. Il y a beaucoup de malentendus à dissiper... »

La Gustine parla longtemps et les exclamations de surprise succédèrent aux acquiescements véhéments, aux enthousiasmes étonnés et aux manifestations de joyeux engagements. Quand elle eut fini de s'exprimer, il était entendu que Clovis Liron obtiendrait tout ce qu'Augustine Suquet désirait pour lui en échange du terrain de la source et de la considération reconnaissante des Combeséquois par-dessus le marché...

# XXI

## Le dernier miracle de Combesèque

MES TRÈS CHERS FRÈRES, en ce jour de fête et de fraternité à Combesèque, écoutons la parole de l'apôtre saint Jacques :

« *La sagesse qui vient de Dieu est d'abord droiture, et par suite elle est paix, tolérance, compréhension pleine de miséricorde et féconde en bienfaits, sans partialité et sans hypocrisie...* »

Du haut de la chaire, le curé Nougarède contemplait son église bondée avec un plaisir non dissimulé. Tous ses paroissiens étaient là, endimanchés, prêts à banqueter une fois l'office terminé. Il se réjouit en apercevant Clovis et Béatrice Liron assis à côté des Valat, comme de bons amis. Il savait qu'une franche discussion avait eu lieu le matin même à la mairie, en présence d'Augustine, et que tout s'était bien passé. Il était même chargé d'annoncer une bonne nouvelle!

« *Nous te rendons grâce, Seigneur, pour les efforts et les réalisations que Ton Esprit de paix a suscités à Combesèque, afin de remplacer la colère par l'amour, la méfiance par la compréhension, le doute par la solidarité...* »

Dans l'église, le gris et le noir dominaient, mais on distinguait toutefois les taches plus gaies des robes et des chapeaux des jeunes femmes et il montait jusqu'aux narines du prêtre l'agréable parfum de l'aspic, la grande lavande sauvage qui garnissait toutes les armoires et les commodes. Il regarda avec satisfaction Augustine Suquet avec sa nouvelle famille et, un peu plus loin, Fouillette qui souriait auprès de son épouse. Il reprit:

« *La paix, Seigneur, aide-nous à l'établir en nous-mêmes, non pas comme un armistice ou un compromis, mais comme une conquête sur nos faiblesses et nos contradictions...* »

Maxime n'écoutait pas. Du haut de la tribune, il ne pouvait s'empêcher de tourner sans cesse son regard vers la nuque de la jeune femme assise à côté d'Augustine.

Avant la messe, celle-ci s'était avancée sur le perron de l'église pour lui présenter la petite famille qui attendait, sagement groupée, à l'écart des villageois qui affluaient. Lui-même arrivait en compagnie de Lucie, sa mère, de l'oncle Charles et de sa femme. Il avait tout de suite dévisagé l'homme avec une curiosité un peu jalouse. C'était un grand gaillard au visage ouvert, d'aspect sympathique et sa poignée de main avait été franche et amicale.

« Jean Dumas, mon ami... », avait dit Augustine, radieuse. Les deux garçons, Patrice et Éric, lui avaient gentiment touché la main mais, en dévisageant enfin Florence, la sœur, il était resté muet avant de bafouiller :

« Enchanté... Mademoiselle... »

Elle était brune, avec de longs cheveux bouclés et sa robe rouge, son teint bronzé, lui donnaient un air de gitane. Elle était vraiment ravissante mais ce qui l'avait le plus impressionné c'était l'expression de son regard, grave mais chaleureux et c'est à peine s'il avait entendu Augustine dire à sa mère :

« Lucie, si vous le voulez bien, nous vous garderons une place à côté de nous, au banquet ?...

– Ce sera avec plaisir, avait répondu celle-ci avec un grand sourire.

– Alors à tout à l'heure... »

Ensuite, ils s'étaient éloignés sans qu'il se rende trop compte que l'oncle Charles le tirait par la manche... Le prêtre continuait :

« En vérité je vous le dis, ouvrez davantage encore vos esprits et vos cœurs aux exigences concrètes de l'amour de tous vos frères et de toutes vos sœurs… »

« En vérité je vous le dis, moi, je serais entièrement d'accord avec ce principe… », songeait Maxime en fixant la silhouette recueillie de Florence. Un foulard de couleur claire cachait les cheveux de la jeune fille mais quand elle penchait la tête, il voyait la peau satinée de son cou et il ne pouvait s'empêcher de penser : « J'aimerais bien être assis à côté d'elle !… »

Le curé concluait :

« Que la paix revienne sur Combesèque et que la terre soit remplie de Ta gloire, amen. »

Maxime sursauta. Son oncle avait surpris son manège et venait de lui donner un coup de coude dans les côtes. Charles se pencha sur son épaule et souffla :

« Elle est charmante, cette petite, tu ne trouves pas ? Et ta mère a l'air de l'apprécier, puisqu'elle s'est empressée d'accepter l'invitation de la Gustine, pour le repas…

– Euh… Oui, oui, tonton », dit-il, surpris.

Sur sa chaire, le prêtre venait d'annoncer les prochaines messes et claironnait, avec un grand sourire :

« Avec la permission de Monsieur Edmond Valat, premier adjoint, et celle de Monsieur Clovis

Liron, conseiller municipal, je terminerai cet office par une bonne nouvelle : à la suite d'une entente conclue ce matin, Monsieur Liron a décidé de céder son terrain à la municipalité pour un franc symbolique. Dans cette affaire, il est clair que notre ami Clovis n'a eu à l'esprit que l'intérêt général. Cela laisse espérer que nous aurons bientôt l'eau dans les maisons de Combesèque. Permettez-moi, au nom de nous tous, de le remercier de cette générosité exceptionnelle et de lui exprimer notre plus vive reconnaissance… »

Il y eut quelques murmures étonnés et toute l'assistance se retourna d'un bloc pour observer un Cascou rayonnant. Nougarède fit le silence et termina son prêche en mettant fin à un mystère qui étonnait les villageois. En effet, depuis la veille, nul n'avait vu Rosine !

« J'ai le regret de vous informer que Madame Rosine Bastide, ma bonne dévouée, a été obligée de quitter mon service précipitamment. Depuis quelques jours, la santé de ses parents se dégradait. Elle a donc dû se résoudre à retourner vivre avec eux pour les soigner et elle est partie hier soir pour Gorniès. Prions pour elle et sa famille… »

Le banquet fut une réussite et c'était une grande joie de voir tous les Combeséquois, enfin réconciliés, s'interpeller gaiement. Chacun était venu féliciter chaleureusement les deux héros, Valat et le Cascou.

Le curé Nougarède aussi était heureux. Il venait d'obtenir l'accord des Pagès, parents d'une grande gaillarde de vingt ans qui remplacerait la sombre Rosine et il se frottait les mains de plaisir. Il s'approcha de la table où Augustine rayonnait par sa beauté et sa bonne humeur. Il se pencha vers son ami et dit à voix haute :

« Monsieur Dumas, vous avez beaucoup de chance ! Vous allez emmener avec vous une femme exceptionnelle et qui a bon cœur. Je suis sûr qu'elle vous donnera beaucoup de bonheur, à vous et à vos enfants... Mais nous la regretterons, croyez-le bien !... »

Edmond Valat avait entendu. Il ajouta, approuvé par le Cascou et madame Cabanis qui faisaient table commune avec lui :

« Et en plus, c'est notre bienfaitrice ! Elle a largement contribué à ramener la paix et l'amitié dans notre petit village. Nous lui en sommes reconnaissants... »

Tandis qu'Augustine baissait la tête, rougissant de plaisir et de confusion, Jean Dumas remercia comme il put, interloqué par cette avalanche de compliments.

« Et vous êtes un veinard, Jean ! s'exclama Clément Granier pour ne pas être en reste.

Madame Suquet est de loin la plus belle femme du canton ! »

Lucie n'entendait pas ces louanges. Elle regardait avec un sourire ravi danser Maxime et Florence tandis que Panafieu jouait un air endiablé que rythmaient les roulements du tambour de Papillon. Fouillette, qui passait par là se pencha à son oreille et lui glissa, taquin :

« En regardant danser votre fils, je me demande si je ne vais pas perdre un ami ?... »

Il cligna de l'œil et s'éloigna, en levant le verre qu'il avait à la main.

La fête dura très tard, tant les gens avaient envie de s'amuser après un été pénible au cours duquel les fâcheries, les dénonciations et le manque d'eau avaient affecté la bonne entente du village.

Brusquement, vers une heure du matin, un orage éclata. Ce fut un véritable déluge qui déversa en quelques secondes des trombes d'eau sur la place, mettant fin aux festivités. Maxime et Florence se réfugièrent précipitamment sous un balcon où ils se retrouvèrent coincés au milieu d'hommes et de femmes qui riaient aux éclats chaque fois que le tonnerre ébranlait le ciel.

« Cette fois elle va venir, la source, et ça en sera fini de nos misères ! » s'exclama une forte femme en levant le bras.

Maxime sentait tout contre lui le corps palpitant de Florence et, comme si cela allait de soi, il lui avait pris la main, certain que personne ne pouvait s'en apercevoir. Il constata avec joie que la jeune femme ne la retirait pas, ni ne s'écartait. Alors il se tourna vers elle, vit son regard où brillait une lueur amusée et il éclata joyeusement de rire.

« Qu'est-ce qui t'amuses ? demanda-t-elle.

– L'orage ! C'est une bénédiction pour moi !

– Ah ?

– Oui ! s'exclama-t-il en serrant un peu plus fort la main qu'il tenait dans la sienne. Je pense que c'est le deuxième miracle de Combesèque ! »

# Table

## Dans la même collection

Les textes de la collection Terre de poche nourrissent la mémoire collective à travers des histoires fortes, des récits de voyage, des documents historiques ou des chroniques intimes.

ALIA Josette
*Le Pensionnat*

AMOUROUX Henri
*La Vie des Français sous l'Occupation*

ANGLADE Jean
*Les Mains au dos*

ARNAUT Robert
*Les Corneilles blanches*

AUBARBIER Jean-Luc
*L'Honneur des Hautefort*
*Les Démons de sœur Philomène*

AUDIDIER Robert
*Les Sentiers de traverse*

AUDOUX Marguerite
*Marie-Claire*

BARRAL René
*Le Miracle de Combesèque*
*Les Soleils de l'hiver*
*Un été cévenol*

BATUT Maryse
*Les Monvalan*

BËCK Paul
*P'tit Paul*

BELARD Paul
*Moissons d'enfance*

*BELLATON Jean-Louis*
*Un 14 juillet 1944*

BERNIER Daniel
*Camille, les terres meurtries*

BESSON André
*Folle avoine*
*La Grotte aux loups*

BOUCHARDY Christian
*Le Fugitif de la Saint-Jean*

BOUCHET Maurice
*La Pierre au mercier*

BOUDOU Josette
*La Maison d'école*
*La Nuit des abeilles*

BOURRET Johan
*Dans la gueule du loup*
*Sœur Charité*

BOUSSUGE Micheline
*La Maison d'Anaïs*

BRIAND Charles
*Le Seigneur de Farguevieille*

CASTELAIN Anne-Marie
*La Promesse*

CHALAYER Maurice
*Les Promesses du haut pays*

CHAUSSIDIERE Patrick
*La dernière Braconne*

CLEMENT-MAINARD Michelle
*La Foire aux mules*
*La Fourche à loup*

COLLIN Yvon
*Journal d'un enfant de troupe*

CORNAILLE Didier
*Les Gens du pays*

D'ARCES Amicie
*Les larmes des Polonaises*

DE DECKER Michel
*Le Prince des imposteurs*

DE MAXIMY Hubert
*Le Bâtard du Bois noir*

DE MAXIMY René
*La Ferme des neuf chemins*
*Le Puits aux corbeaux*

DE PALET Marie
*Tistou*

DANA Jacqueline
*La Partie de cartes*
*La Réfugiée de Saint-Martin*

DECK Olivier
*Cancans*
*L'Auberge des Charmilles*
*Les Chopines*

DEFAY Renée
*Tes petits pieds dans la trace de mes sabots*

DELAHAYE Pierre
*La Messagère de l'aube*

DELPASTRE Marcelle
*Cinq heures du soir*

DELOMME Martine
*Un été d'ombres et de lumières*

DUBOIS Yvonne
*Couleur de terroir*
*L'Ocarina rouge*
*La Vallée des cyclamens*

DUCLOZ Albert
*Les Dames blanches*

DUFOUR Hortense
*Ce que l'océan ne dit pas*
*La Fille du saulnier*
*La Marie-Marraine*
*Le Bois des abeilles*

DUPORGE Bernard
*Les pins de la discorde*

ECOLE-BOIVIN Catherine
*Mimi Guillam, cahier de vie d'une institutrice*

EGEN Jean
*Le Partage du sang*
*Les Enfants de Louis*

EXBRAYAT Charles
*Rachel et ses amours*

FAINDT Roger
*Les Ames simples*

FARNEL Joseph
*La Ballade du petit Joseph*

FEUILLERAT André
*La Clef des champs*

FRONTENAC Yvette
*L'Etoile rousse*
*La Demoiselle du presbytère*
*Les Années châtaignes*
*Rue des nèfles*

GAGNON-THIBAUDEAU Marthe
*Au fil des jours*
*La Boiteuse*

GALONI Pierre
*La Fille du Pitaud*
*Le Pitaud*
*Le Pitaud grand-père*

GAMARRA Pierre
*La Maison de feu*

GAY Marie-Claude
*Le Passant du Bois de lune*
*Le Serment de Saint-Jean-de-Luz*

GENEVOIX Maurice
*Le Jardin dans l'île*

GIMBERT Yveline
*L'Oeil de l'auberge*
*L'Ombre des chênes*

GLEIZE Georges-Patrick
*Le Chemin de Peyreblanque*
*Le Destin de Marthe Rivière*

GONZALES Daniel
*Le Temps des cigales*

GRIFFON Robert
*Le Bedeau de la République*
*Le dernier Forgeron*

GRITTI Claude
*Le Loup des Maures*

GUIHENEUF Vladimir
*Mémoires d'un médecin de campagne*

HEURTE Yves
*Le Pas du loup*

JEANJEAN Roland
*La Mort du loup*

JEURY Michel
*La Classe du brevet*
*Le Crêt de Fonbelle*

JUDENNE Roger
*La Maison d'en face*
*Les bons Jours*

JULIEN Henri
*La Bâtisse aux amandiers*

LABORIE Christian
*L'Appel des drailles*
*L'Arbre à pain*
*Les Drailles oubliées*

LAFAYE Claude
*L'éblouissant Orage*
*La Maison de l'espoir*

LARDREAU Suzanne
*Orgueilleuse*

LAURENT Jean-Paul
*L'autre Montagne*
*La Ferme aux loups*

LEBERT Karine
*Nina et ses sœurs*

LEMAIRE Philippe
*Le Mas Lucille*
*Le Chemin de poussière*

LIME Jean-Hugues
*La Chasse aux enfants*

LOUTY Pierre
*Léonard, le dernier coupeur de ronces*

MALROUX Antonin
*La dernière Estive*

*La Noisetière*
*Le Soleil de Monédière*
*Un fils pour mes terres*

MAMERE Noël
*La Malédiction des justes*
*Le Combat des humbles*
*Les Forçats de la mer*

MARNY Dominique/
GOUREVITCH Jean-Paul
*Ne disons pas au jour les secrets de la nuit*

MAZEAU Jacques
*La Ferme d'en bas*
*La Ferme de l'enfer*
*La Malédiction de Bellary*
*Le Pré aux corbeaux*
*Le Retour de Jean*

MERCADIE Louis
*Marie Talabot*

MOREAU Fabienne
*Dans les secrets de madame Clicquot*

MOSCA Lyliane
*Les Amants du moulin*
*Les Gens de Laborde*

MOUCHEL Jean
*La Robe bleue d'Hélène*
*Le Fils d'Hélène*

MULLER Christine
*Les Dames du vignoble*

NAVARRO Christine
*Le Temps d'un été*

NEGRE René
*Mémoires d'un curé de France*

PARAILLOUS Alain
*Demain viendra l'aurore*

PELISSIER Patrice
*L'Ange et le loup*

PERREVE Paul
*Les Galoches rouges*

PLUCHARD Mireille
*La Tresse d'or*
*Le Puits sans nom*

QUEREILLAHC Jean-Louis
*La Moiss-batt*
*Rouge est ma terre*
*Trois sillons de terre rouge*

RIBES Georges
*Les Gens de la vallée*

ROUANET Marie
*Apollonie*

ROUIL Jacques
*Les Rustres*

ROUQUET Jean
*L'Enfant de la borie*

SABOURIN Pierre
*La Terre des coteaux*

SERIA Joël
*Les Galettes de Pont-Aven*

SOURY André
*La Terre de la colère*
*Le Pain blanc*

SOYEZ Jean-Marc
*La Tuile à loups*

TABARY Philippe
*Le Pays retrouvé*

TAMAIN Louis
*L'Encre violette*
*Le Temps de l'école*
*Médecin de campagne*

TISSERAND Pierre
*L'Arbre au pendu*

TOUPET Armand
*La Bouzoute*

TUAILLON-NASS Gisèle
*L'Etranger alsacien*

VALADE Corine
*Gueules cassées... et alors ?*

VALETTE Paule
*Le Pain de cendre*
*Les Jours derrière la montagne*

VENTRE Julien
*Julien, berger des collines*

VERDIER Henri-Antoine
*La Fille du bénitier*
*Les Lentilles vertes*

VERRIER Michel
*La Ferme des Pitaval*
*La Rivière aux secrets*

VIGOULETTE Daniel
*Les Ombres du Léman*

VINCENT Claude
*Les Roses de l'hiver*
*Quatre pieds de terreau*

VITTE Louis-Olivier
*L'Enfant de la rivière*

ZIMMERMANN Daniel
*Le Gogol*

Imprimé en France par CPI
en avril 2020
N° d'impression : 2049616
Dépôt légal : mai 2014
ISBN : 978-2-8129-1124-8
www.deboree.com
livres@centrefrance.com